岩波文庫
31-13-12

子規紀行文集

復本一郎編

岩波書店

凡　例

一　本書は、正岡子規の紀行文の中より代表的、かつ特色を有する「はて知らずの記」「水戸紀行」「かけはしの記」「旅の旅の旅」「鎌倉一見の記」「従軍紀事」「散策集」「亀戸まで」の全八篇を選び、編者が各作品に脚注をほどこした。

一　本文は、「はて知らずの記」「かけはしの記」「旅の旅の旅」「鎌倉一見の記」の四篇については、子規生前に公刊されている明治二十八年（一八九五）九月五日発行の『増補再版獺祭書屋俳話』（日本新聞社発兌）によった。「従軍紀事」「亀戸まで」は「日本」新聞に、「散策集」は昭和四十一年（一九六六）九月十七日発行、和田茂樹編纂、越智二良解説『散策集』（子規・漱石・極堂生誕百年祭実行委員会）に、「水戸紀行」については天理図書館蔵の自筆稿本を底本とする講談社版『子規全集』第十三巻（小説　紀行）に、それぞれよった。

一　読みやすさの便を考えて、編者によって適宜、原文にはない句読点、振り仮名、濁点等をほどこした。振り仮名は、現代的仮名遣いに拠った。すでに原本に施されている振り仮名は、〈　〉符号で囲み区別した。また原本の明らかな誤植は、本文脇に〔　〕符号を付して訂した。脱字は〔　〕で囲み補った。

一　改行は、底本のままである。一字下げが実行されていないので、これも底本のままとした。

一　漢字は、現行の字体に改めた。

一　巻末に発句(俳句)、和歌(短歌)の初句索引、地名索引を付載し、検出の便をはかった。

目次

I

はて知らずの記

[一]松島の風、象潟《きさかた》の雨、いつしかとは思ひながら病める身の行脚道中覚束《おぼつか》なく、うたゝ寐の夢はあらぬ山河の面影、うつゝにのみ現はれて、今日としも思ひ立つ日のなくて過ぎにしを、今年[二]明治廿六年夏のはじめ何の心にかありけん、

1松島の心に近き袷《あわせ》かな

と自ら口ずさみたるこそ我ながらあやしうも思ひしが、

一　芭蕉の『奥の細道』(『おくのほそ道』)に「このたび松しま、象潟の眺共にせん事を悦び」と。

二　一八九三年。七月一八日付伊藤松宇宛子規の葉書に〈松島の風に吹かれん単衣(ひとえぎぬ)〉が。

つひにこの遊歴とはなりけらし。先づ松島とは志《こころざ》しながら行くては何処《いずく》にか向はん。まゝよ浮世のうき旅に行く手の定まりたるもの幾人かある。山あれば足あり、金あれば車あり。脚力尽くる時、山更に好し。財布軽き時、却て一羽が生えて仙人になるまじきものにもあらず。自ら知らぬ行末《ゆくすえ》を楽みに、二はて知らずの日記をつくる気楽さを誰に語らんとつぶやけば、三罔両《もうりょう》傍《かたわら》に在りてうなづく。乃《すなわ》ち以て序と為す。あなかしこ。

四三春病ひに鎖《とざ》して筆硯やう／＼にうとみ勝《がち》なるに、六月のはじめつかたより又五わらはやみに罹りて人情の冷熱一生の盛衰は独り心に入《し》みながら、六時鳥《ほととぎす》の黒焼も其《その》効あらず、野道の女郎花《おみなえし》七われ落ちにきと人に語《かた》ふ間も無く、

一　蘇東坡「赤壁賦」の「飄飄乎(こ)として世を遺(わす)れて独立し、羽化して登仙するが如し」に拠る。「赤壁賦」は、子規の愛誦詩(「水戸紀行」参照)。

二　直前の「自ら知らぬ行末」のこと。本紀行末尾に「人生は固よりはてしらずなる世の中に、はてしらずの記を作りて今は其はてを告ぐ」と記す。

三　芭蕉の「幻住庵記」に「夜座静に月を待ては影を伴ひ、灯を取ては罔両に是非をこらす」と。罔両は、影の外側にある薄い影。『荘子』斉物論に罔両と景(げか)との問答が見える。

四　陰暦の孟春(正月)、仲春(二月)、季春(三月)。

五　瘧(おこり)。間欠熱の一種。『獺祭書屋日記』の明治二六年六月一二日の条に「午後三時寒気襲肌戦栗後発熱蓋是瘧」とある。

六　時鳥の黒焼は、瘧に効くとされていた(人見必大著『本朝

木末《こずえ》の朽葉ふるひかへしふるひ落して、兎角する程に一月も過ぎぬ。ある日[八]鉄眼禅師《てつげんぜんじ》のわが病牀をおとづれて、今より北海行脚にと志すなりと語らるゝに、羨ましさは限りなけれども、羽抜鳥の雲井[九]を慕ふ心地して、

2 涼しさやわれは禅師を夢に見ん

と餞別の一句をまゐらす。やがて病の大方におこたり[一〇]しかば、枕上の[一一]簑笠《みのかさ》を睨みて空しく心を苦しめんよりは奥[一二]山羽水を蹈み越えて胸中の鬱気を散ぜんには如かじ、と我も思ひ人も勧むるまゝに[一三]旅衣の破れをつくろひ、蕉翁[一四]の奥の細道を写しなど、あらましとゝのへて、今日やたゝん、明日や行かんと思ふものから、[一五]ゆくり無く医師に

食鑑』元禄一〇年（一六九七）刊）。
七 『古今集』の遍昭歌〈名にめでてをれる許（ばかり）ぞをみなへし我おちにきと人にかたるな〉に拠る。女色戒を破ったか否か。
八 子規と交流のあった歌人の天田（あま）（だ）愚庵（嘉永七年（一八五四）―明治三七年（一九〇四））。
九 この場合は、大空。
一〇 病気が治ったので。
一一 『獺祭書屋俳句帖抄　上巻』に「蓑は房州の雨にそぼち、笠は川越の風にされたるを床の間にうやく／＼しく飾りて」として〈蓑笠を蓬萊にして草の庵〉（明治二五年）の句が見える。
一二 奥羽。
一三 『奥の細道』中の「もゝ引の破をつゞり、笠の緒付かへて」が意識されていよう。
一四 芭蕉の敬称。『去来抄』に「蕉翁の遺風天下に満て」と見える。
一五 思いがけずに。

いさめられて、七月もはや十九日といふにやう〳〵東都[一]の仮住居を立ち出でぬ。かねて旅立のよし知りたる誰彼より[二]より〳〵に贈られたる餞別の句、

3松島の紙帳《しちょう》につるせ松の月　素香[三]

[四]橘為仲とよ陸奥守にてくだりける白河の関を通るとて狩衣指貫《かりぎぬさしぬき》とり出て着《ちゃく》しける事を思ひ出で、

4白河の関で着かへよひとへ物　同

5松島へ昼寐しに行く行脚かな　孤松[五]

6涼しさの君まつしまぞ目に見ゆる　鶯洲[六]

子規氏松島行脚の首途《かどで》に[七]泥硯を贐《はなむけ》して

一　この時の子規の住所は、東京市下谷区上根岸八八番地。

二　折々に。

三　二宮素香(安政元年(一八五四)—明治四二年(一九〇九))。宇和島出身の子規門の俳人。句中の「紙帳」は、白紙で作った蚊屋。

四　『西行上人談抄』に「たちばなの為仲かとよ、陸奥守にてくだりけるに、白河関とをるとて、ながもちよりかりぎぬ、さしぬきいだして着しければ」と見える。

五　二宮孤松(慶応元年(一八六五)—大正五年(一九一六))。素香の弟。子規門の俳人。

六　石川鶯洲(生年未詳—大正一一年(一九二二))。三森幹雄門。「小日本」新聞に投句。

七　沙泥を固めて焼いた澄泥硯(ちょうでいけん)。茅原虚斎の随筆『茅窓漫録』(文政一二年(一八二九)序)に「澄泥研(硯)」の記述あり。漱石句に〈都府楼の瓦硯(がけん)洗ふ

7旅《たび》硯《すずり》清水にぬらせ柳陰　江左[八]

8松島で日本一の涼みせよ　飄亭[九]

其外《そのほか》にも数へ尽さず。

9松島の風に吹かれんひとへ物

一句を留別[一〇]として上野停車場に到る。折ふし来合せたる飄亭《ひょうてい》一人に送らる。我れ彼が送らん事を期せず、彼亦《また》我を送らんとて来りしにも非ざるべし。まことや鉄道の線は地皮を縫ひ、電信の網は空中に張るの今日、椎の葉[一一]、草の枕は空しく旅路の枕詞に残りて和歌の嘘とはなりけり。されば行く者悲まず送る者歎かず。旅人は羨まれて

や春の水〉（明治二九年（一八九六））がある。

八　林江左（こうさ）（天保九年（一八三八）―明治二九年（一八九六））。子規と親交があった。『松蘿玉液』の明治二九年八月二七日の条で詳述。

九　五百木飄亭（いおきひょうてい）（明治三年（一八七〇）―昭和一二年（一九三七））。子規と二十代より親交。「小日本」新聞の編集担当。松山出身。

一〇　旅立つ人が残る人に贈る別れの詩句。

一一　『万葉集』の有間皇子（ありまのみこ）の歌〈家にあれば笥（け）に盛る飯（いい）を草まくら旅にしあれば椎の葉に盛る〉に拠る。

留まる者は自ら恨む。奥羽北越の遠きは昔の書にいひふるして、今は近きたとへにや取らん。

10みちのくへ涼みに行くや下駄はいて

など戯る。汽車根岸を過ぐれば左右の窓に見せたる平田渺々《びょうびょう》として眼《まなこ》遥かに心行くさまなり。

11武蔵野や青田《あおた》の風の八百里

12宙を蹈む人や青田の水車

[一]宇都の宮の[二]知る人がりおとづれて一夜の宿を請ふ。驟雨滝の如く灑《そそ》ぎて、神鳴りおどろ〳〵しう、今にも此家《この》に

一　佃一予《かずまさ》（元治元年（一八六四）－大正一四年（一九二五））。『獺祭書屋日記』の明治二六年七月一九日の条に「汽車発上野、宿宇都宮、佃氏宅」と見える。

二　知る人のもとに。「がり」は、その人のところに、の意の接尾語。

落ちんかと許《ばか》り思はれて恐ろしさいはん方なし。

13夕立や[三]殺生石《せっしょうせき》のあたりより

二十日、汽車宇都宮を発す。即景、

14田から田へうれしさうなる水の音

名に聞えし[四]那須野《なすの》を過ぐるに、見渡す限り夏草生ひ茂りてたま〳〵木ありとも長《たけ》三尺には足らざるべし。唯ところ〴〵に菖蒲瞿麦《あやめなでしこ》のやさしう咲き出でたるは、何を力にかといと[五]心もとなさに、

三　那須の温泉大明神にある。芭蕉の『奥の細道』に「殺生石は温泉(ゆいで)の出る山陰にあり。石の毒気いまだほろびず、蜂蝶のたぐひ、真砂の色の見えぬほどかさなり死す」とある。

四　歌枕(『歌枕名寄』)。

五　*1*の歌の「おぼつかなし」に近い意味。はっきりしないままに。

1 下野《しもつけ》のなすの丶原の草むらに
　　おぼつかなしや撫《なで》し子《こ》の花

2 草しげみなすの丶原の道たえて
　　なでしこ咲けり人も通《かよ》はず

一常陸《ひたち》の山脈東南より来り、二岩代《いわしろ》の峰勢、西北に蟠《わだかま》る。那須野次第に狭うして、両脈峰尾相接する処之《これ》を白河の関とす。昔は三一夫《いっぷ》道に当りて万卒を防ぐ無上の要害、四奥羽の咽喉《のどぶえ》なりしとかや、車勢稍《やや》緩《ゆる》く山を上るに、このあたりこそ白河の関なりけめと独り思ふものから、五山々の青葉風涼しくして、更に紅葉すべきけしきにもあらず。六能因はまだ窓の穴に首さし出す頃なるを、きのふ都をたち

一　今の茨城県北東部。
二　今の福島県。
三　『太平記』「自㆓太元㆒攻㆓日本㆒事」に「誠ニ一夫忿(イカリ)テ臨㆓関㆒ニ、万夫モ不㆑可㆑傍(ソウ)ト見ヘタリ」と見える。明治三四年(一九〇一)の鳥居忱(まこと)作詞「箱根八里」にも「一夫関に当るや万夫も開くなし」と。一七頁注一〇参照。
四　「とかや」は、不確実な伝聞を示す。「奥羽の咽喉」は、佐久間洞巌(義和)の『奥羽観跡聞老志』(享保四年(一七一九)成)の「白河ノ関」の条に「阨険の要を控へ、咽喉を束制の設に至、則ち以、奥羽国を保障するに足る」(原漢文)と見える。また後の『鉄道旅行案内』(大正一〇年(一九二一)一〇月、鉄道省刊)の「白河」の項に「奥州の咽喉」の文言が。
五　『千載集』の頼政歌〈みやこにはまだ青葉にて見しかども

てけふ此処《ここ》を越ゆるも、思へば汽車は風流の罪人なり。

　汽車見る〳〵山をのぼるや青嵐《あおあらし》

白河駅に下る。忽《たちま》ち雨、忽ち晴。半《なか》ば照り、半ば雨《ふ》る。定まらぬ天気は旅人をもてなすに似たり。

白河の東半里許りに結城氏の城址[七]ありと聞きて畦道辿り行く。水車場をめぐりて山に上る事数十歩、高さ幾丈の巌石を巧みに鉛直[八]に斲《けず》りて其《その》面に感忠銘[九]と題せる文を刻せり。こゝは結城氏の古城の搦目《からめ》手《て》にして、今《い》まに搦目と称へたり。前に川を控へ、後は山嶺相接せる険要にしてしかも風光に富めり。此城出来し後、白河二所の関[一〇]は廃せられたりといふ(二所の関といふは無類の要害なれ

みぢちりしく白河の関〉を念頭に置いての記述。

六　能因歌〈都をば霞とともに立ちしかど秋風ぞ吹く白河の関〉(『後拾遺集』)を念頭に置いての記述。

七　結城親朝(ちかとも)が興国元年(一三四〇)に搦山(からめやま)に築いた白河城(小峰城)の址。

八　垂直に。

九　結城宗広、親光の「忠烈凜々」たるをたたえ、文化四年(一八〇七)に刻された銘。題額は松平定信、文は広瀬典、書は賀孝啓。銘の全文は野崎左文著『日本名勝地誌』第五編(明治二八年(一八九五)三月、博文館刊)に掲出されている。

一〇　白河の関の別称(吉田東伍(元治元年(一八六四)―大正七年(一九一八))著『大日本地名辞書』(冨山房)の「白河関址」の項、参照)。子規の随筆「旅」(明治三二年(一八九九))の中に「白河二

ばとて二重に関を搆《かま》へたる故なり）。しばし碑前にやすらへば涼気襟もとに滴るが如し。

16 涼しさやむかしの人の汗のあと

白河に帰り[一]中島某を訪ふ。此人風流にして関の紅葉を取りて扇などにすかしたり。当駅は二千戸許りの都市にして、今は[二]閭門《りょもん》寂寥、[三]行人征馬の往来も稀なるに、独り[四]紅粧翠鬟《すいかん》を儲《たくわ》ふるの楼閣巍々《ぎぎ》として一廓を成すは昔の名残にやあらん。[五]後庭華を歌ふの声だに多くは聞えず。

17 夕顔に[六]昔の小唄あはれなり

二十一日朝、町はづれをありく。森を見かけてのぼれば

所の関とは、一夫道にあたりて万夫も進まざる恐ろしき嶮岨」と見える。

一 中島山麓（天保六年（一八三五）－大正四年（一九一五））のこと。白河本町の俳人。春秋庵幹雄門（矢部榾郎編『福島県俳人事典』参照）。

二 村里の入口にある門。

三 旅する人馬。

四 化粧した美しい髪の女。

五 本来は、楽府（がふ）の名。ここでは、傾城（遊女）たちが歌う艶歌冶曲の意。子規の頭中に杜牧の「泊秦淮（しんわい）」中の「商女不知亡国恨　隔江猶唱後庭花（商女は知らず亡国の恨　江を隔てて猶唱ふ後庭花）」が意識されていよう。

六 「後庭華」をこのように表現した。「小唄」は、俗謡。

七 天神山神社か（天神町）。

八 即興で作った句、の意。

果して天満宮[七]あり。境静かにして杉古《ふ》りたり。

18 夏木《なつこ》立《だち》宮ありさうなところかな

白河を発す。途上[八]口占《こうせん》、

19 麦刈るや裸《はだか》の上にこもひとつ

20 山里の桑に昼顔あはれなり

21 やせ馬の尻ならべたるあつさかな

[九]須賀川に[一〇]道山壮山氏を訪ふ。此地《この》の名望家なり。須賀川は旧白河領にして古来此地《この》より出でたる俳人は[一一]可伸、[一二]等《とう》窮《きゅう》、[一三]雨考、[一四]たよめ等なり。郡山に宿る。旧天領にして二

九　芭蕉の『奥の細道』に「すか川の駅に等窮といふものを尋て、四、五日とゞめらる」と見える。

一〇　道山壮山（天保四年（一八三三）－明治三三年（一九〇〇））は、当時知られていた須賀川の俳人（『福島県俳人事典』）。

一一　須賀川の俳人。生没年等不詳。等躬編『伊達衣』（元禄一二年（一六九九）刊）に「桑門可伸は栗の木のもとに庵をむすべり」と。

一二　相楽（さがら）等躬（寛永一五年（一六三八）－正徳五年（一七一五））は、未得門の須賀川の俳人。注九参照。

一三　石井雨考（寛延二年（一七四九）－文政一〇年（一八二七））は、須賀川の俳人。夜話亭（『福島県俳人事典』）。

一四　市原多代女（たよめ）（安永五年（一七七六）－慶応元年（一八六五））。はじめ道彦門、のち乙二門の須賀川の俳人。編著に文化一四年（一八一七）刊『あさか市』（雨考校）。

千余戸の村市なり。三、四の露店、氷を売れば老幼男女更《かわ》る〴〵来りて梭《ひ》[一]を織るが如し。

二十二日朝、浅香沼[二]見んとて出でたつ。安達太郎山《あだたらやま》[三]高く聳えて、遥かに白雲の間に隠約[四]たり。土俗之《これ》を呼んであだゝらといふ。

22短夜の雲をさまらずあだゝらね

郡山より北すること一里余、福原といふ村はづれに長さ四、五町、幅二町もあるべき大池あり。これなん浅香沼とはいひつたへける。小舟二、三隻、遠近《おちこち》に散在し、漁翁篙《さお》を取て画図の間に往来するさま、幽趣、筆に絶えたり。

一　「梭」は、機《はた》の具。緯《よこ》糸を巻いたくだ（舟）を梭に入れて経《たて》糸にくぐらせる動作を「老幼男女更る〴〵」氷店に出入りする様子に譬えた表現。

二　歌枕。『古今集』に〈陸奥《みちのく》の安積《あさか》の沼の花かつみかつ見る人に恋ひやわたらむ〉の「よみ人しらず」歌。子規俳句稿『寒山落木』に「浅香沼」として〈すゞしさの只水くさき匂ひかな〉が。

三　標高一七〇〇メートル。『万葉集』に〈安達太良の嶺《ね》に臥す鹿猪《しし》のありつつも我は至らむ寝処《ねど》な去りそね〉の「よみ人知らず」歌。

四　隠れひそんでいる。

郡山より汽車にて本宮《もとみや》に赴く。本宮は[五]数年前の洪水にていたく損害を蒙り、今に猶《なお》昔の姿に回《かえ》らずといふ。水の跡は門戸、蔀《しとみ》などに残りて[六]一間許りの上にあり。こゝより徒歩にて田舎道辿り行けば、山に沿ひ田に臨みて地閑静なり。

23 水無月やこゝらあたりは鶯が

とにかくに[七]二百余年の昔、芭蕉翁のさまよひしあと慕ひ行けば、いづこか名所故跡ならざらん。其《そ》の足は此の道を踏みけん、其《その》目は此の景をもながめけんと思ふさへたゞ其の代の事のみ忍ばれて[八]俤《おもかげ》は眼の前に彷彿《ほうふつ》たり。

五　明治二三年(一八九〇)八月の阿武隈川氾濫による水害(『福島県災害誌』参照)。本宮全体が浸水した。

六　約一・八二メートル(六尺)。

七　芭蕉が『奥の細道』の旅に出たのは、元禄二年(一六八九)三月二七日(太陽暦の五月一六日)。

八　芭蕉翁の俤(姿)。

24 [一]その人の足あとふめば風薫る

南杉田の遠藤[二]菓翁氏をおとづれけるに、快く坐に延《ひ》きて款待いと懇《ねんごろ》なり。氏は[三]剛毅《ごうき》にして粗糲《それい》に失せず、樸訥《ぼくとつ》にして識見あり。我れ[四]十室《じっしつ》の邑《ゆう》に斯《この》人を得たり。談ずる事少時、驟雨[五]沛然《はいぜん》として至る。氏いふ、僻境《へききょう》何のもてなしも無し。一椀の飯、半椀の汁漸く飢をさゝふるに足るのみ。されども蠅蚤《ようそう》の間に一夜を明かし給ふも亦《また》一興ならんと。勧めらるゝまゝに終に一泊に決す。

二十三日暁起。昨夜時鳥頻《ほととぎすしき》りに鳴きたればとて、

奥の細道の跡を遊観せらるゝ子規君を宿して

一　芭蕉翁。

二　俳人。天保元年（一八三〇）―大正三年（一九一四）。安達郡杉田村（現福島県二本松市）の生まれ。

三　ここは粗野なこと。

四　家が十戸ある村。狭小な村。

五　雨が一時に盛んに降る様子。

六　一晩中。「よもすがら」に同じ。

七　子規俳句稿『寒山落木』に「岩代二本松にて」として〈幾曲りまがりてあつし二本松〉の句が。

八　安達原（あだちがはら）の鬼女伝説をイ

25 草深き庵やよすがら[六]ほとゝぎす　菓翁

礼を述べて其家《その》を辞す。

幾曲り〳〵て長き[七]二本松の町を過ぎ、野を行く事半里、阿武《あぶ》隈川《くまがわ》を渡れば路の側老杉あり。木末《こずえ》も枝のさきも大方に枯れ残りて[八]鬼女の爪の如し。下に碑を建てゝ[九]黒塚といふ。[一〇]兼盛の歌を刻む。其ほとりにある寺は鬼のすみかなりと聞きて到り見るに、杉樹[一一]鬱葱《うっそう》、巨石堆積して常の処とも見えず。寺僧をおとなふて賽銭若許《そこばく》を投ず。伴ふて[一二]石頭の一小堂に到り、其扉を開きて誘ひ入る。老僧壁上の画を指し、函中《かんちゅう》の古物を示し、容《かたち》を斂《おさ》め袈裟を正し、咳一咳して徐《おもむ》ろに其縁起を説き出でぬ。

メージしての表現。

九　安達原にあった地名。『大和物語』五十八段に「みちの国にて、閑院の三のみこの御むすこにありける人(源重之)、黒塚といふ所にすみけり」と見える。子規俳句稿『寒山落木』に〈すゞしさや聞けば昔は鬼の家〉の句が。

一〇　『拾遺集』に「陸奥国名取の郡黒塚といふ所に重之がいもうとあまたありと聞きて言ひ遣(つか)はしける」の前書での〈陸奥(みちのく)の安達の原の黒塚に鬼こもれりと聞くはまことか〉の歌(『大和物語』五十八段にも重之の娘のエピソードとして)。(平)兼盛は、三十六歌仙の一人。『天徳四年内裏歌合』で相手の壬生忠見(みぶのただみ)が悶死した逸話は有名。

一一　木々が青々と盛んに茂る様子。

一二　石のほとり。

26木下闇あゝら涼しや恐ろしや

阿武隈川の橋本に茶屋あり。こゝにやすらへば、あるじの翁年は七十にもや及びつらん、茶など汲みて心《ここ》ろよくもてなす。家はやう〳〵畳四ひら[一]五ひらを敷きて中に炉を切りたり。屋根は半ば壊れて雨はもとより、月も漏りぬべく、四隅の柱だに腕よりも太からねばそよふく風にもゆるぐなるべし。四方山《よもやま》の物語りなどする序《ついで》に翁いふ、[二]さる年の洪水に家を流され、其後の火災に家を焼かれ、今はたゞかゝるあばらやにうき世を頼みて生き残る老の身は、[三]あぶ隈川の浮む瀬もあらで、安達が原のあだに暮し侍る許りになん、と語りて頻りにほゝゑむさま、[四]天を

一 枚。『枕草子』に「いとつややかなる板の端ちかう、あざやかなる畳一ひらうち敷きて」と。

二 明治二三年(一八九〇)八月三日から七日にかけての洪水(二一頁注五参照)、そして明治二五年(一八九二)四月二五日の安達郡二本松町の大火(『福島県災害誌』)。

三 「あぶ隈川の浮む瀬」「安達が原のあだ」は、縁語仕立・同音仕立の表現。

四 『論語』憲問第十四「子曰、不怨天、不尤人、下学而上達、知我者其天乎(子の曰(のたま)わく、天を怨みず、人を尤(とが)めず、下学して上達す。我れを知る者は其れ天か)」に拠る。

恨まず人を尤《とが》めず自ら楽んで外に待つ無き者の如し。いよ〳〵たふとくも思はるゝまゝに、[五]風流の事を談ずれば翁亦《また》善く風流を解す。座に一片の紙あり。歌やうのものを認《したた》めたり。誰が歌にかと問へども答へず。翁のものせしにやといへば、いよ〳〵笑ふてものいはず。取りて見るに、

3 黒塚の鬼の岩屋も苔むしぬ
　しるしの杉や幾代へぬらむ　[六]光枝

とあり。[七]果して世を厭ふて黒塚のほとりにこもる隠君子にはありけりとひたすらになつかし。

翁に別れて[八]満福寺へと志す。二本松を横ぎりて野に出づ

五　ここでは、和歌、俳句のこと。

六　江戸時代の歌人に賀茂真淵門の大村(藤原)光枝(えみつ)(宝暦三年(一七五三)―文化一三年(一八一六))がいるが、ここでは「あるじの翁」(隠君子)と見てよいであろう。

七　思っていた通り。

八　安達郡油井村飯出にある天台宗の寺。

れば、畦道あちらこちらに別れて山にかゝるに、何《いず》れの道にかと問ふべき家もなし。坂一つこえて人に聞けば、さては路に迷はれたり、寺は此《この》山の裏にぞあなる、いたゞきに見ゆる高き松の下に樵夫《しょうふ》の通ふべき路あれば、かしこより行き給へといふ。教へらるゝまゝに細き道を攀《よ》ぢ上《のぼ》る。蛇は怖れて杖のさきを走り、名も知らぬ虫は驚きて眼の前を飛び渡る。山深からねども人通はねば、松吹く風身に入《し》みて、赤き茸、白き草花、皆な仙家の趣きあり。

—きこり。

27下闇にたゞ山百合の白さかな

目の下の木の間に見ゆる屋の棟こそ寺なめれといそぎ下

れば、家は隠れて方角を知らず。森に沿ふて行く事[二]一、二町、左に曲れば忽ち家あり。[三]太神宮を祭りし宮なり。宮の境内に立ちて見下す程も無く、[四]仏宇《ぶつう》稍《やや》低く隣れり。こゝにおとづれて雅俗の話打ちまぜながらしばしくつろぐ。

28 山寺の庫裏《くり》[五]ものうしや蠅叩

当寺は[六]天台二祖の開基にして、飯出山《いいでさん》満福寺といふ。石階数百[七]級の高さに山を削り木立を開きて数十[八]畝《せ》の平地あり。村遠く山静かにしてまだ老い残る鶯の声は、蟬蜩の木末にせり合ひ、稍鳴きそめし蟋蟀《こおろぎ》は昼も夏草の底にすだく。むかしは七堂伽藍《しちどうがらん》美を尽し、善を尽して、壮厳の

二　一町は、約一〇九メートル。
三　伊勢太神宮。「宮」は、油井神社(工藤寛正著『子規のおくのほそ道『はて知らずの記』を歩く』里文出版、参照)。
四　寺の建物。
五　なんとなくしっくりしない。
六　満福寺の開祖は、慈覚大師(円仁)で、天台三祖。二祖は、円澄。子規の記憶違い。
七　階段の一つ一つの段を数えるのに用いる。
八　一畝は、約一〇〇平方メートル(約一アール)。

道場なりしを、[一]数年前の火災に六百年の建築一片の灰燼となりて、諸行無常、色即是空のことわりを眼の前に示したるこそ[二]うたてけれ。今は仮普請の儘《まま》にて仏宇もたゞ人の住居に異ならねば、仏も永劫の間には因果を逃れたまはずと見えたり。御社は維新前の[三]両部《りょうぶ》の名残なりと聞くに、

29すゞしさや神と仏の隣同士《どし》

山号、飯出山といふ事めづらしき名なり。如何なる意にやと問ふ。[四]蓮阿氏いふ。そのかみ義経公奥州へ没落の節、此処に立ちよられしかば、寺より飯をまゐらせけるに、弁慶此寺の山号はと尋ぬ。いまだ山号なきよし住僧答へ

一 明治二三年(一八九〇)四月の火災で、山門、本堂、奥の院、地蔵堂等、悉く烏有に帰した(『大日本寺院総覧』)。

二 情けないことだ。

三 両部神道。神仏混淆、神仏一致を説く。芭蕉の「幻住庵記」に「八幡宮(近津尾(ちかつお)八幡)たゝせ給ふ。神体は弥陀の尊像とかや。唯一の家(唯一神道)には甚(はなはだ)忌なる事を、両部光を和げ、利益の塵を同じうしたまふも又貴し」と見える。

四 当時の満福寺の住職であろう。不詳。

ければ、然らば飯出山といふべし、と弁慶自ら名づけたるよし言ひ伝へたりと。

30 [五]水《すい》飯《はん》や弁慶殿の喰ひ残し

月明りに行水をすませて庭前に[六]広敷《ひろしき》をならべ、団扇は蚊を逐ふの道具に残して、[七]葉柳《はやなぎ》の風に涼む。杉高うして黒く、月低うして青し。

31 ひろしきに僧と二人の涼みかな

32 御仏に尻向け居れば月すゞし

留《とど》めらるゝまゝに一泊す。[八]仏龕《ぶつがん》に隣りて書院の真中に寐

五　水をかけた飯。夏の食物。子規の三〇歳の句に〈僧来ませり水飯なりと参らせん〉〈六十にして水飯を参らるゝ〉がある。

六　腰掛の一種。縁台（岡野久胤著『伊予松山方言集』）。

七　夏柳。葉の繁茂した柳。

八　仏像、経巻などを入れる厨子（しず）。

ころびたるも、我身此世ならぬ心地す。

33寺に寐る身の尊とさよすゞしさよ

二十四日、満福寺を辞して二本松より汽車に上る。福島の某屋[一]に投ず。福島の郭外、小さき山一つ横たはれり。これなん信夫山《しのぶやま》[二]といふ名所にて、其の側《そば》に公園[三]の設けありと聞きしかば、そことなくそゞろありきす。十二日の月澄み渡りて、青田を渡る風涼しきに、空しく町に帰る心なければ畦道づたひに迷ひ行くも興ある遊びなり。

34笛の音の涼しう更くる野道かな

終に公園に辿り着く。公園は山麓稍高き処にありて、監

一 福島の俳人小川太甫宅という（金沢規雄稿「『はて知らずの記』ノート」（講談社版『子規全集』第一三巻月報）参照）。太甫句に〈今日に逢ふこれもゆかりや忍摺〉（『福島県俳人事典』）。

二 標高二一六・四メートル。歌枕。『千載集』に仁和寺法親王（守覚）歌〈ほとゝぎす猶はつ声をしのぶ山夕ゐる雲のそこになくなり〉。

三 信夫山公園。

四 二景を一対とした掛物。対幅。

五 平らな坂。

六 生糸を絡織（からみおり）にした織物。

獄署と相並び立てるは地獄極楽の双幅[四]を並べ懸けたる心地す。上る事少時にして平坡《へいは》[五]の上に出づ。月は大空にありて四方の山峰紗《しゃ》[六]を被りたるが如く、福島の町はそれかと許り足下に糢糊《もこ》たり。

二十五日、葱摺《しのぶずり》[七]の石見んとて行く。平らに打ちならしたる道の苦はなきも、三伏《さんぷく》[八]の太陽、日傘[九]を透して燬《や》くが如きに、路傍涼を取るべきの処もなし。町より一里半許り大道の窮まる処、山麓の木立甍《いらか》を漏らすはこれ葱摺の観[一〇]音なり。正面桜樹高く植ゑたる下に蕉翁[一一]葱摺の句を刻みたる碑あり。其後に柵《さく》もて囲みたる高さ一間、広さ三坪程に現れ出でたる大石こそ葱摺の名残となん聞えけれ。左の石階を登れば観音堂壮大ならねども、彫鏤《ちょうる》色彩を凝《こら》

うすぎぬ。

七　文字摺石。福島の東方、阿武隈川を隔て四キロ程のところにある。『古今集』の源融（とおる）・河原左大臣）歌〈陸奥（みちのく）のしのぶもぢずり誰ゆゑにみだれむと思（おもう）我ならなくに〉で知られる古蹟。

八　盛夏。夏至の後の第三、第四庚（かのえ）の日である初伏、中伏、立秋後の最初の庚の日である末伏を合せて三伏。

九　江戸時代からあるが、この時代は、晴天用の蝙蝠傘。

一〇　文字摺石は、文知摺（もじずり）観音堂（『大日本寺院総覧』）境内に在る。

一一　『奥の細道』中の芭蕉の〈早苗とる手もとや昔しのぶ摺〉の句。寛政六年（一七九四）五月、洛の丈左房による建立。丈左は、京の人、江戸住。子規の愛読書『故人五百題』の編者烏明（うめい）の門人。

したる昔猶忍ぶべしや。

35 涼しさの昔をかたれ葱摺[一]

帰路ほとんど炎熱に堪へず。福島より人車[二]を駆りて飯阪[三]温泉に赴く。天稍《やや》曇りて野風衣を吹く。涼極つて冷。肌膚《きふ》粟[四]を生ず。湯あみせんとて立ち出《いず》れば雨はら〳〵と降り出でたり。浴場は二箇所あり。雑沓芋洗ふに異ならず。

36 夕立や人声こもる温泉《ゆ》の煙

二十六日、朝小雨そぼふる。旅宿を出で、町中を下ること二、三町にして数十丈[五]の下を流るゝ河あり。摺上《するかみ》[六]川と

一　『伊勢物語』に「その男、信夫摺の狩衣をなむ着たりける」と見える。忍草を摺りつけて染めたもの。乱れ模様。『日本名勝地誌』は「中古此石（文字摺石）に四季の花を載せ其上にて布を摺り朝貢せし事あり」と説明。
二　人力車。
三　『日本名勝地誌』に「福島町の西北二里十町飯坂町にあり」と見える。
四　寒さのため鳥肌が立つこと。
五　約三メートル（一〇尺）。
六　『日本名勝地誌』の飯坂温泉（飯坂町）の項に「東北は摺上川を以て伊達郡湯野村に界し両間架するに十綱橋を以てす」と見える。

いふ。飯坂、湯野両村の境なり。こゝにかけたる橋を[七]十綱《とつな》の橋と名づけて昔は綱を繰りて人を渡すこと籠の渡しの如くなりけん。[八]古歌にも、

4 みちのくのとつなの橋にくる綱の
　[九]たえずも人にいひわたるかな

など詠みたりしを、今は鉄の釣橋を渡して行来の便りとす。[一〇]大御代の開化、旅人の喜びなるを、好古家《こうこか》は古の様見たしなどいふめり。

37 釣り橋に乱れて涼し雨のあし

向ひ側の絶壁に憑《よ》りて搆へし[一一]三層楼立ちならぶ間より一

七　『日本名勝地誌』に「橋は柱脚を用ひず銅綱之を繋ぐ、其長さ三十八間人呼んで釣橋と称し最奇巧を極む」と見える。子規俳句稿『寒山落木』に「十綱の橋」として〈つり橋に乱れて涼し雨のあし〉の句が。

八　『千載集』中の藤原親隆《ちかたか》の恋歌。

九　（十綱の橋が断絶しないのと同じく）ずっとあの人に求愛し続けることだよ。

一〇　明治天皇の御代《よみ》。

一一　花水館を中心に旅店が四十余戸あったという（『日本名勝地誌』）。子規俳句稿『寒山落木』に「岩代国湯野村」として〈すゞしさや滝ほとばしる家のあひ〉の句が。

条の飛瀑《ひばく》玉を噴《ふい》て走り落つるも奇景なり。

38涼しさや滝ほどばしる家のあひ

旅亭に帰りて午睡す。夢中一句を得たり。をかしければ記す。

39涼しさや[一]羽生《はね》えさうな腋の下

こゝに召し使ふ一人の男、年は十六、七なるが来りていふ。生れは越後にして早くより故郷をはなれ諸国をさまよふて、今は此地に足を留むと雖《いえど》も、固《もと》より落ちつくべきの地にもあらねば、猶行末は流れ渡りに[二]日本中を見物するの覚期《かくご》なり。されどそれよりも成るべくは亜米利加《アメリカ》[三]

一　盧同「茶歌」(『古文真宝　前集』)中の「唯覚両腋習習清風生(唯覚ゆ、両腋習習として清風生ずるを)」が意識されているか。

二　子規の明治三三年(一九〇〇)六月二五日付浅井忠宛書簡に「日本ノ十分ノ一モ踏ムカ踏マヌニ、腰ヌケト相成残念ニ存候」と見える。

三　『フランクリンの自叙伝』は子規の愛読書だった(『病牀六尺』第百十二回、等)。ベンジャミン・フランクリンは、アメリカの独立宣言起草委員の一人。

に渡りて見たき存念なるが、如何《いかに》せばよからんといふ。年若きに志大なるが面白ければ、様々の話しなどす。名は何と呼ぶやと問ふに平蔵と答へければ、

40平蔵にあめりか語る涼みかな

など戯れに吟ず。明日は土用の丑の日なればとて、四方の村々より来る浴客、夜に入りて絶えず。

当地は[四]佐藤嗣信《つぐのぶ》等の故郷にして、其《その》居城の跡は温泉より東半里許りに在り。[五]医王寺といふ寺に義経、弁慶の太刀、笈《おい》などを蔵すといふ。故に此地の商家、多くは佐藤姓を名のると見えたり。此処に限らず、奥州地方は賤民、普通に胡瓜《きゅうり》を生にてかぢる事、恰《あたか》も[六]真《ま》桑瓜《くわうり》を食ふが如し。

四　一般的には佐藤継信（保元三年（一一五八）―元暦二年（一一八五））と表記。平安時代後期の武士。父元治、弟忠信。義経の四天王の一人。

五　真言宗新義派瑠璃光山医王寺。佐藤庄司（元治）一族の墳墓がある。開山は弘法大師。天長三年（八二六）創始。

六　瓜の一種。楕円形か円形の果実で芳香、甘味がある。色は、黄、緑、白色等。

其他一般に客を饗するに茶を煎ずれば、茶菓子の代りに糠漬の香の物を出だすなど、其質素なること総て都人士[一]の知らざる所なり。

二十七日、曇天。朝風猶冷かなり。をとつひより心地例[二]ならねば、終に医王寺にも行かず。人力車にて桑折《こおり》に出づ。途中葛[三]の松原を過ぐ。

世の中の人にはくずの松原と
いはるゝ身こそうれしかりけれ

と古歌[四]に詠みし処なり。故[五]ありてこゝの掛茶屋[六]に一時間許り休らひたり。野面《のづら》より吹き来る風寒うして病軀堪へ難きに、余りに顔の色あしかりしかば、茶屋の婆々殿に

一 都会に住んでいる人々。
二 いつもと違って気分、体調が悪いので。
三 『撰集抄』中「覚英僧都事」に「信夫（しのぶ）の郡くづの松原とて、人里遠くはなれたる所侍り」とある。『日本名勝地誌』には「桑折町の西松原村の北に在り、一名笠石の松林とも称せり」と。
四 『撰集抄』は、保元二年（一一五七）二月一七日に作られた覚英（享年四一）による辞世とする。覚英は「後二条殿の御子、富家の入道殿の御弟にていまそかりけり」と。覚英は実在する平安後期の法相宗（ほっそうしゅう）の僧。
五 支障。さしさわり。
六 小屋がけの粗末な茶屋。
七 無風流な、垢抜けのしていない。
八 先の伝覚英歌〈世の中の〉を受けて、子規自ら「人くず」と自称しての一句。

いたはられなどす。強ひて病に非ずとあらがへば、側に在りし嫁のほゝ笑みて、都の人は色の白きに、我等は土地の百姓のみ見慣れたれば斯《か》くは煩《わずら》ひ給へるにやと覚ゆるもよしなしや、など取りなしたる、[七]むくつけき田舎なまりも中々に興あり。

41 [八]人くずの身は死にもせで夏寒し

桑折より汽車に乗る。[九]伊達の大木戸は夢の間に過ぎて岩沼に下る。心地あしく午餉《ひるげ》さへ[一〇]得《え》たうべねば、[一一]武隈の松もかなたと許り聞きて行かず。[一二]唯実方中将の墓所ばかりは吊《とぶら》はで止みなんも本意なければ、地図を按《あん》じて町はづれを左に曲りひたすらに[一三]笠島へとぞ志しける。

九　『奥の細道』に「路縦横に踏で伊達の大木戸をこす」と見える。梨一著『奥細道菅菰抄』(おくのほそみちすがごもしょう・安永七年(一七七八)刊)に「伊達郡の人口にて固塞の地、領主の封関ある処也」と。

一〇　とても食べることができないので。

一一　歌枕。芭蕉は『奥の細道』で「武隈の松にこそ、め覚る心地はすれ」と記している。『後拾遺集』中の橘季通歌〈武隈の松は二木をみやこ人いかゞと問はばみきとこたへむ〉で知られている。

一二　『奥の細道』に「鐙摺(あぶみずり)、白石の城を過、笠島の郡に入れば、藤中将実方(さねかた)の塚はいづくのほどならん」と見える。藤原実方(生年未詳―長徳四年(九九八))は、平安中期の歌人。

一三　芭蕉句に〈笠島はいづこさ月のぬかり道〉(『奥の細道』)。

巡査一人草鞋《わらじ》にて後より追付かれたり。中将の墓はと尋ぬれば、我に跟《つ》きて来よといふ。道々いたはられながら珍らしき話など聞けば、病苦も忘れ一里余の道はかどりて、其笠島の仮住居《かりずまい》にしばし憩ふ。地図を開きて道程、細かに教へらる。いと親切の人なり。野径四、五町を過ぎ、岡の上、杉暗く生ひこめたる中に一古社あり。名に高き[一]笠島の道祖社なり。京都六条道祖神の女《むすめ》の、商人に通じて終にこゝに身まかりたりとかや。[二]口碑《こうひ》固より定かならず。

42 われは唯旅すゞしかれと[三]祈るなり

杉の中道、横に曲りて薬師堂を下れば、実方の中将馬よ

一 実方と笠島の道祖神との逸話は、『源平盛衰記』第七巻「笠島道祖神事」に見える。
二 言い伝え。
三 笠島の道祖神に対して。

り落ち給ひし処、大方こゝらなるべし。中将は[四]一条天皇の御時の歌人なり。ある時[五]御前にて[六]行成卿の冠を打ち落《おと》しゝより、逆鱗に触れ、それとなく奥羽の歌枕見て来よと勅を蒙り、処々の名所を探りて此処にかゝり給ひし時、社頭なれば下馬あるべきよし[七]土人の申しゝに、扨《さて》は何の御社にやと問ひ給ふ。土人しか〴〵の旨答へしかば、そは[八]淫祠《いんし》なり、馬下るべきにも非ず、とて阪を上り給ひしに、如何《いかが》はしたまひけん、馬より落ちて奥州の辺土にあへなく身を終り給ふとぞ聞えし。田畦、数町を隔てゝ塩手村の山陰に墓所あり。村の童に[九]しるべせられて行けば、竹藪の中に柵もて廻らしたる一坪許りの地あれど、石碑の残欠だに見えず。唯一本の筍《たかんな》誤つて柵の中に生ひ出

四　天元三年（九八〇）―寛弘八年（一〇一一）。平安時代中期。花山天皇の退位により七歳で即位。第六六代天皇。
五　一条天皇の前で。
六　この「歌枕見て参れ」との逸話は、『十訓抄』第八「諸事を堪忍すべき事」に見える。『源平盛衰記』にも。
七　その土地に生まれ育った人。
八　いかがわしい神を祭った社（やしろ）。
九　道案内をされて。

でたるが、丈高く空を突きたるも中々に心《ここ》ろある様なり。其側に[一]西行の歌を刻みたる碑あり。枯野の薄《すすき》かたみにぞ見る、と詠みしはこゝなりとぞ。ひたすらに哀れに覚えければ、我行脚の行末を祈りて、

43旅衣ひとへに我を[二]護りたまへ

塚の入口のかなたに囲はれたる薄あり。やう〳〵一尺許りに生ひたるものから、かたみの芒《すすき》とはこれなるべし。増田迄一里の道を覚束なくも辿りつきて、汽車、仙台に入る。[三]尺八、月琴、胡弓など合奏して戸毎に銭を乞ふ者多し。郡山よりこなたに往々観る所なり。

二十八日、晴。天漸く熱し。病の疲れにや、[四]旅路の草臥《くたび》

一 『新古今集』に見える「陸奥国へまかれりける野中に、目にたつさまなる塚の侍けるを、問はせ侍ければ、これなん中将の塚と申すと答へければ、中将とはいづれの人ぞと問ひ侍ければ、実方朝臣の事となん申けるに、冬の事にて、霜枯れの薄（すすき）ほの〴〵見えわたりて、をりふしものがなしうおぼえ侍ければ」との前書を付しての西行歌〈くちもせぬその名ばかりをとゞめを〔お〕きて枯野の薄かたみとぞみる〉を指す。

二 このように祈る対象は、実方中将。

三 尺八は、長さ一尺八寸を基本とする管楽器。月琴は、四弦の弦楽器。胡弓も、三弦、または四弦の弦楽器。

四 仙台では、前夜、国分町の針久旅館泊（子規庵保存会蔵自

れにや、朝とも、昼とも、夜ともいはずひたすらに睡魔に襲はれて、唯うと〳〵と許りに枕一つがこよなき友どちなり。

灯下に日記など認《したた》め畢《おわ》りて窓を開けば十六夜《いざよい》の月澄み渡りて、日頃のうさを晴らす折から、不図松島のけしきこそ思ひ出《い》だされたれ。心飛び立つ許りにはやりて、如何《いか》でか[五]この月をあだにはと足は戸の外まで踏み出しながら、最早夜深けて終列車の時刻も過ぎたり。独り不平に堪へず、頻りに呟きながら蚊帳に入るに、生憎《あいにく》月光は[六]玻璃《はり》窓を透過《とうか》してわが枕辺に落つ。

44 月に寝ば魂《たま》松島に涼みせん

筆本『はて知らずの記』の七月二七日の条に「武隈の松をも見ず仙台に至る。人車にて針久に投ず」と見える)。また俳句稿『寒山落木』中に前書「仙台旅宿針久にて」を付しての〈夕すゞみ四角な庭をながめけり〉の一句。

五　折からの十六夜の月。

六　ガラス窓。

[一]十七夜の月見過ごしては、ことさらに松島の風光に負《ま》くに似たり。明日は必ず[二]扶桑第一の山水に対せんと独り契り、独り点頭《うなず》きて眠に就く。

二十九日、[三]つゝじが岡に遊ぶ。躑躅岡とも書き、山榴岡とも書きて古歌の名所なり。仙台停車場のうしろの方にあたれり。杜鵑花《つつじ》は一株も見えざれど、桜樹茂りあひて空を蔽ひ、日を遮《さえ》ぎり、[四]只涼風の腋下《えきか》に生ずるを覚ゆ。汽車塩竈に達す。取りあへず[五]塩竈神社に詣づ。数百級の石階、幾千株の老杉、足もとひや〳〵として已に此世ならぬ心地す。神前に跪《ひざまず》き拝し畢りて、[六]和泉三郎寄進の鉄灯籠を見る。大半は当時の物なりとぞ。鉄全く錆びて側の大木と共に七百年の昔あり〳〵と眼に集まりたり。

一　芭蕉の門人土芳の俳論『三冊子』〈わすれみづ〉の中に、芭蕉の言葉「絶景にむかふ時は、うばはれて叶(かな)はず」が見える。子規は、この言葉を意識していよう。十七夜の月の下でこそ、松島の風光を見たいとの意。

二　『奥の細道』に「松島は扶桑第一の好風にして」と見える。「扶桑」は、日本の異称。大槻文彦校訂、作並清亮編纂『松島勝譜』(明治二一年(一八八八)七月、嵩山房刊)に「我が邦内山水の美をいへば松島を以てその冠絶となす」と。

三　歌枕。『奥の細道』に「つゝじが岡はあせび咲ころ也」と見える。刊本『歌枕名寄』に源俊頼歌〈とりつなげ玉田よこ野のはなれ駒つゝじの岡にあせみ花さく〉が見える。

四　三四頁注一参照。ここは、明らかに「茶歌」に拠る。

五　『奥の細道』に「早朝、塩が

45炎天や木の影ひえる石だゝみ

社頭に立ちて見渡す塩竈の景色、山低うして、海平かに、家屋鱗の如く並び、人馬蟻の如く往来す。塩焼く煙[七]かと見るは、汽車、汽船の出入りするなり。歌詠む貴人にやと思ふは、日本の名所を洋文の案内書に教へられたる紳士[八]なめり。山水[九]は依然たれども見る人は同じからず。星霜移り換れども古の名歌は猶存ず。しばし石壇の上に彳《たたず》みて昔のみ思ひいでらるゝに、

46涼しさの猶有り難き昔しかな

小舟を僦《やと》ふて塩竈の浦を発し、松島の真中へと漕ぎ出づ。

まの明神に詣。国守再興せられて、宮柱ふとしく、彩椽（さいてん）きらびやかに、石の階九仞（じん）に重り、朝日あけの玉がきをかゝやかす」と見える。

六　『奥の細道』に「神前に古き宝灯有。かねの戸びらの面に、文治三年和泉三郎奇（寄）進、と有。五百年来の俤、今目の前にうかびて、そゞろに珍し」と見える。和泉三郎は、義経に忠節を尽した藤原忠衡（ただひら）（仁安二年（一一六七）―文治五年（一一八九））。子規は、芭蕉の文言を意識して綴っている。

七　藻塩草（五六頁注一参照）を焼いて塩を作る煙。

八　ここでは外国の紳士。

九　『和漢朗詠集』中の宋之問（そうしもん）の「年年歳歳花相（アヒ）似タリ。歳歳年年人不ㇾ同（オナジカラズ）」を意識しての文言（『古文真宝　前集』中の宋之問の詩「有ㇾ所ㇾ思」の一聯）。

入海《いりうみ》大方干潟になりて鳧《かも》[一]の白う処々に下り立ちたる、山の緑に副《そ》へてたゞならず。先《ま》づ第一に見ゆる小さき島こそ籬《まがき》[二]が島《しま》にはありけれ。此の島別にさせる事もなきも、其の名の聞えたるは塩竈に近き故なるべし。[三]波の花もて結へると詠みたるも面白し。

47涼しさのこゝを扇のかなめかな

山やう〳〵に開きて海遠く広がる。舟より見る島々縦に重なり横に続き、遠近弁《わきま》へ難く、其《その》数も亦《また》知り難し。我位置の移るを、覚えず海の景色の動くかと疑はる。一つと見し島の二つになり、三つに分れ、竪《たて》長しと思ひしも忽ちに幅狭く細く尖りたりと眺むる山の、次第に円く平

一　恵空編『節用集大全』（延宝八年（一六八〇）刊）、『書言字考節用集』（元禄一一年（一六九八）刊）は「鳧」に「かも」「カモ」と振り仮名。子規は「かもめ」と訓ませたかったか。子規俳句稿『寒山落木』の中に「籬が島」として〈涼しさやかもめはなれぬ杭の先〉の句が。

二　『奥の細道』に「塩がまの浦に入相のかねを聞。五月雨の空聊(いささか)はれて夕月夜幽に、籬が島もほど近し」と見える。歌枕。『古今集』の「東歌」に〈わが背子をみやこに遣りて塩釜のまがきの島にまつぞこひしき〉。

三　『続後撰和歌集』中の藤原為家歌〈みちのくのまがきの島は白妙の浪もてゆへる名にこそありけれ〉を指す（『歌枕名寄』にも）。

四　四四頁八行目からほぼ同文が見える。子規の推敲ミスか。あるいは敢えて同文を繰り返し

たく成り行くあり。[四]我位置の移るを、覚えず海の景色の活きて動くやうにぞ見ゆるなる。細くやさしく手のひらにも載せつべき島の、波に洗はれて下痩せ、上肥えたるが、必ず一もと二もとの松倒《さかし》まに危うく這ひ出でたる、中々に大きなるにまさりたりと見る〳〵、外《ほか》の島に隠れ行きたるいとあかぬ心地す。船頭のいふ、松島[五]七十余島といひならはせども、西は塩竈より東は金華山に至る海上十八里を合せ算《かぞ》ふれば[六]八百八島ありとぞ伝ふなる。見給へや、かなたに頂高く顕はれたるは[七]金華山なり。こなたに聳えたる山巓《さんてん》は[八]富山観音《とみやまかんのん》なり。舳《へさき》に当りたるは[九]観月楼、楼の右にあるは[一〇]五大堂、楼の後に見ゆる杉の林は[一一]瑞岩寺なり。瑞岩寺の左に高き建築は[一二]観瀾亭、稍〻《やや》観瀾亭

たか。

五　芭蕉の「松島ノ賦」(『本朝文選』)の「七十二峰。数百の島々」に拠ったか。芭蕉門の桃隣編『陸奥衛(むつちどり)』(元禄一〇年(一六九七)刊)には「松島眺望」として「五十七島」とある。

六　『松島勝譜』に「世に八百八島ありといふは、大小の島々数おほきをいふ詞なるべし」とある。

七　『奥の細道』に「こがね花さくとよみて奉りたる金花山、海上に見わたし」と。『万葉集』に大伴家持歌(天皇(すめろき)の御代栄えむと東なる陸奥山(みちのくやま)に金(くがね)花咲く)。

八　富山(とみやま)の大非閣(大仰寺)にある坂上田村麻呂建立観音。「奥州三観音の一」(『松島勝譜』)。

九　「客館の重なるものを観月楼、加賀三亭、松明楼といふ」(『日本名勝地誌』)。子規は観月楼に泊った。

に続きたるが如きは雄島[一]なり。いざ船の着きたるに、た[二]う〳〵上り給へといふ。恍惚として観月楼に上る。

48涼しさの眼にちらつくや千《ち》[三]松《まつ》島《しま》

障子明け放ちて眺むる風光眼にも尽きねど、取りあへず観瀾亭に行く。此宿の門前数十歩の内なり。老婆出で、案内す。此家は伊達家の別荘にして建物は三百年の昔、豊太閤が伏見桃山に築き給ひしを、貞公(政宗)に賜はり、其後当家三代肯山公[四]のこゝに移されし者なりとぞ。彫刻鈿鏤《でんる》の装飾無しと雖《いえど》も、古《こ》樸《ぼく》にして言ふべからざる雅致あり。数百の星霜を経て毫《ごう》も腐朽の痕を見ず。伝へいふ、此建築一柱一板尽《ことごと》く唐木[五]を用うと。蓋《けだ》し一世の豪奢な

一〇 『松島勝譜』に「二橋を過れば五大堂にして五大尊像を安置す」と見える。

二 瑞巌寺。『奥の細道』に「瑞岩寺に詣。当寺三十二世の昔、真壁の平四郎出家して入唐、帰朝の後開山す」と見える。

三 『松島勝譜』に「瑞巌寺の南、観月崎(つきみさき)にあり」と見える。

一 『奥の細道』に「船をかりて松島にわたる。其間二里余、雄島の磯につく」と見える。

二 「とく〳〵」。大いそぎで。

三 松島のこと。雄島のことども(『松島勝譜』)。

四 伊達綱宗(寛永一七年(一六四〇)—正徳元年(一七一一))の法名。

五 紫檀、黒檀など。

り。襖、板戸の絵は皆狩野山楽[六]の筆とかや。疎鬆《そそう》[七]にしてしかも濃厚の処あり。狩野家中の一派にやあらん。廊下に坐して見渡せば雄島、五大堂を左右に控へ、福浦島[八]正面に当り、其他の大島小嶼《しょうしょ》[九]相錯伍《さくご》[一〇]して各《おのおの》媚を呈し、嬌を弄す。真に美観なり。嗚呼《ああ》太閤、貞山共に天下の豪傑にして、松島は扶桑第一の好景なり。而《しこう》して其人、此亭中に此絶勝を賞するに及ばず。此景此亭に其人を容れしむる能はざりしは千古の遺憾と謂はまくのみ。然れども風光依然として天下に冠たる限りは、涼風万斛《ばんこく》[一一]夏を忘るゝの頃、明月一輪、秋正《まさ》に半なるの時、両公の幽魂、手を握つて此処に遊観彷徨するや必せり。吾、一介の窮措《きゅうそ》[一二]大《だい》、固より槊《ほこ》を横《よこた》へて千軍万馬を走らするの勇無く、手[一三]

六　永禄二年（一五五九）―寛永一二年（一六三五）。京狩野家の祖。
七　大まかであらい。
八　『松島勝譜』に「経島（きょうがしま）より一町余にあり。此島に竹多し」と見える。
九　小島。「嶼」は、島。
一〇　錯互の誤記か。入りまじっての意。
一一　限りなく。
一二　貧しい書生。
一三　手を拱（こまね）いて。何もしないで。

を拱《きょう》して一州一郡を治むるの能無しと雖も、其意気昂然たる処に於て、豈《あに》敢て人に譲らんや。況《いわ》んや風月の権に至りては、[一]大明《だいみん》を驚かし、[二]羅馬を瞞《まん》するの手段を以て猶且つ之を一書生の手より奪ふべからざるをや。独り亭前に踞して左顧右眄《さこうべん》すれば両公彷彿として座間に微笑するを見る。而して傍人固より知らざるなり。

49 [三]なき人を相手に語る涼みかな

瑞岩寺に詣づ。両側の杉林一町許り奥まりて山門あり。苔蒸し、虫蝕して猶旧観を存す。古雅幽静太《はなは》だ愛すべきの[四]招提《しょうだい》なり。門側俳句の碑林立すれども殆んど見るべきなし。唯、

一 中国、明国。豊太閤の朝鮮出兵が意識されていよう。
二 ローマ。貞公の家臣支倉常長（はせくら つねなが）をしてメキシコ、イスパニア、ローマに派遣したことが意識されていよう。
三 豊太閤（秀吉）と貞公（政宗）。
四 寺。
五 岩間乙二（おっに）（宝暦五年（一七五五）—文政六年（一八二三））。子規は、乙二の句集『松窓句集』

50 春の夜の爪《つま》あがりなり瑞岩寺　[五]乙二

の一句は古今を圧して独り卓然たるを覚ゆ。寺に入りて宝物を見る。[六]雛僧《すうそう》案内して玉座のあと、名家の画幅、[七]外《がい》邦《ほう》の古物、[八]八房の梅樹等一々に指示す。唯たふとくのみ覚えて其名を記せず。

51 [九]政 宗 の 眼《まなこ》 も あ ら ん 土 用 干

五大堂に詣づ。小き島二つを連ねて橋を渡したるなり。橋は、[一〇]をさ橋とてをさの如く橋板疎《まば》らに敷きて足もと危く、俯《うつむ》けば水を覗《うかが》ふべし。

『松窓句集拾遺』を読むべきものとして挙げている（『俳句問答』）。

六　幼い僧。

七　外国。

八　『松島勝譜』に「朝鮮梅、又八房（やつふさ）の梅といふ。政宗卿征韓の役の帰路に齎したまひし種なり。瑞巌寺の庭上にあり」と見える。

九　幼くして疱瘡で右眼を失明した、その義眼。

一〇　『松島勝譜』には「松島橋天童庵より五大堂へ行く処にある二ッの橋なり。洗橋（すかしばし）といひ、又渡江橋といふ」と見える。明治三七年（一九〇四）七月刊、渡辺松波編著『遊覧之友　奥之松島』（誠敬舎）には「其状梯子の如し、空欠あり」と記されている。子規俳句稿『寒山落木』に〈をさ橋に足のうら吹く風涼し〉の句が（「日本」新聞掲載初稿にも）。

52すゞしさや島から島へ橋づたひ

日やう〳〵暮れなんとす。

6松島や雄島の浦のうらめぐり

めぐれどあかず日ぞ暮れにける

旅亭に帰り欄干に凭《よ》りて見る島いくつ、松の木の生ひぬもなければ月さし上りて[一]金波銀浪に浮き出づる島々いづれか[二]小蓬莱ならざらんと、夜景先づ俤に立ちて独り[三]更《こう》のたくるをのみ待つ。空は陰雲閉ぢて雨を催ほさんけしきなるに、一夕立の過ぎなば中々に晴るゝ事もあらんかと空だのみして、

一 月の光で金色や銀色に見える波。漢語。

二 小さな蓬莱山（仙人の住むところ）のように見える島。明治一九年（一八八六）刊、黄雲亭稲雄編『日本名所風月集』中の青木句〈象潟の蓬莱と見ん鳥海山〉が参考となる。

三 夜がふけること。「たくる」は「闌くる」。

53夕立の虹こしらへよ千松島

闇は先づ遠き島山より隠してやう〳〵夜に入る。

54灯ちら〳〵人影涼し五大堂

今や月出づらんと眼を見張るもをかしく、

55松島の闇を見て居るすゞみかな

小舟二艘許り赤き提灯をともしつらねて小歌を歌ひ、月琴を弾《ひ》きなどしつゝそこゝと漕ぎまはるは、かれも月を待つなるべし。

56ともし火の島かくれ行く涼み船

うれしや海の面《おもて》ほのかに照りて、雲の隙《ひま》に月の影こそ現れんとすなれ。

7波の音の闇も[一]あやなし大海原
　月いづるかたに島見えわたる

57すゞしさの[二]ほのめく闇や千松島

一句二句うなり出だす間もなく、月は再び隠れて、此あたりの雲の中とばかり、それだに覚束なし。あはれこよひ一夜こそ松島の月を見んと来しものを、

一　はっきりとわからない。『古今集』の躬恒(みつね)歌に〈春の夜の闇はあやなし梅花(うめのはな)色こそ見えね香やはかくるゝ〉がある。

二　かすかに見える。

8 心なき月は知らじな松島に
　　こよひばかりの旅寐なりとも

観月といふ楼の名を力に夢《む》魂《こん》[三]いづこにや迷ふらん。三十日朝、雄島に遊ぶ。橋を渡りて細径《ほそみち》ぐるりとまはれば、石碑ひし〳〵と並んで木立の如し。名高き坐禅堂[四]はこれにやと思ふに、傍に怪《あや》しき家は何やらん。

58 すゞしさを裸にしたり坐禅堂

かねて命じ置きたる小舟は旅宿の前に纜《ともづな》を維《つな》いで我を待つ。直ちに乗りうつれば、一棹《さお》二棹はや五大堂をうしろにして福浦島[五]眼の前に逼《せま》る。此島には竹藪ありて穴の無

三　夢見る人（子規）の魂。

四　『奥の細道』に「雄島が磯は地つゞきて海に出たる島也。雲居禅師の別室の跡、坐禅石など有」と見える。『松島勝譜』に「坐禅堂　寛永中、雲居禅師これを建てたり。把不住軒四字の額あり」とある。

五　『松島勝譜』に「此島に竹多し。挿花筒に作りて、水久しく乾かず」と見える。四七頁注八参照。

き竹を出だすとなり。岸づたひに栖が崎[一]をめぐれば手《て》樽《たる》[二]村《むら》のこなたに着きぬ。賤しき童に案内せられて行く事半里、嶮阪《けんはん》を攀《よ》づる事五、六町にして富山《とみやま》[三]の紫雲閣に達す。寺は山に倚《よ》りて搆へ、庭二、三間を隔てゝ、其向ふ見下《みおろ》す限り即ち松島なり。実《げ》[四]にや松島は富見にありとかや。西は瑞岩寺につゞく山々より、東はこがね花さく金華山[五]まで、大は宮戸《みやと》[六]桂《かつら》[七]の島々より小は名も知らぬ大岩小岩までいかで我眸中《ぼうちゅう》を逃るべき。うね〳〵と長きは蛇島《へびしま》[八]にして平かにつくばひたるは亀島《かめしま》なり。月星島あれば蓬萊島あり。大黒島あれば毘沙門島あり。其外何島彼島杖のさき、扇のはしにかたまつて十八里の海面八百八の島々は眼もくらむ許りになん。

一　手樽村へ行く途次の突き出た長い崎(『松島勝譜』添付の「松島湾全図」参照)。

二　『松島勝譜』の「富山(とみやま)」の項に「松島より東北陸路二里にて、手樽村の内にあり」と見える。

三　明治天皇が休憩の御殿。子規俳句稿『寒山落木』に「富山紫雲閣より松島を見る。こゝは先年鳳輦を駐め給ひし跡あり」として〈かしこまる玉座の前のすゞみ哉〉の句が。『松島勝譜』の「富山」の項には「半腹に大仰寺あり。その院中より眺望すれば、松島の海面、庭上の泉水の如く、浮める島々目下にみち〳〵松の緑は手に摘むべく、其風景詞のおよぶべきにあらず」と見える。

四　文政四年(一八二一)刊、鼓缶子(桜田周輔)著『松島図誌』に「松島の風景は富山にありといへり」とある。『松島勝譜』に

59涼しさのこゝからも眼《め》にあまりけり
60松島に扇かざしてながめけり
61[九]海は扇松島は其絵なりけり

去る年[一〇]奥羽御巡幸の折ふし、鑾輿《らんよ》かしこくもこの寺に駐《とど》め給ひし玉座のあと、竹もて囲ひたるに何とはなく尊くて、[一一]飄亭餞別の句もこゝにぞ思ひ出だされける。山を下れば再び舟に打ち乗りて塩竈に向ふ。船頭は帆を順風に任せて、已〔己〕れは[一二]柁《かじ》をあやつりながら一々に島の名を指し教ふ。忘るれば復《また》聞き、聞けば復忘る。岩ありて松あり、同じ島と見れば異なり。うしろに見えて形、目に新

も同文が。
五　四五頁注七参照。
六　『松島勝譜』に「島嶼中最も大なるものにして、周廻三里余、島上田圃多く、半農半漁なり」とある。
七　『松島勝譜』に「巨島なり。居民二十余戸」とある。
八　以下、点在する島々。いずれの島も『松島図誌』『松島勝譜』に記載あり。
九　いわゆる「見立て」の句。
一〇　『松島勝譜』に、「明治九年、車駕東北を巡幸あらせられ」と見える。明治九年(一八七六)六月のこと。七月二一日還御。明治二一年(一八八八)刊、岡濯著『松島案内』にも見える。
一一　飄亭の〈松島で日本一の涼みせよ〉の餞別句(一一三頁参照)を指す。
一二　『節用集大全』に「柁」で「かぢ」と。「楫」に同じ。

らし。他《あだ》し島と見れば却て又同じ。一つのもの幾様にも見《みえ》て、七十の島八百にやなるらん。

62涼しさや島かたぶきて松一つ

海草水面《みなも》に広がりて、月宿るべきひまだになきは、あたら松島の疵《きず》にやあらん。さて此草を此あたりにて藻と呼ぶにやと問へば、船頭いふやう、此草は冬になれば全く枯れて跡なく、春の頃より少しづゝ生ひそむるになん。昔は製塩の法も今の如くは開けざりしかば、此草を多く刈りあつめて之を焚き、其灰より塩を取りし故に、今も一藻汐草とはいふなりと語る。名所の言葉、昔のなつかしくて、

一　塩を採取するために用いる海藻。『新後撰集』中の今上御製(後二条天皇)の〈もしほやく煙もたえて松島やをじまの波にはるゝ月かげ〉が参考になる。

二　書き集めること。『新古今集』の源家長歌〈もしほぐさかくともつきじ君が代のかずによみおく和歌の浦浪〉が参考となる。

三　菅で作った編み目の十筋ある菰。名産。『奥の細道』に「かの画図(編者注・画工加右衛門の画)にまかせてたどり行ば、おくの細道の山際に十符の菅有。今も年々十符の菅菰を調て国守に献ずと云り」と見える。『俊頼髄脳』『夫木集』中の〈みちのくのとふのすがごもなゝふには

63 涼しさや海人《あま》が言葉も[二]藻汐草

[三]十符《とふ》の菅菰《すがごも》の事など尋ぬるに、朧気《おぼろげ》に聞き知りてはなしなどす。耳新らしき事多かり。舟、塩竈に着けば、こゝより徒歩にて名所を探りあるく。路の辺に少し高く松二、三本老いて、下に石碑あり。昔の名所図会の絵めきたるは、[四]野田の玉川なり。伝ふらく、こは真の玉川に非ずして、政宗の政略上より、故《ことさ》らにこしらへし名所なりとぞ。いとをかしき摸造品にはありける。

末の松山も同じ擬名所にて、横路なれば入らず。市川村に[五]多賀城址の壺碑《つぼのいしぶみ》を見る。小さき堂宇を建てゝ、風雨を防ぎたれば、格子窓より覗くに文字定かならねど、流布の

君をねかせてみふに我ねん〉で知られている。歌枕。『松島案内』にも記述がある。

四 『奥の細道』の壺碑の記述のあとに「それより野田の玉川、沖の石を尋ぬ。末の松山は、寺を造て末松山といふ」と見える。『新古今集』中の能因歌〈ゆふされば潮風越してみちのくの野田の玉河ちどりなくなり〉で知られる。歌枕。『松島案内』に記述がある。子規俳句稿『寒山落木』に〈涼しさにうその名所も見て行きぬ〉句が(「日本」新聞掲載の初稿にも)。

五 『奥の細道』に「壺碑　市川村多賀城に有」として詳述、「爰(ここ)に至りて疑なき千歳の記念、今眼前に古人の心を閲(みけ)す。行脚の一徳、存命の悦び、羇旅の労をわすれて、泪(なみだ)も落るばかり也」と記されている。『松島案内』にも「多賀城碑」として詳述。

石摺によりて大方は兼てより知りたり。

64 のぞく目に一千年の風すゞし

[一]蒙古の碑は得見《えみ》ずして、岩切停車場に汽車を待つ。

65 蓮の花さくやさびしき停車場

此夜は仙台の旅宿に寐ぬ。

三十一日。[二]旧城趾の麓より間道を過ぎ、[三]広瀬川を渡り、[四]槐園子《かいえんし》を[五]南山閣に訪ふ。閣は山上にあり、川を隔てゝ[六]青葉山と相対す。青葉山は即ち城趾にして、広瀬川は天然の溝渠《こうきょ》なり。東は眺望[七]豁然《かつぜん》と開きて、仙台の人家、樹間に隠現し、[八]平洋の碧色、空際に糢糊たり。

一 『日本名勝地誌』に「原ノ町の東北三十町、岩切村字燕沢に在り。長六尺余、径三尺、石面欄行、其文は古体或は離合して殆ど読易からず」として写真版で収められている。『遊覧之友 奥之松島』にも記述がある。

二 仙台城(青葉城)。

三 仙台城を外濠(溝渠)のように流れる川。

四 鮎貝槐園(元治元年(一八六四)—昭和二一年(一九四六))。歌人、落合直文の弟。「浅香社」のメンバー。この時、与謝野鉄幹と同道。子規とは旧知(復本一郎著『歌よみ人 正岡子規』岩波現代全書、参照)。

五 医者で素封家の上山(かみやま)静山の別荘。

六 仙台城址のある山。

七 ひろびろと。

八 太平洋。

66 夕立の見る〱山を下《くだ》りけり

[九]主人自ら風呂を焚きてもてなしなどす。

67 行水をすてる小池や蓮の花

雲烟風雨の奇景を眼下に見下《みおろ》しながら歌話俳話に一日の閑を消す。雨晴れて、海天相接するのほとり、微光を漏らすものは月なり。色赤くして稍黒し。一片の凄気《せいき》[一〇]を含む。

68 涼しさのはてより出たり海の月

槐園も同じ心を、

九　槐園を指す。

一〇　「凄気」に同じ。物すさまじい気配。

9はたゝがみ[一]遠くひゞきて波のほの
　月よりはるゝ夕立の雨　槐園

勧めらるゝまゝに一泊す。

八月一日、朝起きて窓を開けば、雨後の山川遠望更にほがらかなり。

69野も山もぬれて涼しき夜明かな

槐園又《ま》た、

10ひろせ川朝ぎりわけてたつ浪の
　音よりあくるしのゝめ[二]の空　槐園

一　『節用集大全』は「靂」に「はたゝがみ」と。『書言字考節用集』は「霹靂」に「ハタ、ガミ」と。激しい雷。

二　明け方。『節用集大全』は「篠目」の表記で「倭語ニ曰二早朝一ヲ也」と。『書言字考節用集』は「東雲」の表記も。『古今集』には紀貫之歌〈夏の夜のふすかとすればほとゝぎすなくひとこゑに明くるしのゝめ〉が見える。

旅宿に帰る。此夜槐園来る。

二日　[三]宮沢渡の仮橋を渡りて[四]愛宕山の仏閣に上る。門側天狗の像を安置す。茶店に氷水を喫しながら見下せば、広瀬川は足下数十丈の絶崖に添ふて、釣する人、泳ぐ人、豆の如く、川のかなたは即ち仙台市にして、高楼画閣掌中に載すべし。[五]政宗公の廟に謁《もう》づ。老杉[六]蓊鬱《おううつ》、山路[七]幽凄《ゆうせい》、堂宇屹然《きつぜん》として其間に聳ゆ。纔《わず》かに欄間の彫彩を覗ふ。門堅く鎖《とざ》して入る能はざるなり。常人死して此栄を受く、則ち以て瞑すべし。公に在ては、則ち此僻地に葬られて、徒《あだ》に香火の冷ならざるを得るのみ。豈《あ》に其の素志ならんや。旅宿に帰る。

三　広瀬川に架かる橋（工藤寛正著『子規のおくのほそ道『はて知らずの記』を歩く』参照）か。ただし、「日本」新聞初出の本文では「宮沢の渡の仮橋を渡りて」とある。

四　曹洞宗大満寺。子規俳句稿『寒山落木』に「仙台愛宕山門前にて」として〈小天狗の前に息つく熱さかな〉が。

五　経ヶ峰の瑞鳳寺。政宗の廟を瑞鳳殿という。『日本名勝地誌』に「瑞鳳殿の結構は最も壮麗を尽し」と見える。

六　草木が盛んに茂る様子。

七　奥深く寒々とする、の意か。子規の造語であろう。

70土用干や裸になりて旅ごろも

三日　旅宿を引きあげて再び南山閣に到る。

*11*旅衣ひとりぬれつゝ夕立の
　　　雲ふみわけて君をとふかな

例の歌談俳談に夜をふかす。

四日　雨。文学談猶尽きず。

五日　南山閣を辞して出羽に向ふ。留別《りゅうべつ》、

71涼しさを君[一]一人《いちにん》にもどし置く

広瀬川に沿ふて溯る。[二]嶄巌《ざんがん》、激湍《げきたん》、涼気衣に満つ。橋を

一　槐園のこと。

二　谷の深く峻（わけ）しい様子。

渡りて愛子《あやし》の村を行く。路傍の瞿麦《なでしこ》雅趣めづべし。[三]野川橋を渡りてやう〳〵に山路深く入れば、[四]峰巒《ほうらん》、形奇にして雲霧のけしき亦たゞならず。

72山奇なり夕立雲の立ちめぐる

[五]作並《さくなみ》温泉に投宿す。家は山の底にありて、翠色窓間に滴り、水声床下に響く。絶えて世上の涼炎を知らざるものの如し。

73涼しさや行灯うつる夜の山

[六]温泉は廊下伝ひに絶壁を下る事数百級にして、漸く達すべし。浴槽の底板一枚下は即ち[七]淙々《そうそう》たる渓流なり。蓋《けだ》し

三　広瀬川に架かる橋であろう。

四　山の峰。

五　『日本名勝地誌』に「広瀬村大字作並に在り。仙台市を距（さ）る西方七里半」と見える。また「効能は疝気、脚気、僂麻質斯（リウマチス）、火傷、金創、打撲、疥癬、癪（しゃく）、腹痛、子宮病等に宜しといふ」と。古湯の岩松旅館泊か。

六　『日本名勝地誌』に「字湯沢と称する豁間より湧出す。道路より凹（ぼく）きこと十余丈、客室より斜に百八十級の長梯を浴室に架して之（これ）に通ず。宛然雲梯を架して暗窟に下るが如し」と見える。

七　水が流れる音、様子。

山間の奇泉なりけらし。

74夏山を廊下づたひの温泉《いでゆ》かな

六日　晴。

12見し夢の名残も涼し檐《のき》の端に
　　雲吹きおこる明方の山

山深うして一歩は一歩より閑《しず》かに雲近うして、一日は一目より涼しげなり。蟬の声いつしか耳に遠く、一鳥朝日を負ふて山より山に啼きうつる。樵夫《しょうふ》の歌かすかに其奥に聞えたり。さすがの広瀬河、細り〳〵て、今は觴《さかずき》をも泛《うか》べつべき有様なるに、処々に白き滝の、緑樹を漏れた

一　広瀬川の細くなった流れを、杯を流して風流な遊びに興じる曲水の宴の曲水の流れに誇張して譬えた。

るもいとをかし。

75 雲にぬれて[二]関山《せきやま》越せば袖涼し

九十九折《つづらおり》なる谷道、固《もと》より人の住む家も見えず、往来の商人だに稀なるに、十許りの女《め》の童《わらわ》、何処に行かんとてか、はた家に帰らんとてか、淋しげに麓の方へ辿り行くありけり。と見れば賤しき衣を着けたるが上に、[三]細き袴を穿《うが》ちたる其さま、恰《あたか》も木曽人の袴の如し。いつの代の名残にはありけん、ひたすらにいとほしく覚えて、

76 [四]撫《なで》し子《こ》やものなつかしき昔ぶり

仰ぎて望みたる山々、次第に我足の下に[五]爪立ちて、頭上

二　仙台と天童、楯岡、東根への通路。関山峠は、標高五九四メートル。

三　農村で用いる山袴（やまばかま）。子規の念頭に歌語「木曽の麻衣」（麻製の粗末な衣）があって「木曽人の袴」に譬えたか。例えば『歌枕名寄』に〈かさごしのみねよりおる、賤のお（を）がきそのあさ衣まくり手にして〉（出典未詳）が見える。子規俳句稿『寒山落木』に「関山越に古風なる袴はきし少女を見てよめる」として〈袴はく足もと涼し昔ぶり〉との句が。

四　子規句に〈なでしこは妹がかへ名かありがたや〉（明治二四年（一八九一））があるように、実際の「撫し子」の花に「十許りの女の童」が含意されていよう。

五　背伸びをするようにそり立って。

僅かに一塊の緑を残す。山嶮《けん》に、谷深うして道をつくるべき処もなし。攀《よ》ぢて其もとに到れば、山根に一条の隧《すい》道《どう》[一]を穿つ。これを過ぐれば則ち羽前の国[二]なり。隧道に入れば三伏猶冷《さんぷくなお》かにして、陸羽[三]を吹き通す風、腋の下に通ひて、汗は将《まさ》に氷らんとし、岩を透《すか》す水の雫は絶えず壁を滴りて、襟首をちゞむること屢ゝ《しばしば》なり。

77隧道のはるかに人の影すゞし

出口に一軒の茶屋あり。絶壁に凴《よ》りて搆へたり。蠅むらがり飛んで此一つ家に集まる。幾千万といふ数を知らず。うるさけれどもめづらし。山稍下《くだ》りて車馬簇《むら》がるところ家一つあり。こゝにて昼餉《ひるげ》などしたゝめて午熱[四]を避く。

一 トンネル。子規俳句稿『寒山落木』に「関山隧道」として〈とんねるや笠にしたゝる山清水〉句が。

二 今の山形県の大部分。

三 陸奥(つむ)の国と出羽(明治元年(一八六八)一二月、羽前、羽後の二国に分割)の国。

四 日中の暑さ。

78 午飯《ひるめし》の腹を風吹くひるねかな

幾曲り曲りて道は松杉の中に入る。涼しき響のどことなく耳を襲ふに、何やらんと横にはいれば不動尊立てり。其うしろに廻りて松が根に腰をやすむれば、[五]水晶の簾《すだれ》なせる滝は数仞《じん》の下に懸りて、緑を湛へたる深潭《しんたん》の中に落つ。襟を披《ひら》き汗を拭《ぬぐ》ふて覚えず時をうつしぬ。

13 [六]とく〳〵の谷間の清水あつめきて
　　いはほをくだく滝の白玉
79 涼しさを砕けてちるか滝の玉
80 [七]滝壺や風ふるひこむ散り松葉

五　大滝と呼ばれる滝。

六　子規の念頭に伝西行歌〈とく〳〵とおつる石間（いわま）の苔清水くみほすほどもなきすまひ哉〉（『素堂家集』等）があっての措辞（芭蕉も『野ざらし紀行』「幻住庵記」で言及）。

七　子規の念頭に芭蕉句〈清滝や波にちり込青松葉〉があっての一句。

山稍開きて路の辺の畑には莨《たばこ》をつくり、処々に二、三の茅屋など見受けらる。

81 ほろ〳〵[一]と谷にこぼるゝいちごかな

82 山を出てはじめて高し雲の峰

83 山里や秋を隣に麦をこぐ[二]

路二筋に分るゝ処即ち天童、楯岡の追分[三]なり。茶屋に腰かけて行く手の案内など聞く。道を右にとりて観音寺、白水の諸村を過ぐ。これより路傍、湯殿山[四]の三字を刻みたる碑多し。万善寺[五]の村はづれにやあらん、一筋の川流

一 芭蕉句〈ほろ〳〵と山吹ちるか滝の音〉が子規の念頭にあろう。

二 「こぐ」の濁点は原本(『増補再版 獺祭書屋俳話』)に付されているが、普通は「こく(扱く)」。千歯という道具で、刈り取った麦の実を取ること。「こぐ」は、松山方言(センバで稲や麦の種を落すこと)(『伊豫松山方言集』)。

三 分岐点。

四 出羽三山の奥の院。標高一五〇三メートル。『奥の細道』に「日出て雲消れば、湯殿に下る」と見える。芭蕉句に〈語られぬ湯殿にぬらす袂かな〉が。

五 曹洞宗の寺。北村山郡東郷村。

れたり。白河といふ。河原つゞきに草生ひたる原遥かに広がりて、小山に接す。此河原に六、七十羽の鴉下《お》り居《い》て羽を夕日に晒《さら》せば、西の方東根村のあたりより労《つか》れたる翼ゆる〳〵つかひながら森づたひに低く飛《と》び来《きた》る一むれ〳〵の鴉は、皆こゝに来り大勢の中に打ちまじりて憩ふが如し。立ちならびたる傍《かたわら》の鴉を見かへりて何をか語るは、今日の獲物を誇るにやあらん。小石ふみすべらしながらたど〴〵と水の際まで歩みて水を飲むは、喉を濡《うる》ほして昼の熱さを洗ひさるなるべし。しばしながむる内二百羽にも余りつらんと覚しく翼うち触れて川原おもても狭く見ゆる程に、始めより居たるは少しづゝ川を離れて次第に草むらの中に退き、はては五羽六羽と思ひ〳〵

に飛びむれて向ふの山もとをめぐるは、夕靄《ゆうもや》がくれおのが塒《ねぐら》にいそぎ行くめり。折ふし車引きて帰る賤《しず》の女《め》に聞けば、こゝは鴉の寄り処にして毎晩斯《かく》の如しとぞ。橋あり。烏鵲橋《うじゃくきょう》と名づけたり。鴉に見とれて覚えず貴重なる夕刻を費しぬ。東根を過ぎて羽州街道一に出でし頃は、はや夕栄《ゆうばえ》山に収まりて星光粲然《さんぜん》たり。

84 夕雲にちらりと涼し一つ星二

楯岡に一泊す。いかめしき旅店ながら鉄炮風呂三の火の上に自在四を懸けて、大なる鑵子《かんす》五をつるしたるさまなど鄙《ひな》びておもしろし。

七日、晴れて熱し。殊に前日の疲れ全く直らねば歩行困

一 奥州街道の桑折（こおり）から分かれ、山形、秋田を経て青森に至る五十八次の街道。
二 ここでは宵の明星。
三 浴槽に備え付け湯を沸かす銅製の筒（鉄砲）のある風呂。据風呂（すえぶろ）の一種。喜田川守貞著『守貞漫稿』（天保八年（一八三七）―嘉永六年（一八五三））に「炭を専とし稀には薪にても焚レ之」と。
四 自在鉤。ここでは、鉄砲の上につるして、鍋、釜などを自由に上下させることのできる鉤。
五 弦（つる）の付いている青銅または真鍮（しんちゅう）製の湯釜。

難を感ず。

85何やらの花さきにけり瓜の皮

86賤《しづ》が家《や》の物干ひくし花葵

三里の道を半日にたどりて、やう〳〵大石田[六]に着きしは正午の頃なり。最上川に沿ふたる一村落にして、昔より川船の出し場と見えたり。船便は朝なりといふに、こゝ[七]に宿る。

87ずん〳〵[八]と夏を流すや最上川

88蚊の声にらんぷ[九]の暗きはたごかな

六　『奥の細道』に「最上川のらんと、大石田と云所に日和を待」と見える。最上川の中流。

七　子規は、この日（八月七日）「羽前国北村山郡楯岡駅旅店」より叔父大原恒徳（つねのり）宛に手紙を出し、「これより羽後の象潟を一見致し候上、盛岡にいで再び汽車にて帰京する積りニ御坐候」と報じている。楯岡泊か、あるいは大石田泊か。「ここ」が、定かでない。書簡末には「今日ハ最上川の船にのるつもりに御坐候」と見える。

八　芭蕉句〈暑き日を海に入れたり最上川〉が意識されていよう。

九　洋灯。石油を用いた灯火具。子規もランプの生活。この句で子規は「らんぷの暗きはたご」と言っているので、宿を替えての大石田泊ということか。芭蕉句〈牛部屋に蚊の声闇（らく）き残暑哉〉が、子規の頭を過（ぎよ）ったか。

八日、川船にて最上川を下る。此舟米穀を積みて酒田に出だし、又酒田より塩乾魚《しおぼしうお》を積み帰るなり。下る時、風順なれば、十八里一日に達し、上る時風悪しければ、五日六日をも費すといふ。乗合ひ十余人、多くは商人にして結髪[一]の人亦少からず。舟大石田を発すれば、両岸漸《ようや》く走りて杉深き木立、家たてるつゝみなど蓬窓《ほうそう》[二]次第に面目を改むるを見てか、見ずにか乗合の話声かしまし。

89 秋立つや出羽商人のもやひ[三]船

14 草枕[四]夢路かさねて最上川
　ゆくへもしらず秋立ちにけり

一　ここでは髷(まげ)を結った人の意味であろう。子規も九歳(明治八年〈一八七五〉)まで髷を結っていた。

二　蓬などが生えた所に面した窓、の意から、貧しい家。

三　ここでは乗合船の意。「もやい(催合)」は、共有の、共同の、の意味(『伊豫松山方言集』参照)。『書言字考節用集』に「持相」の表記で「モヤヒ」。

四　ここでは、旅の意。『夫木集』に〈くさ枕夢ぞたえぬるみちのくのあさかの沼のしぎの羽風に〉の「読人しらず」歌。

正午、烏川《からすがわ》着。四、五人こゝより舟をあがれば、残る所亦五、六人に過ぎず。団欒話漸く熟して、笑声頻りに起る。言、なまりて更《さ》らに解せず。独り艫《とも》辺に彳《たたず》みて四方の風景を見る。遡り来るの舟幾艘、人綱を引きて岸上を行く。恰も蟻の歩みつれたるさま、逆流に処するの困難想ふべし。我れは流に順《したご》ふて下る。川幾曲、舟幾転、水緩《ゆるやか》なる時は舟徐ろに動きて油の上を滑るが如く、瀬急なる処は波浪高く撃ち、盤渦《ばんか》廻り流れて両岸の光景応接に暇あらず。一舟、我と同じく下る。後《おく》る事僅に数十間。我舟已《すで》に急灘《きゅうだん》を経て後を顧みれば、彼舟を距《さ》る事殆《ほとん》ど数町に在り。

五　船の後部。船尾。
六　うず。

90 舟引《ふなひ》きの背丈短し女郎花《おみなえし》

91 蜻蛉《とんぼう》や追ひつきかぬる下り船

一本合海《もとあいかい》を過ぎて二八面山《やむきやま》を廻る頃、女三人にてあやつりたる一艘の小舟、川を横ぎり来つて我舟に漕ぎつくと見れば、一人の少女餅を盛りたる皿いくつとなく持ら〔ち〕来りて客に薦む。客辞すれば、彼益々勉めてやまず。時にひなびたる歌などうたふは、人をもてなすの意なるべし。餅売り尽す頃、漸くに漕ぎ去る。日暮れなんとして三古口に着く。下流難所あれば夜舟危し、とてこゝに泊るなり。乗合四人皆旅店に投ず。四むさくろしき家なり。

一 『日本名勝地誌』に「酒田路は前記の舟形（編者注・地名）より分岐し本合海《もとあいかい》、古口、清川、狩川、余目《あまるめ》を経て羽後飽海郡《あくみごおり》酒田町に抵《いた》り」と見える。

二 正しくは「八向山」。

三 注一参照。

四 「むさくるしき」（不潔な）に同じ。

九日早起、舟に上る。暁霧濛々《もうもう》夜未だ明けず。

15 すむ人のありとしられて山の上に
　朝霧ふかく残るともし火

古口より下一、二里の間、山嶮にして水急なり。雲霧繚《りょう》[五]繞《じょう》して、翠色模糊たるのあはひ〳〵より落つる幾条の小瀑、隠現、出没其数を知らず。而して小舟駛《は》する事箭《や》の如く、一瞬一景備《つぶ》さに其変態を極む。曽《かつ》[六]て舟して木曽川を下る、偕（潜）《ひそ》かに以て最奇景となす。然れども之を最上に比するに、終に此幽邃峻奥《ゆうすいしゅんおう》[七]の趣に乏しきなり。

五　まつわりめぐって。

六　子規は、明治二四年（一八九一）七月四日、舟で木曽川を下っている。本書所収「かけはしの記」一八一頁以降参照。

七　けわしく奥深い。子規の造語か。

16立ちこめて尾上《おのえ》もわかぬ暁の
　霧より落つる白糸の滝 一

92朝霧や四十八滝下り船 二

四十八滝は総名なり。淵に河童淵ありて、河童は空しく風と消え、滝に尻滝ありて岩石猶二つの豊凸《ほうとつ》を為す。其外むつかしき名も多かるべし。一山、川に臨んで縁〔緑〕樹鬱茂、翠色滴らんと欲す。水に沿ふて鳥居あり。石階、木の間に隠れて鳥の声幽かなり。これを仙人堂といふ。三 前の淵を仙人沢といふ。甲なる人咳《せ》き一つして、こを仙人沢といふ事、昔し久米の仙人 四 空中を飛行してこゝに来りし時、衣を浣《あら》ふ処女《おぼこ》一人川中に立てるが、脛《はぎ》の色白くし

一 『日本名勝地誌』に「白糸の滝は高さ七丈、幅四間、夫木集源重之（しげゆき）の歌に「最上川滝のしら糸くる人のこゝによらぬはあらじとぞ思ふ」とあるは是れなり」と見える。『夫木集』には同じ重之歌〈もがみ河おちくる滝の白いとは山のまゆよりくるにぞありける〉も見える。『奥の細道』には「白糸の滝は青葉の隙〳〵に落て、仙人堂、岸に臨て立」とある。

二 『日本名勝地誌』に「両岸の風景絶佳にして殊に本郡（編者注・西村山郡）古口村の沿岸には所謂（いわゆる）四十八滝なるものあり。舟の奔下するに随ひ一瀑を送れば又一瀑を迎へ、高きあり低きあり、大なるあり小なるあり、潺々（せんせん）として樹間に蔵（かく）れ鞺鞳（とうとう）として巌面に露（あら）はれ、其奇其妙筆の能く尽す所に非ず」と見える。

三 『日本名勝地誌』に「布引松

てたとへんにものなし。仙人は一目見るより、さてうつくしき脛よと思ひしのみにて通力全く絶え、忽《たちま》ち此水中に落ちたりと語るに、乙なる人聴きて膝の進むを覚へず曰く、屢〻《しばしば》此様の話あり。其女といふも実は神の使にして、必ず「みんたん」(此地、「私窩子《しかし》」[五]の称)の類には非《あらざ》るなり。恐るべし〳〵と。甲又語を継ぎて、仙人其後彼女と婚《まぐわい》して、と言ひもあへず乙傍より妨げていふ。彼亦《また》終に契りを結びしや。果して然らば通力を失ふ亦何かあらんと。一坐哄然《こうぜん》、舟中の一興なり。漸くにして清川に達す。舟を捨て丶陸に上る。河辺杉木立深うして良材に富む。此処戊辰戦争《ぼしんせんそう》[六]の故蹟なりと聞きて、

の傍らに小堂あり山居坊と称す。山形通覧(編者注・不詳)に「古口村最上川の下流仙人沢に仙人堂あり。常陸坊海尊の遺跡なり」と記せしもの此れ乎(か)」と見える。

四　久米仙人の逸話は、『今昔物語』巻第十一の第廿四話をはじめとして諸書に見えるが(例えば『本朝神社考』の「久米」)、最上川の仙人堂がらみの逸話は不詳。口碑により伝わるか。

五　私娼(公の許可を受けていない売春婦)。「私窠子」に同じ。「みんたん」の用例、他に未見。宮武外骨著『売春婦異名集』にも未記載(同書「まんた」とかかわりがあるか)。

六　慶応四年(一八六八)戊辰(つちのえたつ)一月三日から明治二年(一八六九)五月一八日までの討幕派と旧幕府軍の戦争。

93 蜩《ひぐらし》の二十五年も昔かな

道々茶屋に憩ふて茶を乞ふ。茶も湯も無しといふ。風俗の質素なること知るべし。歩む事五里、再び最上川を渡り、限りなき蘆原の中道辿りて酒田に達す。名物は婦女の肌理《きめ》細かなる処にありといふ。夜散歩して市街を見る。紅灯縁〔緑〕酒、客を招くの家数十戸檐《のき》をならぶ。毬灯《きゆうとう》高く見ゆる処にしたひ行けば、翠松館[一]といふ。松林の間にいくつとなくさゝやかなる小屋を掛けて納涼の処とす。此辺の家、古風の高灯籠[二]を点《とも》す。

十日、下駄を捨てゝ草鞋《わらじ》を穿つ。北に向ふて行くに、鳥[三]海山正面に屹立して、谷々の白雲世上の炎熱を知らぬさ

一　子規門の河東碧梧桐は、その著『三千里』（明治四三年（一九一〇）一二月、金尾文淵堂刊）の明治四〇年（一九〇七）一〇月二三日の条に「紅灯緑酒云々は恐らく船場町辺の遊廓であつたであらう。翠松館は翠松亭のことで、俗に弁当屋といふ。山王の松林を背ろにした旗亭で、現存してをる。尚ほ子規子は宿を三浦屋といふのにとつたらしい。これはこの地での第一流の旅館である」と記している。子規俳句稿『寒山落木』中に「酒田翠松館二句」として〈松の木に提灯さげて夕涼み〉〈夕涼み山に茶屋あり松もあり〉。また「酒田翠松館　東は家屋甍を並べ、西は大海渺として際なし」として〈前後（まえうしろ）熱さ涼しさ半分づゝ〉が。

二　人の死後七回忌まで、霊を慰めるために盂蘭盆会に立てる高い竿につける灯籠。

三　『日本名勝地誌』に「峭悴（よし

まなり。

94鳥海にかたまる雲や秋日和

95木槿《むくげ》咲く土手の人馬や酒田道

荒瀬、遊佐《ゆざ》を過ぎ、松原のはなれ家に小憩す。

96笊《ざる》ふせておけば昼鳴くきり〴〵す

家々の振舞水に渇を医《いや》しながら一里余り行けば、忽然として海岸に出づ。一望豁然[四]として、心はるかに白帆と共に飛ぶ。一塊の飛島[五]を除きては、天水茫々《てんすいぼうぼう》一塵の眼をさへぎるなし。吹浦[六]に沿ふて行く。海に立ちて馬洗ふ男、

うすい)天を摩し、山頂常に白雪を戴く」と見える。

四　ひろびろとして。

五　『日本名勝地誌』に「吹浦村を距る西十六浬(マイル)の海中に在る一孤島なり、周回三里余、島中勝浦、中村、法木(のりき)の三村落あり。戸数百六十六戸、人口千百三十四人、島民皆な漁(すなど)りを以て業とす」と見える。

六　『奥の細道』中に芭蕉句〈あつみ山や吹浦かけて夕すゞみ〉が見える。「あつみ山」は、温海山。酒田の南。

肴籠《びく》重たげに提げて家に帰る女のさまなど、総て天末《てんまつ》の夕陽に映じて絵を見るが如し。

17夕されば吹く浦の沖のはてもなく
　　入日にむれて白帆《しらほ》行くなり

97夕《せき》陽《よう》に馬洗ひけり秋の海

行き暮れて[一]大須《おおす》郷《ごう》に宿る。松の木の間の二軒家にしてあやしき賤《しず》の住居なり。楼上より見渡せば、鳥海、日の影を受けて東窓に当れり。

十一日、塩越村を経《ふ》。[二]象潟は昔の姿にあらず。[三]塩越の松はいかゞしたりけん、いたづらに過ぎて、善くも究めず。

一　秋田県由利郡上浜村の大字。この宿の体験を『仰臥漫録』の明治三四年（一九〇一）九月一九日の条に「草鞋ヲ解イテ街道ニ臨ンダ方ノ二階ノ一室ヲ占メタ。鳥海山ハ窓ニ当ツテヰル。（中略）膳ガ来タ。驚イタ。酢牡蠣ガアル。椀ノ蓋ヲ取ルトコレモ牡蠣ダ。ウマイ、、、、非常ニウマイ。新シイ牡蠣ダ。実ニ思ヒガケナイ一軒家ノ御馳走デアッタ」と記している。

二　芭蕉は『奥の細道』の中に「江の縦横一里ばかり、俤松島にかよひて、又異なり。松島は笑ふが如く、象潟はうらむがごとし」と記している。『日本名勝地誌』には「文化元年六月四日の地震の為めに湖底隆起し水涸れ島のみ残りし」とある。

三　『奥の細道』に「秋田にかよふ道遥に、海北にかまへて、浪打入る所を汐こしと云」と見える。芭蕉句に〈汐越や鶴はぎぬ

金浦、平沢を後にして、徒歩に堪へねばしばし路傍の社殿を仮りて眠る。覚めて又行くに、今は苦しさに息をきらして木陰のみ恋《した》はし。

98 喘《あえ》[四]ぎ〳〵撫《なで》し子《こ》の上に倒れけり

邱陵《きゅうりょう》[五]の上、野薔薇多く生ひて、赤き実[六]を生ず。道行く人、そを取りて喰ふ。偶〻《たまたま》花の咲くを見るに、花弁紅にして燃ゆるが如し。処々に牛群を放つ。夕風稍々涼しき頃より勇を鼓してひた急ぎに急ぎしも、終に夜に入りて、林を過ぎ山を越ゆ。路のほとりに鳴く虫の声々、旅人を慰めんとて曲を尽すも、耳には入らで旅衣の袖に露のはしる音ひとり身に入《し》みたり。

れて海涼し〉。子規の「塩越の松」は誤記。『奥の細道』中の「汐越の松」(福井)と混同したか。

四　『奥の細道』中の曽良句〈行き〳〵てたふれ伏とも萩の原〉が念頭にあったか。

五　「邱」は「丘」に同じ。清代、孔子の名「丘」を避けて「邱」(『大漢和辞典』)と。

六　寺島良安著『和漢三才図会』(正徳五年(一七一五)跋)の「金桜子《のいばら》」の項に「夏秋、結《フ》レ実《ヲ》」と見える。

99 消えもせでかなしき秋の蛍かな

稍々二更[一]近き頃、本庄に着けば町の入り口、青楼[二]軒《のき》をならべて幾百の顔色ありたけの媚を呈したるも、飢渇と疲労になやみて余念なき我には、唯臭骸《しゅうがい》のゐならびたる心地して、格子[三]をのぞく若人の胸の内ひたすらにうとまし。

100 骸骨[四]とわれには見えて秋の風

くたびれし足やう〳〵に引きずりて、とある旅店に宿を請ふに、空室なしとて断りぬ。三軒四軒尋ねありくに皆同じ。ありたけの宿屋を行きて、終に宿るべき処もなし。蓋《けだ》し此夜は当地に何がし党の親睦会ありて、四方の田舎

一 午後九時から一一時ごろ。

二 妓楼。遊女屋。

三 遊女屋の戸口にすかして組んで打った木。中に遊女が並ぶ。

四 江戸時代の俳人鬼貫（おにつら）の句に〈骸骨のうへを粧（けわい）て花見かな〉がある。子規は、鬼貫に関心があり、影響があろう。

人つどひ来れるなり。[五]古雪川《ふるゆきがわ》を渡りて石脇に行き、こゝかしこと宿を請ふに、一人の客面倒なればにや尽く許さず。詮方なく本庄に帰り、警察署を煩はしてむさくろしき一軒の旅籠屋《はたごや》に上《あが》り飯などたうべし時は、[六]三更にも近かりなん。

十二日、朝市の中を過ぎて出《い》で立《た》つ。生肴、焼肴、野菜、菓物など路のべにならべて婦人そを鬻《ひさ》ぐなり。

101　一籠のこき紫や桔梗《ききょう》売

初秋の天、炎威未だをさまらず、熱さは熱し。昨夜の旅《たび》草臥《くたびれ》、猶いえずして、足のうら痛さは痛し。熱さと痛さとに攻められてこゝが[七]風流なり。六里の道やう〳〵道川《みちかわ》

五　子規俳句稿『寒山落木』中に「本庄古雪川」との前書で〈氷売る橋の袂のともし哉〉が。

六　午後一〇時から零時半ごろ。

七　芭蕉の元禄三年（一六九〇）九月二六日付昌房宛書簡に「蜑（あま）の苫屋（とまや）ニ旅寝を佗て風流さま〴〵の事共ニ御坐候」とあるのが参考になる。子規の場合、多分に痩我慢的気持ちをこめての「風流」か。

にたどり着きて、日猶高きに宿りをこゝに定めぬ。十三日、行脚の足をいたはりて、馬車にて秋田に着く。再び人力車にて大久保に赴く。車を下りてありければ、八[一]郎潟眼前に横《よこた》はりて海の如し。北の方は山脈断続、恰も島のならびたらんやうに見え、西の方は本山《ほんざん》[二]真山《しんざん》[三]高く聳えて、右に少し離れたるは寒風山《かんぷうざん》[四]なり。夕日は傾きて本山の上二、三間の処に落ちたりと見るに、一条の虹[五]は西方に現はれたり。不思議と熟視するに、一条の円虹僅に両欠片を認むるのみにて、其外は淡雲《たんうん》掩ひ重なりて何事も見えざりき。こは普通の虹にはあらで「ハロ」となん呼ぶ者ならんを、我は始めてこゝに見たるなり。日暮れて一日市《ひといち》に泊す。僻地の孤村、屋室の美、魚介の鮮なけ

一 『日本名勝地誌』に「此湖の風景絶佳にして決して近江の琵琶湖に譲らざるべし」と見える。

二 標高七一六メートル。

三 標高五八〇メートル。

四 標高三五四・七メートル。

五 『日本名勝地誌』に「春夏の交には白気の空中に生じて雄鹿より五城目森山の辺に至るまで虹を掛け其中に山河樹木の影或は人馬の形を現し多くは暁過ぎの頃又は月夜にも見ゆることあり」と記されている。

れども、まめやかにもてなしたるはうれし。

十四日、庭前を見れば始めて蕗葉の大なるを知る。宿を出《い》で北する事一、二里、盲鼻《めくらばな》[六]に至る。邱上に登りて八郎湖を見るに、四方山低う囲んで細波《さざなみ》渺々《びょうびょう》唯寒風山の屹立するあるのみ。三ツ四ツ棹さし行く筏、静かにして心遠く、思ひ幽《かす》かなり。

102 秋　高　う　入　海　晴　れ　て　鶴　一　羽

八郎につきて口碑あり。大蛇[七]の名なりとぞ。引き返して秋田の旅亭に投ず。

十五日、秋田を発す。御所野のほとり、縄手松高うして、満地の清陰、涼風洗ふが如し。鳥海山、復《また》、南の方、正

六　「三倉鼻」を、子規がこのように表記したようである。正しくは「三倉崎」、また「御鞍岬」(『大日本地名辞書』参照)。

七　鹿角(かづの)の八郎太郎がイワナを一人占めにして食べ、のどがかわき、水を呑み大蛇になって八郎潟を作る伝説は、口碑で伝わる。『大日本地名辞書』は、戸部正直著『奥羽永慶軍記』(元禄一一年(一六九八)自序)巻五「心済入道諸国修行之事」の条にこの逸話が載ることを指摘、引用している。同書に「二人ノ木樵来テ八郎ガ姿ヲ見ルニ、其サマ替リヌ。八郎二人ニ向テ、我ハシカ〳〵ノ次第ニテ今ノ内ニ大蛇トナルベシ、早ク里へ帰レトイヒシガ、見ル内ニ姿替テ廿尋(ひろ)ノ大蛇ト成(なり)崖谷ヲ崩シ、此湖水ト成シ、故ニ八郎瀉トイフ」と見える。近藤瓶城編『改定史籍集覧』第八冊所収。

面に屹峙す。戸島より人車を駆る。夕月ほのかに神宮寺[一]山の頂に見ゆる頃、玉川[二]に架けたる数町の長橋を渡りて大曲に宿る。

十六日、六郷より岩手への新道を辿る。あやしき伏家《ふせや》[三]にやう〳〵午餉《ひるげ》した丶めて山を登ること一里余、樵夫歌、馬の嘶き遥かの麓になりて嶺《いただき》に達す。神宮寺、大曲りを中にして一望の平野眼の下にあり。山腹に沿ふて行くに、四方山高く谷深くして一軒の藁屋[四]だに見えず。処々に数百の牛のむれをちらして、二人三人の牛飼を見るは、夕日も傾くにいづくに帰るらんと覚束なし。路傍覆盆子《いちご》[五]、林を成す。赤き実は珠を連ねたらんやうなり。急ぎ山を下るに、茂樹天を掩ふて鳥声聞かず。下り〳〵てはるか

一　神宮寺岳のこと。標高二八一メートル。
二　玉川橋。長さ三六〇間(約六五五メートル)。
三　軒が低く、小さな家屋。
四　藁葺きの小さな家。
五　木苺。子規は随筆「くだもの」(明治三四年(一九〇一))の中で「明治廿六年の夏から秋へかけて奥羽行脚を試みた時」を振返って「突然左り側の崖の上に木いちごの林を見つけ出したのである。あるも〳〵四五間の間は透間もなきいちごの茂り」と記している。

の山もとに二、三の茅屋[六]を認む。そを力にいそげども、曲りに曲りし山路はたやすくそこに出づべくもあらず。

103 蜩《ひぐらし》や夕日の里は見えながら

日くれはて丶麓村に下る。宵月をたよりに心細くも猶一、二里の道を辿りて、とある小村に出でぬ。こ丶は湯田[七]という温泉場なりけり。宿りをこへば家は普請に係り、客は二階に満ちて宿し参らすべき処なしとことわる。強《し》ひて請ふに、台所の片隅に炉をか丶へて畳二枚許り敷き、わが一夜の旅枕とは定まりぬ。建具と丶のはねば鼾声《かんせい》三尺の外は、温泉に通ふ人音常に絶えず。

六　あばらや。「伏屋」も「藁屋」も、ほぼ同意。

七　『日本名勝地誌』に「湯田村大字湯本に在り。塩類泉にして泉源四ヶ所に分る」とし、「温度は華氏の百九十八度を保ち国中稀なる熱泉なり。其効能は疝気、僂麻質斯（リウマチス）、疥癬、頭痛、眩暈（めまい）等に宜しと云ふ」と見える。「日本」新聞初出の「はて知らずの記」には、八八頁の三句に加えて〈秋風や人あらはなる山の宿〉の句が。

104白露に家四五軒の小村かな
105山の温泉《ゆ》や裸の上の天の河
106肌寒み寐ぬよすがらや温泉《ゆ》の臭ひ

秋もはやうそ寒き夜の山風は障子なき窓を吹き透して、我枕を襲ひ、薄蒲団の縫目深く潜みて、人を窺ひたる蚤の群は、一時に飛び出で、我夢を破る。草臥《くたびれ》の足を踏みのばして眠り未だ成らぬに。

十七日の朝は、枕上の塒《ねぐら》の中より声高《た》かく明けはじめぬ。

半ば腕車《わんしゃ》[一]の力を借りてひたすらに和賀川[二]に従ふて下る。

こゝより杉名畑に至る六、七里の間、山迫りて河急に樹緑にして水青し。風光絶佳、雅趣掬《きく》すべく誠に近国無比

一　人力車。
二　『日本名勝地誌』に「和賀川は和賀岳に発し大荒沢川、高下川の諸水を会して東和賀郡に入り北上川に注ぐ」とある。

の勝地なり。三里一直線の坦途《たんと》[三]を一走りに黒沢尻に達す。家々の檐端《のきば》には皆七夕竹を立つ。此日陰暦七月六日なり。十八日、旅宿に留まる。けふは七夕といふに風雨烈しく吹きすさみて天地惨憺たり。十九日、曇天。小雨折り〳〵来る。

107 秋の蠅二尺のうちを立ち去らず

午後の汽車にて水沢に赴く。当地公園[四]は、町の南端にあり。青森、仙台間第一の公園なりとぞ。桜梅桃梨雑樹を栽《う》う。夜汽車に乗りて東京に向ふ。

108 背に吹くや五十四郡[五]の秋の風

三　平坦な道。

四　水沢公園。子規俳句稿『寒山落木』に「水沢公園割烹店」として〈此門や客の出入にちる柳〉の句が。

五　例えば、『易林本節用集』（慶長二年（一五九七）刊）、『和漢三才図会』に「陸奥（みちのく）五十四郡」と。奥州を指す。

二十日は白河の関にて車窓より明け行く。小雨猶やまず。

正午上野着。

109 みちのくを出てにぎはしや江戸の秋

わが旅中を憶《おも》ふとて、

110 秋やいかに五十四郡の芋の味　鳴雪[一]

帰庵を祝ふとて、

111 白河や秋をうしろに帰る人　松宇[二]

始めよりはてしらずの記と題す。必ずしも海に入り、天に上るの覚期《かくご》にも非《あ》らず。三十日の旅路恙《つつが》なく、八郎潟

一　内藤鳴雪（弘化四年（一八四七）―大正一五年（一九二六））。子規より二十歳年長の子規門の俳人。子規は評論「内藤鳴雪」（『四年間』所収）の中で「内藤鳴雪は新派俳人中の老将なり。（中略）少しにても主観に関したる句は之を斥け純客観の句を愛し之を猿蓑集中に求めたりし」と評している。

二　伊藤松宇（安政六年（一八五九）―昭和一八年（一九四三））。明治二六年（一八九三）、子規と俳句雑誌「俳諧」を創刊した。子規は、松宇らの俳句会「椎の友」（明治二四年（一八九一）発会）のメンバーであった。

を果として帰る目あては終《つい》に[三]東都の一草庵をはなれず。人生は固《もと》よりはてしらずなる世の中に、はてしらずの記を作りて今は其はてを告ぐ。はてありとて喜ぶべきにもあらず。はてしらずとて悲むべきにもあらず。無窮時の間に暫らく我一生を限り、我一生の間に暫らく此一紀行を限り、冠らすにはてしらずの名を以てす。はてしらずの記、こゝに尽きたりとも、誰れか我旅の果を知る者あらんや。

112 秋風や[四]旅の浮世のはてしらず

三　東京市下谷区上根岸八八番地の第一次子規庵(明治二七年(一八九四)二月一日に上根岸八二番地に転居)。

四　芭蕉の『奥の細道』冒頭の文言「古人も多く旅に死せるあり。予もいづれの年よりか、片雲の風にさそはれて、漂泊の思ひやまず」を意識しての「旅の浮世」の措辞。

II

水戸紀行

[一]莞爾先生子規著

余は生れてより身体弱く、外出は一切嫌ひにて、只《ただ》部屋の内にのみ閉ぢこもり[二]詩語粋金《しごすいきん》などにかぢりつく方なりしが、好奇心といふことは強く、[三]遠く遊びて未《いま》だ知らざるの山水を見るは、未だ知らざるの書物を読むが如く面白く思ひしかば、明治十四年十五の歳、[四]三並、[五]太田、[六]竹村三氏に[七]岩屋行を勧められし時は、遊志勃然として禁じ難く、とても其《その》足では年上の人に従ふことむつかしければ、と止め給ひし[八]母上の言葉も聴き入れず、草鞋《わらじ》がけい

一　子規の初期の別号。莞爾少年(『七草集』)とも。

二　漢詩入門書、泉要編・石作貞校『詩語砕金』(しごさいきん)(安永五年(一七七六)刊)が一般的であるが、『幼学粋金　幼学便覧』(天保一三年(一八四二)序)等も流布していた。子規が愛用したのは、いずれかであろう。『筆まか勢』(第一編)には「幼学便覧を携へ行きて平仄(ひょうそく)のならべかたを習ひしは明治十一年の夏」と見える。

三　曲亭馬琴著『羈旅漫録』(享和二年(一八〇二)成)跋文中に「男子、家に在ては未見の書籍を閲(み)んことをおもひ、旅にありては未見の山川に遊んことをおもふ」が。

四　三並良(みなみはじめ)(慶応元年(一八六五)—昭和一五年(一九四〇))。正岡子規の母の従姉弟故、子規とは従兄弟半。子規の幼時の「五友」の一人。ドイツ語学者、

さましく出立せり。生地[一]よりは十里許りも隔たりし久万《くま》[二]山《やま》、岩屋《いわや》抔《など》見物して面白かりしも、一泊して帰りには足労《つか》れて、一歩も進まず路傍に倒るゝこと屢《しばしば》なりき。翌明治十五年には大洲《おおず》[三]地方へ行き、四、五泊して帰りたり。これを旅行の始めとして、明治十六年[四]には終に東京へ来ることとなりぬ。されどこは陸路は車し、海路は舟するもの故、膝栗毛[五]の旅とは趣異なり。東京へ来りし後は、あるくといへば王子、鴻の台、小金井位を極度として、其外《ほか》に出る時は汽車の便による事を常とせり。さればいつか膝栗毛に鞭《むちう》たんとは思《おも》ひ居《おり》ながら、休暇は多く極暑極寒の時にて、病体のいざと思ひたつ折もなく、心ならぬ年月を過しぬ。ことし明治二十二年[六]の春、十日許りの

キリスト教思想家。

五 太田正躬（まさみ）（慶応元年（一八六五）—昭和一一年（一九三六））。「五友」の一人。

六 竹村鍛（きとう）（慶応元年（一八六五）—明治三四年（一九〇一））。「五友」の一人。河東静渓の第三子。碧梧桐の兄。国文学者。俳号は、黄塔。別号、錬卿。

七 岩屋寺。四国霊場第四十五番札所。標高六五〇メートル。

八 正岡八重（弘化二年（一八四五）—昭和二年（一九二七））。子規は、八重が二三歳の時生まれた。

一 伊予国温泉郡藤原新町（しんちよう）にて出生。明治一四年（一八八一）当時の自宅は、湊町四丁目一番地。

二 松山の南、三坂峠（七二〇メートル）を越えた一帯。

三 夏のこと。漢詩「登大洲城」を作っている。

四 この時のことを、子規は随筆『筆まかせ』の中で「うれし

学暇を得ければ、常盤会寄宿舎[七]内の友一人を催《もよお》[八]して、水戸地方に旅行をなさんと相談調ひ、さらば思ひ立つ日が吉日善は急げ、物は障碍なき方へと進み、人は愉快なる方へと志す規則のものなれば、明日[九]を門出《かどい》での日と定めんとまで運びをつけ、草履《ぞうり》、朝飯抔の支度をと丶のへしは四月二日の夜のことなりき。

明くれば紀元[一〇]二千五百四十九年四月三日の暁とはなりぬ。あやにかしこき我《わが》[一一]すめらみことの遠つおやにましまして、この日本《ひのもと》を千代《ちよ》万代《よろずよ》まで尽きせじとの基を開きませし神大和盤余彦尊《（カミヤマトイワレヒコ）のみこと》[一二] 神武天皇の此世[一三]をすて給ひし日になん侍るかし。いで此由緒ある日を撰んで旅立ちせしこそゆ[一四]丶しかりしか。闇の世の中は一寸さきの見えね〔ぬ〕が仕合せ

きこと」として「第一〻在京中の叔父(編者注・加藤拓川)のもとより余に東京に来れといふ手紙来りし事」とし、「いやと思ひし事」として「一〻出京の際始めて三津を出帆する時にて、始めての旅といひ、つれはなし、実に心細く思ひたり」と記している。

五 徒歩での旅。

六 一八八九年。子規は、二三歳。

七 旧藩主久松家(久松定謨(さだこと))によって本郷真砂町一八番地に用意された寄宿舎(坪内逍遥旧宅に久松家の長屋を加えたもの)。

八 うながして。せき立てて。

九 明治二二年(一八八九)四月三日。

一〇 明治二二年。西暦一八八九年。

一一 今上天皇(明治天皇)。

一二 記紀による第一代天皇。

一三 神武天皇崩御の日とされる

なり。さればあらぬことまで吉兆なり、さいさきよしとことほぎて、自ら慰むもやさしき心根なるべし。若《も》しいつは災難にあふべし、何時《いつ》は死ぬべしと分つた日には、かりの浮世に何一つ面白かるべき。神ならぬ身の[一]一月さきの病を知るよしなければ、朝六時に勇み立ちて本郷台の寄宿舎をブラッと立ち出でし二人のなまけ者、一人は鬼も十八の若盛り、ましてや顔《カンバセ》は雪の如く白く、眼は夏も熱さを知らぬといふ程にすゞしく、鼻はスッとして通らぬ処よろし。口元は尋常よりも小さく、焼き芋抔《など》は十位にも割らねばはいるまじくと見えたり。からだは小がらにて福相あり。災難をのがるべしと人相見のいひさうな[二]風《ふう》つき、縦から見ても横から見ても正札付きの美

のが四月三日。神武天皇祭（今日、皇室の私祭）。子規の明治二二年（一八八九）四月七日の「ノート」に「四月三日　神武天皇祭朝六時吉田匡氏ト共ニ常盤会寄宿舎ヲ出テ」と見える。

四　恐れ多いことだ。

一　子規は、明治二二年（一八八九）五月九日、喀血、翌一〇日、医師の診察で肺病と診断される。

二　風体。風姿。

少年なり。今一人は中肉中丈《〈チウゼ〉》とまではよかつたが、其外《そのほか》は取り所なし。顔の色は青白くといひたひ《〔い〕》が、白より青の分子多き故、白青ひ《〔い〕》といふ方が論理にかなひさうなといふむつかしき色にて、着物はゴッゴッ木綿の綿入に、下に白シヤツ一枚、それをダラリとしだらなく[三]着流し、醤油で何年にしめたかと嫌疑のかゝりさうな屁児帯[四]を小山の如くにしめ、時ゝ歯をむき出してニヤリ〳〵と笑ふ処は大ばかにあらざれば、[五]狂顚《〔癲〕》病院へ片足ふみこんだ人と見えたり。前の美少年に対して無気味《〈ブキミ〉》さ一層に引き立ちて見ゆ。毛唐人《けとうじん》に評せしめば good contrast と云はん。この前なる好少年は即《すなわ》ち余の事にて、後なる醜男子は即ち余のつれ[六]吉田の少将多駄次《〈タダジ〉》となん呼ぶ者なり……と

三　締りなく。だらしなく。

四　正しくは、兵児帯（へこおび）。しごき帯。圏点が付されているので、滑稽を狙った子規の意図的用字。

五　狂癲者を収容し、治療する病院。

六　常盤会寄宿舎の舎友、旧松山藩士族吉田匡（明治五年（一八七二）一二月生）のこと。寄宿舎にいたのは明治二一年（一八八八）四月より二五年（一八九二）六月まで。子規の随筆『筆任勢』第二編「探損（偵）」の中に、明治二三年（一八九〇）一月下旬のこととして、泥酔した吉田匡の失敗談が記されていて注目される。

は実はまつかのうそにてあべこべなり。——こんなに白状する位ならあんなに人をほめるでもなかつた。自分の棚下しも余り遠慮がなさすぎたり。残念〻〻——。近頃長寐の癖あれば、町〻の店の戸を卸す音ドタン〱とひゞくもいさましく覚え、[一]切通しを下りて上野にかゝれば、はや初桜はおぼこ気に[二]唇を開かんとす。一枝を手折りたき処なれども、[三]違警罪といふ恋の邪魔に妨げられて本意をはたさず。早くも千住につきて一枚のはがきを購ひ[四]水戸の友のもとへあてゝ余の出立の旨を記し、郵便箱に投げ入れて「コレ郵便箱さん頼みましたヨ、たしかですか」とも何ともいはずに出《いだし》たるこそ後に思へば不覚なりしか。千住の中頃より右に曲るとは聞いたがどこや

一　山や丘を切り開いた道。
二　開花しようとする桜花の譬喩。
三　明治刑法に規定した拘留、科料に相当する軽い罪。桜への憧憬をこのように大げさに表現。
四　後に明らかになる大学予備門時代の友人、水戸出身の菊池謙二郎(慶応三年(一八六七)—昭和二〇年(一九四五))、号仙湖のこと。教育者、水戸学の研究者となる。

ら分らず、とかうする内、向ふに巡査のたゝずむを見てければ地獄で仏とかけよりて、

「モーシ〳〵このあたりに水戸へ行く街道あらば教へて下さりませ。

と石童丸《いしどうまる》[五]の気取りでいへば、定めて巡査も助高屋[六]気取りか何かで「こゝをまがるも水戸街道、あそこをまがるも水戸街道、水戸街道と許《ばか》りでは」とでもやらかさんと思ひの外《ほか》、芝居心のなき巡査と見え、左の手を出して、

「コッチへ

といつた許り也。余は多駄次を見てニッコリ笑ひながら横に曲り、

「丁度曲る処で道を聞いたといふも妙じやないか。あ

五　説経浄瑠璃「苅萱（かるかや）」の登場人物。父苅萱道心を尋ね求める子の名前。

六　歌舞伎役者助高屋高助（紀伊国屋）の四世であろう。

の巡査はなぜあそこへ立てゐたんだろう、まるで僕
　等の為に待てゐた様なもんだぜ。

といひながら後をふりかへれば、はや巡査の影もなし。扨《さて》は[一]明神様のかりに巡査と姿を現はし我に行く手を教へ給ひしものか、あら有難や忝《かたじけ》なやとて[二]睫《まつげ》に唾をぞつけたりける。こゝまではボタ〳〵と草履を引きずり着物もからげずあるきしが、最早人里はなれて野路にかゝりければ、[三]見えをかざるの必要もなしと尻をりゝしく[四]端折《ハシヨツ》て多駄次に向ひ、

「オイ　多駄公、君とコー二人で一処に膝栗毛とは妙
　ぢやないか、僕が[五]野暮次《のぼじ》で君が多駄八《ただはち》、これから弥
　次、喜多よりは一段上の洒落人となりて[六]一九をくや

一　神様。
二　「眉毛に唾をつける」「眉に唾をつける」に同じ。騙されないように用心すること。「睫」としたのは、子規のユーモアか。
三　見栄。他人の目を気にして体裁をつくろうこと。
四　着物の裾を持ち上げ、帯にはさむ。
五　正岡升（のぼる）と吉田匡（ただし）をもじっての呼び名。
六　十返舎一九（じっぺんしゃいっく）（明和二年（一七六五）—天保二年（一八三一））。黄表紙、合巻、滑稽本作者。享和二年（一八〇二）より刊行された（文化一一年（一八一四）まで）弥次郎兵衛と喜多八を主人公とする『東海道中膝栗毛』（滑稽本）の作者。

しがらせるとは極〻妙〻思案じやなア。
多駄「こいつは妙だ、サア道中の始まり〱。
折しも路ばたの車夫声をかけ、
車夫「旦那どうです、松戸まで。帰りですがお安くやります。
といふに二人顔を見合せしが、
野暮「オイ　いくらでいく。
といふとサアそれから談判が始まる、すると高いとか安いとかいふ内に車夫がまけるとくる、さらば乗らずばなるまいと折角端折《はしょ》りし裾をおろし再びもとの紳士となりすまし、さきの言葉もどこへやら、中川橋[七]を渡り松戸のこなたにて車はガラ〱ギリ〱ドンととまる。車を下

七　子規の明治二二年(一八八九)四月七日の「ノート」に「松戸ニ来リ(中ニ中川橋アリ)、江戸川ヲ渡リ、小金ヲ経テ」と見える。後出の「小金駅」は、「小金」(東葛飾郡)のことであろう。野崎左文著『日本名勝地誌』第弐編(明治二七年(一八九四)一月、博文館刊)の「小金町」の項に「松戸駅を距ること一里二十六町、南相馬郡我孫子(あびこ)駅を距ること二里三十町」とある。

り江戸川を渡れば松戸駅なり。それより一里余にして小金駅に至る。道中の一条《〈ヒトスジ〉》まちにて寂〻寥〻としてあきやの立ちならびしと思ふばかり也。折から道の傍《かたわら》に四、五人の子供うちむれ遊びゐけるが、其中に七、八歳許りなる女の子の身にはつゞれ[一]をまとひいときたなげなるが、頻りに守《〈モ〉》り歌[二]を歌ひながら足ぶみしゐけり。其背中に負はれし子の頭ばかり見えたるが、白くて少《〔小〕》さし。いぶかしければ立ち寄りて見るに、小さき犬の子なりければおかしくもあり面白くもあり、

113 犬[三]の子を負ふた子供や桃の花

とよみすてゝこゝを過ぐれば縄手道[四]にかゝれり。行くこ

一　つぎはぎの着物。ぼろ。

二　子守唄。全国各地に様々な子守唄が伝わる（続帝国文庫、大和田建樹編『日本歌謡類聚下巻』参照）。

三　子規の明治二二年（一八八九）四月七日の「ノート」に別案、「小金にて睡眠勝の事を思ふ」として〈犬の子がねいるものかや子守歌〉の句が。圏点、子規。地名「小金」を詠み込んでいる。

四　田の間の細いまっすぐな道。あるいは、直線の道。子規は、後者の意で使うことが多い。

と一里[五]許りにて次の宿《〈シユク〉》へはと問へば、二里もあるべしといふ。時計を見れば（尤《もっとも》時計は多駄八のもの也、持つたふりをするにあらねば念のためことわりおく）十二時に近し。腹[六]がへってはあるかれぬといふ説に多駄公の異論を称《とな》ふるはずもあらず、といってそこらに気の利いた飲食店もなし。路傍に一間《〔軒〕》の草の屋ありて食物をならべたるはあれども、むさくろしくて東京の紳士の立ちよるべくもあらず、このさきにも望みなければ腹がへってはいくさも出来ずとつひに此中にはいる。我等を迎へしは身のたけ五尺[七]五、六寸、体重は十七貫[八]をはづれまじと覚ゆる大女なり。「菜は焼豆腐とひじきと鮫《さめ》の煮たると也、いづれにやせんと問ふ。どれと撰むべき物もなけれ

五　一里は、約三・九三キロメートル。

六　俚言「腹が減っては戦《（いくさ）》ができぬ」（後出）に同じ。

七　一尺は、約三〇・三〇センチメートル。一寸は、約三・〇三センチメートル。

八　一貫は、三・七五キログラム。

ど焼豆腐やひじきは恐れる、さらば鮫にせんと、鮫に投票が落ちければ、其よしを女亭主板額《はんがく》[一]に通ず。盛りて来たる者を見るに、真黒にして肴やら何やら分らず。飯を盛らんとするに杓子《しやくし》なければ、

野暮「オイ、しやもじ[二]くれんか。

大女「エ、。

とふりかへりながらわからぬ様子なれば、

野暮「飯をよそう………

と半分手まねで示しけるに、

大女「ア、、しやくしか。

と一声叫びたり。余は東京にて杓《〈シヤク〉》子といつてしくじつたことあれば、気をきかしてしやもじといへば、又しく

一　阪額、坂額とも。平安末から鎌倉初期の女性。『北条九代記』（延宝三年〈一六七五〉刊）に「城の資盛が姨母（オバ）板額御前とて、女性ながら力量世に優れ、心剛にして、しかも弓は又百発百中の手利（てきき）なり」と見える。

二　東京語。松山では「しゃくし」（岡野久胤著『伊豫松山方言集』参照）。飯、汁をすくいとる道具。もともとは「杓子（しゃくし）」の女房詞（もじことば）。

じつたり。飯を盛りて食ふに、其《その》色は玄米を欺き、其堅度は石膏《〈ジプサム〉》の上にあるべしと思はる丶許り也。さらば鮫にて腹をこしらへん、と怒る多駄八を[三]いさめて一きれ食へば藁をくふが如き心地に吐き出したけれど、あるじに対してさうもならず、口の中にて持《も》て余《あま》したるには興がさめたり。いで一思ひにとグッとのどへおくれば目に涙を浮べぬ。物の本に「さめ〴〵と泣く」などと書くは此時より始まりしとぞ。これではいかぬと多駄公の発議に賛成し、生卵はあるやと問へばありといふ。田舎でも卵は卵なり。味《〈アヂ〉》の変るべき筈もなければ仙桃を得たる心地して、多駄公は飯をヤッと一杯喰ひ、余は我慢して二杯くひたり。[四]代《だい》はと問へば、二人前にて卵二個をそへて

三　「いさめて」「興がさめたり」「さめ〴〵と泣く」、いずれも圏点を付し、「鮫」を截ち入れての言葉遊び（地口）。

四　値段。

[一]十銭にたらず、これでは無理ないとそこを立ち出で二[二]、三十間行きて覚えず大きないきをつき、鮫の口をのがれたりと祝ひて傍を見れば芋屋あり。二人喜び斜《なゝめ》[三]ならず、ふかし芋二銭を買ふて喰ひながらあるく。其うまきこと鮫の比にあらず。芋に助けられて漸《〈ヤウ〉》〻我孫子《〈アビコ〉》駅に至る。両側の宿屋の下女、人を呼ぶこと喧《かまびす》しく噛みつきさうなるをものともせず、静かに又急いで走り去りたり。四[四]、五町行けば今迄の単調《〈モノトナス〉》なる景色に引きかへ一面の麦畑、処〻に菜の花さきまじりて、無数の白帆は隊をたてゝ音もなく其上を往来す。川ありと覚ゆれども川面は少しも見えず、実に絶景なり。こゝでこそと考ふれども中〻に目は[五]景色にうばはれて一句も出《いで》ず。白帆と麦緑と菜黄と

一 明治二四年（一八九一）、駅弁が一二銭（週刊朝日編『値段史年表 明治 大正 昭和』参照）。
二 一間が、約一・八二メートル。
三 ひととおりではなく。
四 一町が、約一〇九・〇九メートル。
五 『三冊子』〈わすれみづ〉中の芭蕉の言葉「絶景にむかふ時は、うばはれて叶はず。ものを見て、取る所を心に留めて消さず、書き写して静に句すべし」が、子規の念頭にあろう。

三つ取り合せて七言[六]の一句となさんと苦吟すれどもうまくは出来ず。さらば発句[七]にせんとて無理に十七字の中に菜花と麦と白帆とをいひこめて見たれど、それも気に入らず。ついでに三十一文字《みそひともじ》[八]になさんと試みたれどこれも不出来至極なり。斯《か》くいろ〳〵に辛苦する時、余の胸中に浮びし一大問題は日本字、漢字、英字の比較これ也。今此景を叙するに漢字を用ゆればこれだけの字にて足り、日本字ならば何字、英字ならば何字を要するなどいふことを初めとし、漢字には日本や欧州になき特性の妙ありて麦緑菜黄といふが如きは他国の語にて言《い》ひ能《あた》はざる処なりといふこと、其外種〻の漢字の利益を発明したり。此の議論を詳細に書かば少なくも八、九枚を費すべし。

六　漢詩。一句が七言より成るもの。七言絶句か七言律詩であろう。
七　俳句。十七字の文芸。
八　短歌。

余り横道へはいりこんでは中〻水戸まで行けさうにもなければ略してやみぬ。かく考へつゝあるきゐる内に、路転じて麦畑のあはひ[一]に入れり。気晴れて胸に雲なし。あら心よやといひながら彳《たたず》めば、忽《たちま》ちチー〳〵といふ声のいかにものどかにこゝかしこに聞えぬ。鳥にやと仰ぎ見るに姿は見えず。こは不思議なりと多駄八に問へば、雲雀《ひばり》なりといふ。あゝそれよ。

川辺に来りぬ。始めて知りぬ、これこそ阪東太郎[二]とあだ名を取りたる利根川とは。標柱を見れば茨城県と千葉県の境なり。

川を渡れば取手《とりで》とて今迄にては一番繁華なる町なり。処〻に西洋風の家をも見受けたり。このへんより少しづゝ

一　ここは、中の意。麦畑の中。

二　松葉軒東井編『譬喩尽(たとえづくし)並ニ古語名数』(天明七年(一七八七)跋)に「日本三大河とは坂東大郎刀弥川、四国次郎土佐ノ吉野川、筑紫三郎筑後川」と見える。高田与清著『相馬日記』(文政元年(一八一八)刊)には「これぞ名にきこえし利根川にて、坂東にならびなき(無双)大河なれば、世には坂東太郎ともよぶなる」と。

足の疲れを覚ゆ。多駄八の足元を見るによろ〱としてたしかならず、兎角おくれ勝なり。野中に一株の梅花真盛りにてまだ散りも始めぬを、こゝらあたりは春も遅かりけりと[三]煙草を出して吸ひながら彳《たたず》む。かくて過ぎ行く程に鶯を聞きければ[四]山陽《さんよう》の[五]独有渠伊声不訛《ひとりかれがいせいのなまらざるあり》といふ句の思ひ出されて、

114 鶯の声になまりはなかりけり

此あたりは言語多少なまりて鼻にかゝるなり。鶯も鼻ありたらばなまらんも知れず。かくて草の屋二、三軒立ちならぶ処に至る。道のほとりに三尺程の溝あり、槇《まき》、木槿《むくげ》などの垣あり、垣の中に一本の椿いとにぎやかに咲

三　子規には喫煙の習慣があったか。
四　頼山陽（安永九年（一七八〇）―天保三年（一八三二））。江戸後期の儒学者。著作に『日本外史』（文政一〇年（一八二七）成立）等。父は、頼春水。
五　山陽の七言絶句「亀背嶺聞レ鶯」の結句。『山陽詩鈔』は「独有二渠伊語不一レ訛（鶯の声だけは訛らない）」の形。

きいでたるが、半《なかば》は散りて溝の中真赤[一]なり。あれ見よやうつくしきことは、といはんとして後を見れば、多駄八は一町程後よりよぼ〳〵と来る。道行く商人を相手に次の駅のことなど聞き合せ、藤代《ふじしろ》の入り口にて別れたり。まだ日は高ければ牛久《うしく》までは行かんと思ひしに、我も八里の道にくたびれて藤代の中程なる銚子屋[二]へ一宿す。此駅には旅店二軒あるのみなりといへば、其淋しさも思ひ見るべし。湯にはい〔ひ〕り足をのばしたる、心持よかりしが、夜に入りては伸ばしたる足寒くて自《おのずか》らちゞまりぬ。むさくろしき膳のさまながら、昼飯にくらべてはうまかりき。食終《くいおわ》るや床をしかせてこれで寒さを忘れたれど、枕[三]の堅きには閉口せり。床の中で多

一　子規は幼時より赤色に強い関心を持っていた。随筆「吾幼時の美感」(明治三一年(一八九八))の中に「アップ(美麗)と嬉しがらるゝは必ず赤き花やかなる色に限りたるが如し」と記している。また随筆「赤」(明治三二年(一八九九))では「天然の色でも其中で最も必要なのは赤である。赤色の無い天然の色は如何に美しくても活動する事が無い」と。

二　子規の明治二二年(一八八九)四月七日の「ノート」に「遥ニ利根(ねと)ノ白帆ヲ望ム川ヲ渡レバ取手ナリ。是ヨリ藤代ニ至リ銚子屋ニ一宿ス」と見える。

三　箱枕で、小枕(箱枕の上に乗せる小さな枕)の具合が悪かったのであろう。

駄八とおもしろき事など話しあひぬ。

四日、朝起き出でゝ見れば小雨しよぼ〳〵とふりゐたるに少し落胆したれども、春雨のこと何程の事かあらんと各《おのおの》携へ来りし蝙蝠傘《こうもりがさ》[四]をひろげぬ。（尤余が持ちし傘は明庵[五]よりの借用物也。）

野道をたどること一里、いと大なる沼あり、牛久《ウシク》といふ。地図を案ずるに此沼二股《フタマタ》大根の形をなして、余等は其大根の茎《くき》と接する部分を横ぎるものなり。沼は枯れ蘆、枯れ菰《コモ》のたぐひ多く、水は深しとも見えず。一艘の小舟の、雨を侵《おか》して釣を垂れゐるは哀れにも寒げに、水鳥はかしこゝに一むれ二むれづつ動きもせず。両股《フタマタ》のまたにあたる処は近き故、雨にかすみながらも

四　洋傘のこと。平出鏗二郎著『東京風俗志　中巻』（明治三四年（一九〇一）八月、冨山房刊）に「蝙蝠傘は早く慶応三年の初め既に伝はり来りしが、専ら武士の用たりし」と見える。

五　勝田主計（しょうだ かずえ）（明治二年（一八六九）―昭和二三年（一九四八））。子規とは松山中学以来の交流。明庵は、俳号。他の号に宰州。帝国大学法科を卒業し大蔵省に。

低き岡ありて、ふもとに菜の花の咲き出でたるなど見ゆ。又一里程にて[一]牛久駅に達す。牛久を通りぬけて後は路のほとりに一、二寸の木瓜《ぼけ》の葉もなくて花咲けるいぢらし。路は一すぢの松縄手《まつなわて》にかゝりぬ。雨は次第に勢を増してうたゝ寒さに堪へず。少しふるへながら多駄公と何か物語りてくれんと思へども、いふべきことは大方昨日の旅路に尽きぬ。詮方なくふるひ声をはりあげて放歌吟声を始めぬ。[二]月落烏啼てを序幕にして[三]寒玉音《かんぎょくおん》の知りたる詩は吟じ尽したり。それから謡ひを自己流の節にて歌ひしが、暗誦せし処少ければこれも忽ち種ぎれ、そこでズットなり下つて[四]大阪天満となりぬ。こゝ丈は多駄八も加勢して[五]千秋楽となつた。サア困つた、何か種はないか、ある

一　子規の明治二二年(一八八九)四月七日の「ノート」の四月四日の条に「七時、藤代ヲ発シ、常州ニ入リ、牛久沼ニ沿フテ牛久ニ至ル」と見える。

二　『唐詩選』中の張継の七言絶句「楓橋夜泊」の起句「月落烏啼霜満天(月落ち烏啼いて霜天に満つ)」の一部。

三　明治四年(一八七一)刊、吉嗣拝山(画家)編の和漢漢詩集『才子必誦　寒玉音』前後二冊を指す。先の張継の「楓橋夜泊」も収録されている。

四　俗謡「大坂天満の真中で、傘(からかさ)枕でしてやつた、あんな水くさひぼゝした事ない、塵紙三帖たゞすてた」を指すと思われる(『江戸時代　落書類聚』参照)。

五　興行期間の最終日。

〳〵、[六]花山文《かざぶん》に指南を受けた[七]小笠原島の都ゝ《どど》一《いっ》がある、それをやつた、これもおしまひ、それから[八]都ゝ一ときまつたが、都ゝ一は文句を三ッ四ッしか知らねば半分はウ、ウ、と小声で何か自分にも分らぬことをうなつてゐた。片手で傘を持つ。他の手は懐に入れる。風が後からおつかける様に吹く。雨がさもにくさうに横から人を打つ。手がかじけて小便するのもやつとの思ひであつた。足はだるくなつた。歌は払底《ふってい》になつた。………からだはふるへる。………粟粒が言《い》ひ合《あわ》した様に百程が一処に頬の辺に出た。………松を吹く風の音ゾー。………傘に落ちる松の露ポテ〳〵〳〵。………その寒さ。………その哀れさ。………痩我慢の[九]弥次喜多も最早降参した。

六　五代目七昇亭花山文（嘉永七年（一八五四）―大正三年（一九一四））か（『古今東西　落語家事典』参照）。一枚刷り「明治廿四年改正新版当今落語一覧」の中に「音曲　七昇亭花山文（前頭）」の名が見える。

七　不詳。

八　都都一節。主に男女の情愛を七・七・七・五の四句二六音でまとめた俗曲。「独りで差したる、から傘ならば、片袖ぬれやう、筈がない」のごときもの。

九　一〇二頁注六参照。

折ふし松のあはひに一軒の小屋を見付けたり。店さきにはむさくろしき台を置きてふかしいもうづ高く盛れり。多駄八にめくばせしてつか〳〵と店に至り、

野暮「オイ、芋を一銭だけくれんか。

「ハイ、わるいお天気で困ります。

といふものは年の頃十七、八を五十許りこえたと思はるゝ老婆なり。老婆の手づから与へしいもを多駄八にわけてゐる内に茶など汲みて出だせり。つく〴〵家の内を見るに間口四間、奥行二間もあるべし。右の半分は板間にて店となし、左の半分は土間にて竈をすゑ薪《まき》を積みなどし、火も燃えゐたり。かの老媼《〈オホナ〉》の外には猫一匹ゐるとも見えず。いでこゝにて一休みせんと内に入りて多駄八と

一 子規の明治二二年(一八八九)四月七日の「ノート」に「荒川ノ手前ニテ路傍ノ一孤屋ニ入リテ火ニアタリいもヲ喰フ」と見える。

共に火にあたり、木の切りはしに腰うちかけ袂よりいも二とうでゝ食ひけるは、三滹《こ》沱《だ》河《かわ》の雑炊にも、四十年の宰相にも劣らじとこそ覚えたれ。

老嫗を相手に話しゐる内、一人前五厘の芋喰ひつくしぬ。五烟草を巻きながら前を見れば、釜の中にて何か煮えたつけしきなり。気がゝりなれば、

野「ばあさん、これはなんだ。

と問へば、

婆「それは赤飯《〈セキハン〉》でございます。

と答ふ。

野「そうか、それじゃァ何か祝ひでもあつてたくのか。

と何心なく問ひしに、老婆はせゝら笑ひしながら、

二　「取出て」。取り出して。

三　「滹沱河麦飯」の故事。後漢の光武帝が天下を取る前、滹沱河において馮異から麦飯を恵まれ、帝位についてからその旧恩に報いた話（『後漢書』馮異伝）。

四　『古文真宝　前集』中の李太白作「蘇武」の逸話。匈奴に捕われた前漢の名臣蘇武が、許されるまでの一九年間、粗食に堪えてきた話。

五　一一一頁注三参照。

婳「イエ、それは売るのでございます。

とさも気の毒さうにいへり。こは吾等の身なりの宜しからぬに、それ一杯くはせなど、ねだるにやあらんと邪推せし様子なり。少し癪《しやく》にさはつたれど礼をのべて其家を去りぬ。火にて温まりし間は寒さを忘れしかども、表へ出れば再び一藤房《ふじふさ》を気取りて二松の下蔭に袖ぬらさゞるを得ず。三今はいよ〳〵御運の末なりと力なげに落ちて行く。きのふ迄もけふ迄も玉の台《うてな》の奥深く蝶よ花〔よ〕とかしづかれ、風にもあてぬ御からだ、薙刀《なぎなた》、草履《ぞうり》に身をやつし、いづこをはてとあてもなく、すべる道草ふみしめて、雨も嵐もあら川や、うきとなげきの中村を、さまよひ給ふ四御有様あはれといふもおろか也。かゝる苦にあひ給ふと

一　万里小路(までのこうじ)藤房(永仁三年(一二九五)―?)。鎌倉、南北朝時代の公卿。後醍醐天皇の側近。幕府に捕えられ下総に流される。弟に季房(すえふさ)。

二　『太平記』(巻第三)中の藤房の歌〈イカニセン憑(タノ)ム陰トテ立ヨレバ猶袖ヌラス松ノ下露〉を踏まえての記述。

三　『太平記』(巻第三)中の後醍醐天皇の描写「一足ニハ休ミ、二足ニハ立止リ、昼ハ道ノ傍ナル青塚ノ陰ニ御身ヲ隠サセ玉ヒ、寒草ノ疎(オロソ)カナルヲ御座ノ茵(シトネ)トシ」などが子規の念頭にあろう。

四　後醍醐天皇及び藤房、季房兄弟に子規(野暮次)と吉田匡(多駄八)を重ねてふざけている。蓮如の『五帖御文』(「白骨の御文」)中の「朝(あした)には紅顔ありて、夕(ゆうべ)には白骨となれる身」に対しての「あはれといつ(ふ)も中〳〵を(お)ろかなり」

も、いつかは花もさくら川[五]、土浦[六]まちへと着き給ふ。土浦の町は街道の一すぢ道にはあらず、少しはあちらへ曲りこちらへ曲りして家数も可なりありげに見ゆ。丁度正午なれば昼げしたゝむべき家もがなと歩む程に、ふさはしき処見あたらず。四、五丁も行き過ぎにければかくては行末も覚束なしとてある宿屋らしき処へはいり、昼の餉《げ》たうべさせんやといふに、早くはとゝのはずといふ。やむことなくて行きすぐる内、町はづれへいでぬ。詮方《せんかた》[七]なく〳〵傍《かたわら》の小さききたなげなるはたごやに入りて、昼飯食はせんやといへば、いとたやすく受けがひたり。足よごれゐれば腰かけてくはんといふに、しひて床《ゆか》にあがれといふ。さらばと足を滌《すす》ぎて畳の上にすわる。猶寒く

の措辞が、子規の念頭にあろう。

五　「花も咲く」、に「桜川」を掛けている。桜川は歌枕。『後撰集』に「さくら河といふ所ありと聞きて」として紀貫之歌〈常よりも春べになればさくら河花の浪こそ間なく寄すらめ〉が。謡曲にも世阿弥作「桜川」がある。

六　子規の明治二二年(一八八九)四月七日の「ノート」に「荒川ヲ経テ土浦ニ至リ午飯ヲ喫ス」と見える。

七　「詮方なく」(仕方なく)に「なく〳〵」(泣きながら)を掛けている。

て心よからず。飯待つ間に例の観察を始めけるが、此内は客間とても一間《〈ヒトマ〉》か二間に過ぎず。しかもむさくろし。家族は三人にて、夫婦に娘一人と覚ゆ。家婦の愛嬌よくて客を丁寧にもてなす処より、娘の貌《かお》のあかぬけして一通りならぬ処を思へば、此家は[一]曖昧屋《あいまいや》と知られたり。飯のうまくなき上に、かの雄弁なる妻君が人をあしらひながらのお給事役なれば、何だか無気味にて腹にたまらず。早速飛び出さうとした者の、疲れ足を一度やすめた故つかれが出て一寸にはひつこまず、不体裁ながら針の山をふむといふ足つきでそろり〳〵と門をにじり出《い》でぬ。天、人を苦しめず、向ひ側に車屋ありければ行きて頼むに、車夫傲然として中〻動かず途方もなき[二]高直《こうじき》なことをいひ

一　表向きは料理屋や宿屋でありながら、売春婦をかかえて商売をしている家。

二　値段（人力車代）が高いこと。

ちらす故、さらばこれまで也、いきるとも死ぬるともそこは運次第、足のさきがすりきれる迄、こぶら[三]が木に化石するまで歩《あゆ》までやはおかんと動かぬ足をひつたて丶立ち去りぬ。余等が失望せしことは、猶此等《なおこれら》の外《ほか》に一ッあり。そを如何《いか》にといふに、地図を開きて土浦は霞浦[四]に臨むことを知る故、土浦へ行けば霞浦は一日の中にあり、飯を食ふにも見晴しのよき家を撰んでなど思ひしは空想にて、来て見れば霞が浦はどこにも見えず。ハテ困つたと思ひゐる内、土浦を出て一町ばかり行くと左側に絶壁になりたる処ありて石級《せっきゅう》あり。若しこ丶へ登らば霞浦の見ゆるも知れず、と石磴《せきとう》数十級を上れば、数百坪もあるべき広き平地にて、処〻に茶屋とでもいふべき家あり。

三　腓(こむら)。足のふくらはぎ。

四　『日本名勝地誌』に「甚だ風景に富み曲浦長汀四時の変幻に随ひて万態の佳趣を呈出するは言ふを竢(ま)たず、西南には富岳の儼として雲表に秀(ひい)づるあり、西北には日光山の欝として煙外に峙(そばだ)つあり、而して筑波嶺亦翠を凝らして倒影を水上に映じ、風に飽くの布帆、雨を凍(しの)ぐの漁舟、顧眄(こべん)悉く画中の物ならざるなし」と記されている。

[一]総宜園といふ額をかゝげぬ。思ふに土浦の公園ならん。この断崖に立ちて南の方を見れば果して広き湖あり。向ひの岸などは雨にて見えず。されど霞浦とは問はでも知られたり。

115 霞みながら春雨ふるや湖の上

こゝを下りて、またいもを求め北に向て去りぬ。[二]筑波へ行く道は左へ曲れと石の立ちたるを見過して、筑波へは行かず草臥《くたびれ》ながらも中貫《なかぬき》、稲吉《いなよし》を経て、感心にも[三]石岡迄辿りつき、[四]万屋に宿を定む。石岡は醤油の名処也。万屋は石岡中の第一等の旅店也。さまで美しくはあらねど、もてなしも厚き故、藤代《ふじしろ》にくらぶれば数段上と覚えたり。

一 明治二二年（一八八九）四月七日の子規の「ノート」に「総宜園ニ上リ霞浦ヲ見ル」とある。

二 「ノート」に「雨降ルニヨリテ筑波ニ至ラズ。直ニ中貫、稲吉ヲ経、石岡ニ一泊ス」とある。

三 『日本名勝地誌』に「商家の稠密（ちゅうみつ）、市街の繁盛なる、必ずしも多く土浦町に劣らず。又醤油及び醸酒の産出を以て名あり」と見える。

四 「ノート」に「万屋の枕ニ題ス」として〈くたびれをおさめてしまう枕哉（かな）〉の句が。

足を伸ばしたりかゞめたりしながら、[五]枕の底へいたづら書などす。

余が此二日の旅に於て感ぜしことは、気候の遅きと地理の変りたるとの二ッなり。気候の寒きは梅の散らぬを見ても知るべし。地理に付きては、余は兼てより[六]下総《しもうさ》、[七]常陸《ひたち》あたりは平地にして山なしと聞きゐし故、定めて一望平野沃土千里といふ有様ならんと思ひの外《ほか》、さはなくて平野は極めて稀に却《かえっ》て低き小き[八]岡陵《こうりょう》多く、稲田などは岡陵の間を川の如くに縫ひゐる処少なからず。其外大木もなく、さりとて開墾もせざる平原といひたき様な処、時ゝあり。(余が広き原を観察するは[九]ベースボールより生ずる思想なり。)之《これ》を我郷里松山辺に比するに、大差

五　箱枕ゆえに可能。前注の〈くたびれを〉の一句等を記した。他に〈邯鄲につかれ忘れる枕かな〉など(「ノート」)。

六　今の千葉県と茨城県の南部の一部。

七　今の茨城県北東部。

八　小さいおか(岡)と大きいおか(陵)。

九　子規はベースボール(野球)好き。『筆まか勢』第一編の「愉快」の条に明治二〇年(一八八七)一二月二五日のベースボール大会について「余ハ白軍のcatcherをつとめ、菊池仙湖はpitcherの役なりし」と記している。随筆『松蘿玉液』中にベースボールの規則について詳しく記し、「千坪許りの平坦なる地面」が必要であると述べている。

ありといふべし。我郷里は真に沃野千里(そんなに広くはないが)とでもいふべく、岡陵もあれども常州《じょうしゅう》[一]辺の如くは散在せず。稲田も麦田も時候によりて変化するものにて、水田には稲より外の植物を生ぜずといふ様なことはなく、又一坪と雖《いえど》も開墾せぬ地といふはなし。これ余が常州辺を漫遊して一種奇異なる感情を起せし所以《ゆえん》なり。

五日、朝褥《しとね》の中にて眼を開けば、窓あからみて日影うらゝかにうつれり。昨日にはうつて変りし日和なれば、旅心地いはんかたなくうれし。障子をあけたて[二]、つらなりたる屋根の上に真白にふりたる者をよく見るに霜なり。はたごやを出でんとするに、家婦いはく、水戸へおいでにならば御定宿《ごじょうやど》[三]ありやと。余、なしと答ふ。さらば何が

一　常陸（ひたち）の国の別称。

二　開け放って。

三　いつも泊ることにしている宿。

しといふ宿へ行き給へ、おろそかには取扱はじといふ。案内状まで添へければ、そを受けとりてこゝをいで行くに、筑波山[四]は昨日のけしきに引きかへていとさやかに見られける。

昨日より絶えず筑波を左にながめながら行くに、共に山も行く心地して離れさうになし。

116 二日路は筑波にそふて日ぞ長き

あるは雲にかくれ、あるは雲のあはひより男体[五]、女体のジャンギリ[六]頭と島田[七]髷見ゆる処など異《オツ》[八]なり。

四 『日本名勝地誌』に「郡〈編者注・筑波郡〉の北境に位し、真壁新治二郡に跨(また)がれる名山にして、古へより之(こ)れを詠ずる和歌多きは衆人の知る所なり」と見える。歌枕。『新古今集』に源重之歌〈筑波山は山しげ山しげゝれど思ひ入るにはさはらざりけり〉が。

五 『日本名勝地誌』に「頂上に筑波神社の両峰に分祀するあり。男体に在る者を男体の祠(やしろ)と云ひ伊弉諾尊(いざなぎのみこと)を祀り、女体に在る者を女体の祠と云ひ伊弉冊尊(いざなみのみこと)を祭る」と見える。

六 散切(ざんぎり)頭。男子の髪形。

七 女性の日本髪の髪形。

八 乙。普通と違って洒落た趣きがある。

18 白雲の蒲《ふ》団《とん》の中につゝまれて
　ならんで寐たり女体男体

このあたりより街道はます〳〵東北の方へと向ひければ、かの[一]俳諧の元祖を後に見て、竹原、片倉はどうして過ぎたか知らず早くも小幡《おばた》に着きにける。この辺の街道は松縄手にあらずして、路の両側に桜の木を植う。木のたち皆のび〳〵として高さ十間余もあり。東京の向島へんに見なれたる横に広がりたるものとは、[二]肥えた越人《えつじん》と瘠《や》せた秦人《しんじん》程の差あり。惜むらくはまだ蕾《（ツボミ）》さへふかず。気候のおそきこと想ひやるべし。長岡に至る頃まだ正午の頃なれども、足疲れて[三]ニッチもサッチも行かず。此上膝

一　連歌のことであるが、筑波山を指す。『日本名勝地誌』に「景行天皇の御宇日本武尊東征の帰途此山(編者注・筑波山)に登り更に甲斐国酒折に至りて歌を作り侍者に問ふて曰珥比麼利菟玖波塢須擬氏異玖用加禰菟流(にひばりつくばをすぎていくよかねつる)と、侍者答ふる能はず。老翁の燭を秉(と)る者傍より進み答へて曰加餓奈倍氏用珥波虚々能用比珥波苫塢加塢(かゞなへてよにはこゝのよひにはとをかを)と。是れより此山を連歌岳と称せしとぞ」と見える。

二　諸橋轍次著『大漢和辞典』は、「韓愈・諍臣論」の一部「若㆔越人視㆓秦人之肥瘠㆒」を立項しているが、子規は何に拠ったか。不詳。

三　そろばんの二進三進より。その打消しで、身動きができないこと。『譬喩尽並ニ古語名数』に「二進(にっち)も三進(さっち)も行かぬ　算言」とある。

栗毛をやつて足がすれ〔り〕きれてはと心配し、前言を食《は》[四]んでまた人力車二挺をやとへり。こゝより水戸上市《うわいち》まで二里半なり。其間大方は林の中を通り行くに、標柱を見れば一等官林とあり。松の木、目がくらむ程にひし〳〵とならびたり。一時過ぎに上市の入り口常[五]盤〔磐〕神社のもとにつきぬ。

此日は晴れたれども風いと寒かりしが、車上は猶更ひやゝかに覚えたり。[六]仙波沼にそふて来りしが、それもふりすてゝ坂を上れば上市なり。町幅広く、店も立派にて、松山などの比にあらず。かくて両側をながめつゝあゆみゐる内、万屋にて名指《なざ》しくれたる宿屋につきぬ。構へも広く、家も新しければ、打ち喜びて案内につれ二階段を

四　ここでは、飲みこんで、我慢して、の意。

五　『日本名勝地誌』に「藩主徳川光圀(義公)同斉昭(烈公)を合祀せる神社にして、明治六年の創建に係り、同十五年別格官幣社に列せらる」と見える。

六　『日本名勝地誌』に「此地の風景他にすぐれ東は水田連りて遠く磯浜の松原を瞻(のぞ)み、南は笠原、吉田の森に対ひ、西は筑波、葦穂の峰巒を仰ぎ、北に大城の巍々として天に沖するを観るべく四時の眺め悉く湖畔に集まるものと謂ふて可なり」と見える。

上り室に入るに、客部屋にはあらで三畳じき許《ばか》りのほの暗き納戸《なんど》[一]ともいふべき程の処なり。外《ほか》に部屋なきやといへば、なしといふ。腹だゝしきこと一方ならず。されど腹へつては立てられもせず[二]。先づ午飯《ひるめし》を持て来よと命ずれば、やう〳〵にして飯櫃《めしびつ》と膳を運び来る。之を食ふに、さすがは水戸だけありてうまけれども、行灯部屋[三]でくふては八珍[四]の膳も心よからざるべし。食ひ終れば下女に、

野暮「これから少しあるいてくるから夕方に帰るまでにはきつと座敷をかへておけ。

と命じ、こゝを出て四、五町行きて菊池仙湖[五]の家に至る。案内を乞へば五十許りの翁出で来る。容貌《ようぼう》の似かよひたるに、仙湖の親ならんと察し、仙湖の在否を問ふに、今

一　屋内の物置部屋。

二　立腹（怒ること）ができない。

三　行灯をしまっておく狭くて暗い部屋。納戸をこのように言い換えた。

四　八種類の珍味。大変な馳走。芭蕉門支考著『俳諧十論』（享保四年〈一七一九〉刊か）に「口に八珍の菓肴をつらぬとも、一瓢の飲のたのしみをかえ（へ）ず」と。

五　一〇〇頁注四参照。

此下を通りし汽車にて出京したりといふ。あなたはどちらからと問はれ、東京より参れり、六年已来《いらい》御交際してゐる何がしなり、同伴のものは同郷の友誰なりと引き合せければ、

翁「それはようこそおいでになりました。謙次郎(二)がゐたら喜ぶ事で御座いましように………誠に残念で………モー少し早いと間にあひますのでございましたに………どうも残念でござ………マアそこでは何です、こちらへお上り………サアむさくろしい内ですがサアどうぞ。

と促《うな》がさるゝにぞ、その後につきてあがりける。いかにもかたぎの翁と見え、これが水戸の士の風なるべしと、

むかしゆかしく思はれたり。座敷へ通るに、余り広き間にはあらねど、[一]こッちりとして床には本箱を三ッ四ッ重ね、其ふたに経書《けいしょ》、軍書など書きたり。かなたの柱には[二]東湖の書を彫りたる竹の[三]柱隠《カク》しあり。一方は庭につゞきて庭のつくる処は[四]きりぎしをなし、其下に仙波沼低くきら〳〵とかゞやけり。

座定りて後、翁はあらためて初対面の挨拶をなす。余は語をつぎて、

「実は少し前にこつちへ着いたのですが、宿屋へいて昼飯をくつて、それからこゝへ来たもんですから………誠に残念しました。実はおとゝい[五]千住で端書を出しておいたのですが、とゞきませんでしたか。

一　こぢんまりとして、の意か。不詳。
二　藤田東湖（文化三年（一八〇六）—安政二年（一八五五））。常陸国水戸出身の思想家。徳川斉昭擁立に尽力。尊王攘夷論者。安政大地震で江戸小石川の藩邸で圧死。
三　柱に飾りとして掛ける竹、板など。
四　断崖。
五　一〇〇頁八行目—一一二行目参照。

翁「オヤさうですか、一向とゞきません様に心得ます。一昨日おだしになつたのならば遅くもけふは早くくる筈ですが。へ、ーどういふ間違ひでしたろふか………エー御飯は如何ですか、まだおすみになりませねば御遠慮には及びませんから。

野「イエ、モー宿屋でくつてきまして、それが為に後れた位ですから。

翁「おすみになりましたか、それでは………一昨日でしたか矢張り高等中学の石井[六]さんがおいでになりまして私方へお泊りになりましたが、昨日の朝寒水石《かんすいせき》[七]の出る山を見に行くとおつしやつて………これは少し北の方にありまするが、それへおいでになりまし

六　第一高等中学校本科二部第二年二之組(理科)の石井八万次郎か。子規は一部第二年三之組(文科)、菊池謙二郎は一部第二年一之組(法律科)、勝田主計(明庵)は予科第一級二之組(第一英語、第二独語)である(講談社版『子規全集』第一八巻、和田茂樹稿「解題」参照)。柳生四郎解説『水戸紀行』(崙書房)は、石井を佐賀の人とする。

七　『書言字考節用集』は、「寒水石(カンスイセキ)本名ハ凝水石」とするが、これは別の物。大槻文彦著『言海』の「大理石ノ類、堅クシテ光沢多ク、色、種種ニシテ美シケレバ、彫刻、装飾ノ用トス」がよい。落合直文著『ことばの泉』も、ほぼ同。

た。

野「ア、さうですか。

と話の中に母親も出て来られて挨拶あり。

翁「それでは何ですか、お宿をお取りなすつて………ハア、なんにも御遠慮はございません、私の内へおとまりなすつて。イエ決して御遠慮には、きたない内ですが………謙次郎〔三〕はゐなくても、ナニさうなさい。お宿は少し外《ほか》に知りあひの者があつて宿をきめたからといつて断はればようございます。書生さんのうちは矢張………会計の方が………マア成るたけ金のいらぬ様に………何ですから。

其質朴淳良の風、思ひやられてなつかし。明庵《みょうあん》ならば

「[一]卿等《けいら》[二]窮措大《きゅうそだい》、思フニ多額ノ長物ヲ有セザルベシ」などゝ書くべき処なり。四方山の話のついでに水戸勝景の地理などを聞き、慇懃に礼をのべて此家を立ち出づ。

多駄八と共にくたびれ足をひきずりて城の方へと向ふ。此ほとりの町〻、一昨年の正月の火事に大方は焼かれて家居新しけれど、猶まばらなり。学校にやあらん、県庁にやあらん、西洋風の建て物二、三軒を過ぐれば二、三百坪の広き平かなる地あり。其まはりに梅を植う。左に曲れば大なる門あり。何とも分らざれども寺か宮の類と思ひ、玄関に至り縦覧[三]を願ひしに、たやすく許され上りて見れば思《おもい》きや、これこそかねて聞きたる弘道館[四]ならんとは。[五]烈公の画像を拝して其風采の高尚なるに尊敬の心を

一　男子が同輩や目下の者、妻等の第二人称に対して言う。
二　ここでは貧しい書生のこと。
三　自由に見ること。
四　水戸藩の藩校。天保一二年(一八四一)、藩主徳川斉昭によって創建、開校。元治元年(一八六四)、大部分が焼失。
五　徳川斉昭(なりあき)(寛政一二年(一八〇〇)―万延元年(一八六〇)。文政一二年(一八二九)、水戸藩主となる。烈公は、諡(おくりな)。

起しぬ。床《とこ》にかけたる一軸は、烈公の種梅の記[一]の石摺也[二]。今は大半頽《すた》れたるものにや、講堂と覚しき程の広き間は見受けずして、此家の半分は幼稚園となりぬ。裏へまはれば梅の樹おびたゞし。梅の碑[三]も此中にあり。咲き残る梅の中に一ッの堂らしき小さきたて物あり。何か知らねどのぞきて見るに、面白きものもなし。其少し横に又小さき家作りあり。これも亦つまらぬ者よと通り過ぎて、帰京後聞て見れば、これぞ名高き大なる寒水石[四]の碑なりと。弘道館の向ひは即ち旧城趾[五]なり。いで興亡の跡を見んと堀を渡りて内に入れば、師範学校[六]なりしか立派な家居あり。其にそふて行けば、古木しげりてほの暗き処にいづ。行きづまる処は絶壁にて、谷の深さは

一　烈公(斉昭)が梅の木の少なかった水戸に梅を植えさせた由来を記したもの。景山(斉昭の号)によって天保一一年(一八四〇)一〇月の日付で漢文で記されている。関弘円著『水戸の心』(川又書店)に全文(漢文)が掲出されている。
二　拓本。
三　「種梅の記」の碑。
四　『日本名勝地誌』に「園の中央八角堂の中に有名なる弘道館の碑あり。寒水石を以て造り、高さ七尺三寸、幅六尺、碑面隷書《れいしょ》を以て五百余字を刻す。皆徳川斉昭(烈公)の自筆なり」と見える。天保九年(一八三八)三月に記されたもの。これも『水戸の心』に収録されている。
五　水戸城趾。
六　尋常師範学校。
七　茶臼岳に発して那須野原を東流、那珂湊で太平洋に注ぐ川。

二、三十間もあるべし。下を望めば工夫《こうふ》四、五十人むらがりて鉄軌《レイル》をしき、煉瓦を運びなどす。其故を知らず。谷を隔て、櫓《ヤグラ》の残り一ッ、二ッ立てり。此城は上市とは同じ高さの土地なれども、城の東南にある下市《しもいち》より見れば遥かに数十丈の空にあり。蓋《けだ》し上市は東京の山の手にて、下市は下町の類なり。此谷にそふて左に行けば、那《な》[七]珂《か》川《がわ》は山の下に帯の如く横《よこた》はり、蛇の如く曲折す。それを出て新たに堀り割りし道を通り、石階を登れば常盤木のおひしげれる中に一ッの廟あり。家康公を祭りしもの[八]にや。こゝより路を転じて水戸公園[九]常盤〔磐〕神社に至り、左にいづれば数百坪の芝原平垣〔坦〕にして毛氈《もうせん》の如し。左は十間許りのがけにして、此がけの下は直ちに仙波沼[一〇]なり。

『日本名勝地誌』には「河流には那珂川の北境を限りて東流するあり。国内大河の一にして延長凡そ三十里、内十里の間は舟楫《しゅうしゅう》を通ず」と。

八　東照宮。『日本名勝地誌』に「水戸停車場（ステーション）の西僅かに二町、上市字宮ノ下、千波湖の北岸に在り、郷社にして徳川家康の霊を祀る。石階南より通じ、古松、老杉亭々として社殿を護するもの、如く頗る幽静の趣きあり」と見える。

九　『日本名勝地誌』に「上市常磐村字神崎に在りて、其西は第一公園（編者注・旧名、偕楽園）に隣れり。藩主徳川光圀（義公）同斉昭（烈公）を合祀せる神社にして、明治六年の創建に係り、同十五年別格官幣社に列せらる」と見える。

一〇　一二七頁注六参照。子規の「ノート」に〈この家を鴨ものぞくや仙波沼〉の句が。

此沼には限らず、此近辺には沼多し。沼の水は深くはあらざれども一面に漲《みなぎ》れり。こは灌漑《かんがい》の用に供するために、今より水門を閉ぢてたくはへおくによるものにて、さなき時は水乾《か》れてきたなしとぞ。

かの芝生の上にて七、八人の小供の十許りなるがうちむれて遊びゐたり。何やと近づき見ればベースボールのまね也。ピッチャアあり、キャッチャアあり、ベースメンあり。ストライカーは竹を取りて毬《まり》(女の持て遊ぶまりならん)を打つ。規則十分にと、のはずとはいへ、ファヲル、アウト位の事を知りたり。此地方に此遊戯を存ずるは、体操伝習所の卒業生などが小学校にてひろめたるならん、と思ひやらる。かへり見がちに打ち過ぎ行けば一株の枝垂桜あり。稍《やや》唇を開いて笑はなんとす。其下に竹垣、柴の戸などあり。内は色〻の木などうつくしくつみいれて、いと清らかなる中に、二階づくりの家一棟、二棟あり。富貴なる人の別荘と見受けられたるかまへ、何とも分らねばつか〳〵と進み入りて見れば好文亭《こうぶんてい》[一]なりけり。番人の許しを得て上りて部屋を見まはすに、額、襖、掛物の類、皆当藩諸名家の筆《〈フデ〉》也。二階に上りて見れば仙波沼脚下に横たはり、向ひ岸は岡打ちつゞきて樹などしげりあへり。すぐ目の下を見ればがけには梅の樹、斜めにわだかまりて花いまだ散り尽さず。此がけと沼の間に細き道を取りたるは汽車の通ふ処也。此楼のけしきは山あり、水あり、奥如《おうじょ》[二]と曠如《こうじょ》[三]を兼ね

一　『日本名勝地誌』に「園（編者注・第一公園。常磐公園、旧偕楽園のこと）の西端に好文亭あり。階を設けて楽寿楼に通ず。背後に何陋庵（かろうあん）あり。四畳半の茶室にして、庭前に大同年製の石灯籠を置く。古色掬すべきものなり」と見える。

二　こんもりとして奥深いさま。

三　ひろびろとしたさま。

て天然の絶景と人造の庭園と打ちつゞき常盤木、花さく木のうちまじりて、何一ッかげ〔け〕たるものなし。余は未《いま》だ此《かく》の如く婉麗幽遠なる公園を見たることあらず。景勝は常に噂よりはあしきものなれども、こゝ許りは想像せしよりもはるかによかりき。好文亭と名づけし[一]は梅を多く植ゑしためならん。

ながめはあかねど、楼を下りて後の方に行けば、見渡す限り皆梅の樹のはても見えず、花もまだ大方は散りはじめぬほどなり。

奥へはいりなば仙境もあるべく思はれたれど、風寒く日傾くに、梅と袂を別ちて我宿[二]へと帰りし頃は灯をつくる時なりき。大方善き部屋のあきゐるならんと階子《はしご》段《だん》を上

一 『十訓抄』中の「唐国の帝、文を好み給ひければ開け、学問おこたり給へば散りしぼみける梅はありけれ。好文木とぞいひける」との記述が、子規の念頭にあろう。好文木は、梅の異名。

二 一二七頁の「万屋にて名指しくれたる宿屋」。

れば、矢張もとの狭くむさくろしき部屋なり。腹立つことおびたゞしく、下女をさん〴〵に叱り、亭主を呼び来れといふ。下女はあわてゝ下に行きしが、待てども〳〵亭主も来らず、番頭も出でず、[三]手を打つ音はげしく、パチ〳〵〳〵パチ。下にて「ハーイ、といつたことはたしかにいつたが、浜の松風にて姿を見せず。ます〳〵いらちて拍《う》つに、やう〳〵下女来れり。

野「貴様じやァ分らない、早く亭主を呼んでこい、早く〳〵。

といそがせば、下女は又トン〳〵〳〵と楷子《はしご》〔階〕を下りたが人音なし。腹が立つて腹がたつて裂けさうなるを[四]かゝえて、やう〳〵に癇癪玉の破裂を防ぐ折から、障子をあけ

三　人を呼ぶ合図。はやく『源氏物語』（夕顔）に「手をたゝき給へば、山彦の答ふる声いとうとまし。人え聞きつけでまゐらぬに」と見える。

四　ここは、我慢して、の意。

て音づれしは五十許りの老嫗《ろうおう》なり。

嫗「何御用ですか。

といへば今迄こらえ〳〵し癇癪が一度にこみあげて、面には朱をそゝぎ、口に泡を吹きて、

野「オイ　人を何だと思つてゐる、ナゼこんなに人を馬鹿にするのだ、馬鹿にするのも程があるじやァないか、この部屋は何だ、人間のはい〔ひ〕れる部屋じやあるまい、行灯部屋へ人を納《い》れるといふのは………石岡で、万屋で折角いつてくれたからわざ〳〵こゝを尋ねて来たのだ、宿屋はここばかりじやァあるまいし、さつき出る時にもあれほどいつておいたに………失敬千万[一]じやァないか、なんどへ押しこまれ

一　きわめて無礼。

てたまるものか、なんだと、外《ほか》に部屋がないと、なにいやがるのだい、ないならないで始めからなぜことはらぬのだ、なんだと、左様なら外の宿へいつてくれと、人を馬鹿にしやァがるな、いけといはなくつてもこつちでいかァ、だれがこんな処でぐづぐづしてゐるものか、昼飯の勘定[二]もつてこい、早く〳〵。とくりかへしまき返ししやべる言葉もあとやさき、老下女は驚きもせず返事しながら下り行きしが、暫くして来り、

嫗「お宿は私方から御案内致しますからどうぞお出《いで》なすつて………御飯代はもう宜しうございます。

野「なにをいやがるんだい、飯代はいくらだといふに、

二　勘定書。代金を記した書類。

なぜ貴様はそんなに人を馬鹿にする、飯代を払はずに……どう、どうすると思つてゐるのだ……早く勘定してこい。

終に勘定をすまして二階を下り、何か亭主のわび言いふを耳にもかけず、草履ひつかけ草臥《くたびれ》も忘れていとあら〳〵しく門を出づれば、小僧提灯をつけて待ちゐけるに、まだ腹[一]はいえねど、これにつきて歩み行きたり。道ゝ思ふ様、水戸街道は鉄道が通じ始めてより忽《たちま》ちさみしくなり、石岡などにてはそれが為に我ゝでもよくもてなしくれたる者ならん。されど水戸は鉄道のために益ゝ繁昌し、殊に県庁さへあれば、我ゝがうさんくさい風をしては侮るも尤《もっとも》也。彼の旅店はあがり口に靴の沢山ありしを見

一　腹立ちはおさまらないが。

れば、県官などの止宿しゐるものとの卜筮《ぼくぜい》[二]は、中《あた》らずといへども遠からざるべし。か丶る処にては書生などを取りあはぬもいは〻普通のことなり。されど我〻の考へでは書生は天下第一等のお客なり。銭はなくとも丁寧に取り扱ふべきもの也、抔《など》と考へゐる故、立腹もしたるなり。こんどは少し善き処なるべしと思ひ歩む内、小僧はとある門にはいり、何か亭主にさ丶やきて出できたり余等を引き入る。余りうつくしからぬ宿屋なれど、案内につれて上りて見れば矢張り下等なる店なり。されど小僧の通知にや、下女などの応接等より、其他のもてなしに至るまで[三]別仕立の丁寧なる言葉也。部屋のきたないので立つ腹はまだ横にならねど、我慢して笑貌《えがお》をつくり「腹へつ

二　占い。ここでは、推測の意。

三　特別な。

たればまづ早く飯を持て来《きた》れ、と命ず。そを待つ間に湯にも入り、足のばし、隣近所の客を見るに皆書生なり。扨《さて》は下宿屋なりしか、謀《はか》られたり、残念なり、あくまでにくきはかの宿屋の亭主なり、と歯ぎしり[一]すれどせんすべもなし。こゝを出んと思へども、こわみ[二]をおびて手に[三]すゑる様にあしらう故、気の毒でさうもならず、もはや此上はここにて勘〔堪〕忍せん、と多駄八にも相談し飯を食ひしが、飯は下宿屋もの故うまからう筈なし。飯終ればすぐに表へ出で、二、三町行けば一軒の大きさうなる蕎麦屋あり。これ屈竟[四]の処なり。いで一攻めやらんとはいれば、余り奇麗にはなかりしが、間はいくつもありて別ゝにしきりたり。こゝで天ぷらと何とか二杯を喫し、腹

一　悔しがること。

二　恐ろしいほどに。

三　大切に。原本の上欄に記されている内藤鳴雪の評語に「即チ手中ニ玩弄セシ也。据ヘルトノミ云乎哉」と見える。

四　絶好の。「究竟《くきよう》」に同じ。究極の。子規の「いで一攻めやらん」の措辞から、「屈強」も含意させていよう。

をいやして宿に帰り寐《い》ねたり。自分は心からはらだゝしけれど、読む人聞く人はおかしかるべし。こふもあらふか。

19おこつてはふくれるふぐの腹の皮
　　よりて聞《き》き人《びと》は笑ふなるらん

六日、曇天。多駄八と共に宿屋を出で、けふは大洗《〈オーアラヒ〉》[五]に行かん、とか□《(ね)》てよりのもくろみなれば、舟に乗らんとて那珂川のほとりに下らんとするに、忽ち左の足の裏の筋肉痙攣《けいれん》を起して一歩も歩むこと能はず。多駄八と顔見合せてまるで立ち往生の姿なり。正にこれ、

時不利兮騅不逝《[六]ときりあらずすいゆかず》。多駄多駄奈レ汝何《ただただなんじをいかんせん》。

五『日本名勝地誌』に「岬の海中に斗出する三町許、岸上古松の林を為すありて、蒼老の態、甚だ喜ぶべし。波際には奇嵓怪石磊々として屹立し、激浪之《(これ)》を撲ちて其響鞺鞳《(とうとう)》、宛も遠雷を聴くが如し」と見える。

六『史記』(項羽本紀第七)に見える項羽の詩「力抜山兮気蓋世　時不利兮騅不逝　騅不逝兮可奈何　虞兮虞兮奈若何(力山を抜き気世を蓋ふ　時利あらず騅(項羽の愛馬)逝かず　騅の逝かざる奈何す可き　虞や虞や若《(なんじ)》を奈何《(いかんせん)》」をもじったもの。『古詩源』巻二にも「垓下歌」として収録されている。騅は野暮次(子規)、多駄八(匡)は、虞美人。

かくてはかなはじと項羽[一]の勇をふるひて十間程あるくに、また筋がつりたり。泣く〳〵蝙蝠傘をたゝいて歌ふて曰く、

[二]行クニ無レ車《ゆくにくるまなく》。帰ルニ無レ家《かえるにいえなし》。蝠傘若レ爾ヲ何《ふくさんなんじをいかにせん》。

やう〳〵のことにて舟宿へ行き小舟一艘を買ひて那珂川を下る。岸うつり山行く。あるは藪の下を過ぎて竹の風に耳を洗ひ、あるは家のほとりをこぎて人の話に耳を傾く。此日は日もてらさず雨を催す筑波おろしいと寒ければ興もさめなん心地す。ふるひ声ふりたてゝ船ばたを敲《たた》いて歌ふて曰く

野「[三]蘭ノ槳兮桂ノ棹《らんのかじかつらのかい》、そんなものはこゝにない。月落チ烏啼いて朝寒い。

一 項籍（前二三二―二〇二）。中国秦末の武将。羽は字。劉邦と天下を争った。前二〇二年、垓下（がいか）で敗れ、自殺。

二 一四五頁注六の項羽の詩を念頭に置いての漢詩めかした子規の戯作であろう。

三 前半は、『古文真宝 後集』所収蘇子瞻（蘇東坡）の「赤壁賦」の「歌曰、桂櫂兮蘭槳。撃二空明一兮泝二流光一。渺渺兮予懐、望二美人兮天一方一（歌に曰、桂の櫂、蘭の槳（かじ）。空明を撃って流光に泝（さかのぼ）る。渺渺として予懐ひ、美人を天の一方に望むと）」の冒頭の一部を截ち入れての戯作。後半は、『唐詩選』（巻之七）の張継「楓橋夜泊」の「月落烏啼霜満天　江楓漁火対愁眠　姑蘇城外寒山寺　夜半鐘声到客船（月落ち烏啼いて霜天に満つ。江楓漁火愁眠に対す。姑蘇城外寒山寺。夜半の鐘声客船に到る）」の冒頭の一部を截

多「なんだ、それは。船歌[四]なら船頭の方がうまいよ。

野「これは「い」の字の韻をふんだ新体詩[五]だよ、和漢を一丸にした処にお気がつかれやせんか。

といばつても風の寒いだけはおさまりがつかず。とう〳〵船の底に成るべくたけそれだけ少《チイ》さくなつて寐てゐれど、猶寒し。少し働いたらさむさを忘れるべしと船板をまくりてボート[六]を漕ぐ如くこがんとするに、薄き板なればヒヨコ[七]〳〵として力入らず。船頭が「そこにある棹では如何ですか、といふ。さらばやつて見んと棹を取り出し見るに三間有余の大なる木の棒也。重きことおびたゞし。これを横にして縄にて船べり[八]にしかとしばり、いざこぎて見んと水に入れ引きあげんとするに、舷《ふなばた》低

ち入れての戯作。

四　船頭が船をこぎながら唄う歌。はやく『土佐日記』に「ふなこ、かぢとりはふなうたうたひて、なにともおもへらず」と。「船歌」も二例示されている。

五　明治文語詩。子規の詩は、「棹（かい）」「ない」「寒い」と韻を踏んでいる。戯作ながらも、子規の最初の新体詩。

六　明治一九年（一八八六）の「七変人遊技競」中の「短艇漕手」において、子規は小結（こむすび）格。ボートの経験はすでにあった。

七　板の簡単に撓（しな）るのを言った擬音語であろう。

八　しっかりと。

くして棒長ければ棒のさき、水をあがらず。却て舟の進みをとめければ、これもやんなん一とてやみぬ。船頭に少し櫂をかしくれんや、漕ぎて見ん、といへば船頭は喜びて座を余にゆづりぬ。余は臍《へそ》二の緒きつてより初めて日本船を漕ぐこと故、如何やと心配しながらおしたり引いたりするに、思ひの外うまく行きたり。興に乗じて夢中に漕《〈コ〉》ぐ。しばらくして気がついて船の位置を見るに、真直には来《きた》らでななめに〳〵進めり。これはと思ふ内にはや向ふの岸につきあてんとす。あわてゝまげんとするに舟はます〳〵直線に進み、わき目もふらず石に頭を触れんとするに困《こう》じはて「助け船〳〵」と呼べば、船頭は笑ひながら立ち来りて舟を転じくれたり。余の漕《〈コ〉》ぎ方は引く方

一 「やみなん」。やめよう。

二 生まれて以来。

が弱しとの船頭の忠告に、成程と悟り其理論あらば今度はうまくやらんと[三]鼻ぴこつかして漕きはじめしが、いつの間にかまた岸辺近くなりぬ。かくては一船を支配せんこと覚束なし、と終に辞職せり。若《も》し余をして人海に世渡りせしめば、猶此舟の如くならんのみ。船のことは船頭に譲りて、おのれは矢張り哲学者然と舟に在て舟を忘れ、水を見つめて[四]逝者其如此夫《ゆくものはそれかくのごときかな》とすましこんでゐるものから、今迄舟漕ぐわざに紛れゐたる寒さはいよいよ強く、其上に船暈《ふなよい》の気味ありければ、口にはいはねど腹では閉口しながら何！　大丈夫がこれしきのことに………余は元来痩我慢の男にて、身体の弱き割合には不規則に過劇《かげき》なる運動をなすことあれども、苦しきのみ

三　鼻をぴくぴく動かして（自信を示す様子）。

四　『論語』（子罕第九）「子在川上曰、逝者如斯夫、不舎昼夜（子、川の上（ほとり）に在りて曰わく、逝く者は斯くの如きか。昼夜を舎（や）めず）」に拠る。

にて何とも思はず、着物も着たらぬぐことは大きらひ、ぬいだら着ることは猶きらひ、烈寒の時もさむがりの癖に薄着にて表へ出ること多し。されば此旅も綿入一枚に一白金巾《しろかなきん》のシヤツ一枚許りにて、着がへも持たねばひた震ひに震ひしかども、それはたゞ寒いのみなりと達摩の如く悟りこんでゐて、これが為にわるいとかよいとかいふ考はなかりしのみならず、こんな目にあふて二櫛風沐雨《しっぷうもくう》の稽古をすればこそ体も丈夫になり心も練磨するなれと思ひしるこそ三うたてのわざなれ。此船中の震慄《しんりつ》が四一ヶ月の後に余に子規の名を与へんとは、神ならぬ身の知るよしもなけれど、今より当時の有様を回顧すれば覚えず五粟粒《ぞくりゅう》をして肌膚《きふ》に満たしむるに足る。嗚呼《ああ》天地は無窮大の走

一 目の細かい薄地の綿布で白色のもの。「金巾」はポルトガル語で「caneguim」。
二 大変な(風雨にさらされて奔走するような)。
三 ろくでもないこと。
四 五月一〇日、肺病との診断の後、「時鳥(ほととぎす)」の題で俳句を四、五十句作り、自ら「子規」と号した。子規には『八千八声』の著作もある。
五 恐ろしさで鳥肌が立つこと。
六 『唐詩選』(巻之二 七言古詩)の劉廷芝(りゅうていし)の「代悲白頭翁」中の「今年花落顔色改 明年花開復誰在(今年花落ちて顔色改まり、明年花開いて復(また)誰か在る)」や、「年年歳歳花相似 歳歳年年人不同(年年歳歳花相似たり。歳歳年年人同じからず)」などが子規の念頭にあったものと思われる。
七 ごくごく平凡で、ありふれた名前。閑言楽(むだらく)山人著『大

馬灯なり。六今日の人は昨日の人にあらず、今年の花は来年の花にあらず、甲去り乙来り七権兵衛死して八兵衛生る、百万年の百万倍も、無窮に比すれば八奇零《きれい》の一にも足らず、まして百年いきのびるも三十にして終るも、天地の一瞬の一億万分の一なるべし、さばれ九一寸の虫に五分の魂あり、生きとし生ける者いづれか生命をしまざらん、たゞ已《や》むを得ずあきらめるのみ。一〇西行は浮世のまゝならぬを悟りて髪を落し、一一直実《なおざね》は若木の桜を切りて蓮生となる。一二提婆が悪も仏果を得、一三遠藤の恋は文覚《もんがく》となる。煩悩も菩提なり、病気豈《あに》悟りの種とならざらんや、かへらぬことをくりかへすは愚痴《ぐち》のかぎりなるべし。

舟は川口《かわぐち》につきぬ。一四祝町《いわいまち》の大門を出て松原を行くこと半

通多名於路志(たなおろし)』(安永年間)に「御身の名は何と申候ぞ唐人と申うへからは。権兵衛八兵衛にてすむべきか」と。

八　小数点以下の数。

九　ことわざ。ここでは、文字通りの意味。

一〇　『西行物語』は、友人佐藤憲康(のりやす)の急死を西行(藤原義清(のりきよ))の出家のきっかけとする。

一一　熊谷直実。謡曲「敦盛」では、敦盛(若木の桜)を回向するのが蓮生坊(直実)。

一二　提婆達多(だいばだった)。釈迦の従弟。謡曲「卒都婆小町」に「提婆が悪も観音の慈悲」と。

一三　遠藤盛遠(もりとお)が袈裟御前への恋情によって道心を起し、文覚と称したことは、『源平盛衰記』に詳しい。

一四　『日本名勝地誌』に「那珂川の北岸に人家の一小市街を為すありて、字を祝町(いわいまち)と云

里余、砂の中を歩むこと数町にして又一ッの林にいづ。樹〻のあわ《(は)》ひに見ゆる甍《(イラカ)》はこれなん大洗ひ神社[一]なる。石階を下りて海浜に出れば料理屋四、五軒あり。今新築にかゝれるたかどのは、結構、壮麗目を驚かす許りなれば、これも料理屋にやと問へば、然《(サ)》なり、鉄道の水戸へ通して已来《いらい》、紳士のきますことも多ければ、此夏の備へに設くるもの也、といへり。此うてなの下は即ち海にして直ちに太平洋に連なるものなれば、島もなく山もなく、空は海に浸《ひた》し海は空につゞく。行きくる白帆なければ飛びかふ小鳥もなし。此浜辺四、五町の間は小石のかたまりしと見ゆる丸き岩いくつとなくつらなり、東より打ちくる波は此岩にあたりて白雪を数丈の高さに飛ばし、勢

ふ。妓楼、酒舗櫛比（しっぴ）して稍や繁華を致す」と見える。

一 大洗磯前（いそざき）神社。『日本名勝地誌』に「老樹左右に繁茂して中天を蔽ふ。磴を躋（のぼ）り尽せば正面に本社あり。環らすに瑞籬（たまがき）を以てし、高潔にして自ら神威の高きを表す。社背に平地あり子ノ日原と云ふ。矮松白砂の間に雑生し風景清雅」と。

の余るものは岩の上を越えてつぎの岩にあたりてくだけちる。くだくるものは空に白く躍り、こゆるものは岩の上真白となる。このけしきの長くつゞきゐれば、こゝにきえてかしこにおこり、左に退きて右にすゝむ。一目に遠くより見渡せば白き岩と黒き岩とありて、さながら碁石の如く、変幻の妙、筆に尽し難し。

117アメリカの波打ちよする霞《かすみ》かな

茂林陰暗《もりんいんあんとして》路迂回《みちうかいす》。大洗祠頭《おおあらいのしとう》眼界開《がんかいひらく》。
牛踞虎蹲《うしきょしとらそんす》百岩石《ひゃくがんせき》。雉飛翬集《きじとびきじつどう》幾楼台《いくろうだい》。
狂風高自雲端落《きょうふうたかくうんたんよりおつ》。怒浪遠従天末来《どろうとおくてんまつよりきたる》。
島影無痕《とうえいあとなく》帆影没《はんえいぼっす》。乾坤一望《けんこんいちぼう》絶繊埃《せんあいたゆ》。

こゝの美肴《びこう》にて午飯をした、めんとの発議もありしが、表〔評〕議まとまらずしてやみぬ。それよりは車を傭《やと》ふて帰らば今日の午後の汽車に間にあはん、と磯浜[一](地名)をあるきまはりしが、車なくして志をはたさず。さらば飯をくはんとあと戻りして飲食店を探すに、これと思ふ処一間〔軒〕も見あたらず。せんかたなくていとふるびたるきたなき家に入りぬ。二階へ通れども乞児《コジキ》小屋に壁つけた位なもの也。飯もさもこそと思ひやられしが、運び来る膳に向ひて茶碗を取り一箸の飯を頰張りたるに、初めの日に板額の御馳走になりたるにもまして石を食ふともかくはあらじ、と腹は立てども吐き出しもならず、一杯をやう

一『日本名勝地誌』の「磯浜町」の項に「地は水戸市を距る東三里三町、那珂郡湊町を距る北二十四町にして、人家軒を列ね、居民多くは漁を以て業とす。南に大洗岬あり。風色を以て其名著はる」と。

〳〵に食ひ終りて早ゝこゝをもにげ出しぬ。

磯浜の出口に至れば車夫むらがりゐて、頻りに乗せんといふ。これ[二]足もとを見しものならん。此時は多駄八も余もよわりによわりて[三]蹌ゝ踉ゝ《そうそうろうろう》といふ風情、酒を飲みし微候なければ遠路にくだ《〔た〕》びれしとは論理を知らぬ車屋にもすぐ様見ぬかれたれど、最早かくなる上は車にはのらじと意地にかゝりて、

野「なんだと、車に乗れと、おれさまだちを誰だと思ふんだ。憚《はばか》りながら神田ッ子の其隣の本郷ッ子だよ。車をすゝめるなら足元見ていやァがれ。一日に東海道を行きもどりしたとて、くたぶれる様なお兄《あに》ィさんじやないよ。

二　相手の弱みを見抜いて、それにつけこむこと。
三　足もとのふらつく様子。蹌踉に同じ。

とさん〲にいばれど、足といふ正直者はとかく我等の裏切《ウラギリ》して、はか〲と歩まず。折から道の辺にてよもぎといふ草を摘む老女《アフナ》あり。我《わが》ふるさとにては餅《モチイ》などにまぜてつく故さることにや、と尋ねしに、否《いな》この草は一何とかいふ病にきゝめありといふめり。思ひがけねば驚きて、さることもあるにやと打ち過ぎぬ。三里ばかりにて下町《しもまち》につくに、いとさみしくおとろへたるさまなり。店に重箱、二木地鉢《きじばち》のたぐひの塗物を売る処多きは、此わたりの名産にや。三仙波湖にそふて上町《うわまち》に来り、停車場に近き家に宿をとる。明日の一番汽車に乗る積り故よきころにさまし給はれと頼みて、一夜の夢に日頃のくたびれもやすめぬ。

一　人見必大著『本朝食鑑』(元禄一〇年(一六九七)刊)の「艾(よもぎ)」の「主治」の項に「温レメ中ヲ逐ヒレ冷ヲ去リ二一-切ノ風-湿ヲ一止ム二一-切ノ血ヲ一灸スルハレ之ヲ透リテ二諸経ニ一治シ二百-種ノ病-邪ヲ一起ス二沈痾ヲ一(中を温め、冷を逐い、一切の風湿を去り、一切の血を止む。これを灸にすると諸経に透って百種の病邪を治し、沈痾(ながわずらい)を起す)」と見える。老女から聞いたのは何か。

二　木地塗の鉢。木目をいかすように漆を薄く塗った鉢。

三　千波湖。二一七頁の仙波沼(千波沼)に同じ。『日本名勝地誌』に「郡(編者注・東茨城郡)の北境に位して緑岡、吉田の二村に亘り、東西二十五町五十間、南北六町、周囲一里二十六町余」と見える。

翌七日、朝とく起て出でゝ見れば大雨は盆を傾くるが如し。気〔汽〕車にのればと屈《くっ》たくもせざれど、こゝより停車場まで五町はあるといふに閉口したり。尤《もっとも》人力車は一寸《ちょっと》なし。朝飯は間にあはぬとて弁当をこしらへくれたれど、此雨にては弁当の折りは雨にぬれぬべし、と心配すれば、此家の老女、絹の破れしきれと、破れ草履二足とを持ち来り、折り二ツを絹のきれにてつゝみ、その草履ではとてもあるかれぬ、此破れ草履をはきて停車場まで行き、かしこにてはきかへよといふ。いとなさけ深き老女（アフナ）なりと拝む許りにいや[四]をのべて、こゝをたち出で停車場へくるまでに着物は大方しぼる許りに濡《うるお》ひぬ。一番汽車にのりこめば最早しめたものなり。火もふれ鑓《やり》もふれと思へ

四　礼（やい）。お礼を言って。

ど、雨勢はあいにくに減じたり。ピューと一声、気《〔汽〕》車は仙波沼にそうて動き始めしが、偕楽園《かいらくえん》[一](好文亭のある公園の名)の麓に数十の穴、同じ隔りに並びたるを見たり。あやしくて若し穴居《けっきょ》[二]の遺跡にや、それならば足はくたびれたりとも見てくべきものを残念なり、併《しか》し雑誌にて見たこともなければ穴居にはあらざるべきか、と半信半疑の中に気《〔汽〕》車はためらひもせで進み去りし。間もなく正午となれば上野停車場へ帰りぬ。余りの早さにあるきしことのおかしく思はれぬ。

旅費の残りあれば、と多駄八がだゞ[三]をこねるに仕方なく西洋料理と出かけ、帰りに菊池仙湖の寓を訪《おとの》ふて水戸行の委細を語れば「君がこようとは夢にも思はざりき。そ

一 『日本名勝地誌』の「水戸第一公園」の項に「一に常磐公園と称し、旧名を偕楽園と云ふ。同所常磐神社の西隣に在り」と。好文亭は、園内の西。

二 洞穴の住居。

三 「多駄八」の名を意識しての地口(じぐち)。

れは残念也。はがきは曽《かつ》て届かず、これは不思議なことありて、君と同日ならん僕の弟が出した手紙も届かず云ゝ、と。思ひ出して偕楽園の下の穴の由来を問ふに、あれは土を掘るためにて何でもなし、と答ふ。余は此答を聞て失望せず、却て安心せり。

後は野となれ山となれ、日頃志す膝栗毛のこゝにやう〳〵終を告げて、

[四]めでたし〳〵。

四　大尾。膝栗毛（徒歩旅行）が無事に一段落したこと。

かけはしの記

[一]浮世の病ひ頭に上りては、[二]哲学の研究も[三]惑病同源《わくびょうどうげん》の理《ことわり》を示さず。行脚雲水の望みに[四]心空《そら》になりては、俗界の[五]草根木皮、画にかいた白雲青山ほどにきかぬもあさまし。腰を屈めての辛苦《しんく》艱難《かんなん》も、世を逃れての自由気儘も固《もと》より同じ煩悩の[六]意馬心猿と、知らぬが仏の御力を杖にたのみてよろ〳〵と病の足もと覚束なく、草鞋の緒も結ひあへでいそぎ都を立ちいでぬ。

一 「墨汁一滴」明治三四年(一九〇一)六月一六日の条に「明治廿四年の学年試験が始まつたが、段々頭脳が悪くなつて堪へられぬやうになつたから遂に試験を残して六月の末帰国した」と。「浮世」は、この場合、俗世間。

二 「墨汁一滴」明治三四年六月一五日の条に「明治廿四年の春哲学の試験があるので此時も非常に脳を痛めた。ブッセ先生の哲学総論であつたが、余には其哲学が少しも分らない。(中略)哲学といふ者はこんなに分らぬ者なら余は哲学なんかやりたく無いと思ふた」と。

三 身心の病の原因は同じであること。漱石の『明暗』にも「叔父から惑病は同源だの疾患は罪悪だのと、さも偉さうに云ひ聞かされた」との津田の言葉が。

四 ここは、心がそぞろになる意。上(わう)の空。

118 五月雨《さみだれ》に菅《すげ》[七]の笠ぬぐ別れ哉《かな》

知己《ちき》の諸子、はなむけ[八]の詩文をたまはる。

ほとゝぎす山にこもる声きゝて
　木曽[九]のかけはしうちわたるらん　伽羅生《きゃらせい》[一〇]
119 卯の花を雪と見てこよ木曽の旅　古白[一一]
120 山路をり／＼悲しかるべき五月哉　同

又碧梧桐子《へきごとうし》[一二]の文に、

日と雨を菅笠の一重に担《にな》ひ、山と川を竹杖の一端にひつさげ、木賃を宿とし、馬子を友とし、浮世の塵

五　漢方の薬剤。
六　制御できない煩悩を暴れる馬や猿にたとえて言う言葉。
七　子規の「隠蓑日記」に「明治二十四年辛卯春王三月二十五日出舎。市川獲莎笠（編者注・菅笠）」と見えるところの「菅の笠」か。
八　旅立を祝っての詩文。
九　野崎左文著『日本名勝地誌』第四編（明治二七年（一八九四）七月、博文館刊）に「慶安元年尾州侯有司に命じ両端に岩石を畳みて橋礎となし之に長さ五十六間、幅三間四尺の木橋を架せしめ寛保年間重ねて修繕を加ふ。今存するもの是れなり」と見える。
一〇　竹村黄塔（慶応元年（一八六五）―明治三四年（一九〇一））の別号。明治二四年（一八九一）四月の黄塔（竹村鍛）宛子規書簡に「伽羅夫さま」とある。
一一　藤野古白（明治四年（一八七一）―明治二八年（一八九五））。正岡子

をはなれて仙人の二の舞をまねられ、単身岐蘇路《きそぢ》を過ぎて焦《こが》れ恋《こ》ふ故郷へ旅立ちさるゝよし、[一]嬉しきやうにてうれしからず、悲しきやうにて悲しからず。願はくは足を強くし、顔を焦《こが》して、昔の我君にはあらざりけりと故郷人《ふるさとびと》にいはれ給はん事を。山ものいはず、川語らず。こゝに贐《はなむけ》の文を奉りて御首途《おんかどで》を送りまゐらす。

121 五月雨や木曽は一段の[二]碓氷《うすい》岳《だけ》　碧梧桐

上野より汽車にて横川に行く。馬車笛吹嶺《うすいとうげ》を渉《わた》る。鳥の声耳元に落ちて、見あぐれば千仞《せんじん》の絶壁、百尺の老樹、聳え〳〵て天も高からず。樵夫の歌足もとに起つて、見《み》

規の従弟。

三　河東（かわひがし）碧梧桐（明治六年（一八七三）―昭和一二年（一九三七））。父は、静渓（儒学者）。虚子とともに子規門の双璧。

一　碧梧桐の心中を吐露しての表現。

二　「碓氷嶺」（笛吹嶺）に同じ。『日本名勝地誌』に「本郡（編者注・北佐久郡）より上野国（編者注・群馬県）碓氷郡に跨がる峻嶺にして晩秋の紅葉を以て其名著はる。今は此山を貫きてアプト式鉄道の布設ありて旅客は一睡の間に往復し得るの便ありと雖も、其国道に至ては羊腸曲折、懸崖直ちに数仞の渓谷に迫り頗る嶮峻を極む」と見える。

下《おろ》せば蔦かづらを伝ひて度《わた》るべき谷間に[三]腥《なまぐさ》き風颯《さつ》と吹きどよめきて万山自ら震動す。遥かにこしかたを見かへるに、山又山峨《が》々《が》として路いづくにかある。[四]寸馬《すんば》豆人《とうじん》のみぞかれかと許《ばか》り疑はれて、

21 [五]つゞら折《おり》幾重の峰をわたりきて
　　雲間にひくき山もとの里

日もやゝ暮れかゝれば四方[六]濛々《もうもう》として、山とも知らず海とも知らず。かけ上る駒《こま》の蹄《ひづめ》に踏み散らす雲霧のあはひを見れば、一歩の外已《すで》に削りたてたる嶮崖《けんがい》の底もかすかなることおそろし。登れども登れども極まる処を知らず。山ます〳〵高く、雲いよ〳〵低し。

三　芭蕉門嵐雪の句に「頼光山入之賛」として〈なまぐさき風おとすなり山桜〉が。「腥き風」は、戦慄感を示す表現か。
四　遠くに小さく見える馬と人。
五　葛折、九十九折。幾重にも曲りくねった坂道。
六　ぼんやりとわかりにくい状態。

122見あぐれば信濃につゞく若葉哉

[一]軽井沢はさすがに夏猶寒く、透間もる浅間[二]おろしに一重《ひとえ》の旅衣、見はてぬ夢を護るに難《かた》かり。例ならず疾く起きいで、窓を開けば、幾重の山嶺屏風を遶《めぐ》らして、草のみ生ひ茂りたれば、其の色染めたらんよりも麗はし。

123山々は[三]萌黄《もえぎ》浅黄《あさぎ》やほとゝぎす

浅間《あさま》は雲に隠れて、煙もいづこに立ち迷ふらんと思はる。汽車を駆《か》りて[四]善光寺に詣づ。[五]いつかの大火に寺院はおろか、あたりの家居まで扨《さて》も焼けたりや焼けたり。千歳の松も限りあればや昔の緑乍《たちま》ち消えうせて、木も枝もやけ

一 『日本名勝地誌』に「地は海面より高きこと三千八百尺、空気新鮮にして夏日殊に清涼を覚ゆる」と見える。

二 子規の念頭に芭蕉句〈吹とばす石はあさまの野分哉〉(『更科紀行』)があったか。

三 日本の色の呼び名で、「萌黄」は黄色がかった緑色、「浅黄」は緑がかった薄い藍色。

四 『日本名勝地誌』の「長野町」の項に「有名なる善光寺の霊刹其の北端に在りて賽人毎(つね)に絶えざるを以て市外為めに殷賑(いんしん)を極め就中大門町、後町、諏訪町の如きは繁昌の中心にして百貨一として弁ぜざる無し」と見える。芭蕉句に「善光寺」と前書して〈月影や四門四宗も只一つ〉(『更科紀行』)。

五 明治二四年(一八九一)六月二日の上西之門町を火元とする長野大火を指す(『明治大年表』大正三年(一九一四)四月、吉川弘文館刊、

こがれ、さも物うげに立てるあはひに、本堂のみ屹然《きつぜん》として聊《いささ》かも傷《そこな》はざるは、六浪花堀江《なにわほりえ》の御難《ごなん》をも逃れ給ひし御仏の力、末世の今に至るまで変らぬためしぞかしこしや。

124 あれ家や茨《いばら》花さく臼七の上

又川中島を過ぎて篠井《しののい》まで立戻る。八古戦場はいづくの程とも知らねど、山と山とに囲まれて犀河《さいがわ》の廻るあたりにやあらん。河の水はいたく痩せて、ほとりの麦畠空しく赤らみたり。

九稲荷山《いなりやま》といふ処にて雨ふりいでたれば、

参照)。

六 はやく『日本書紀』の「欽明天皇」の条に「有司(つかさ)、乃ち仏像を以て、難波の堀江に流し棄つ」と。豊田利忠著『善光寺名所図会』(嘉永二年(一八四九)刊)に「本田善光、難波堀江を通りし時、水中より光を放ちけるに驚き走り過ぎんとせしを、御声ありて善光を呼び止めたまひ、三尊仏あらはれ昔しの機縁を示したまふ。それより生国信濃へ供奉し奉りしとなり。すなはち善光寺本尊一光三尊仏これなり」と見える。

七 『善光寺名所図会』の「素(とも)より家の内に清き物とては臼より外になければ、この上に如来を安置し奉りて」の逸話を踏まえての「臼」。

八 『日本名勝地誌』の「川中島古戦場」の項に「郡(編者注・更級郡)の東北隅、千曲(ちくま)、犀の二水相合する処に在り(中

22 日はくれぬ雨はふりきぬ旅衣
　袂かたしき一いづくにか寐ん

つぐの日雨晴る。路〳〵、立てたる芭蕉塚二に興を催ほして辿り行けば、行くてはるかに山重なれり。野の狭うとがりて、次第〳〵にはいる山路けはしく、弱足にのぼる三馬場嶺《ばばとうげ》、さても苦しやと休む足もとに、誰がうゑしか珊《さん》瑚《ご》なす覆盆子《いちご》、旅人も取らねばやこぼるゝばかりなり。少し上りて、とある樹陰の葭簀《よしず》茶屋《ぢゃや》に憩へば、主婦のもてなしぶり、谷水を四、五町のふもとに汲みてもてくる汗のしたゝり、情を汲む一口に浮世の腸《はらわた》は洗はれたり。四一樹の陰、一河《いちが》の流れとや。ひじりの教も時にあふてこ

略）永禄四年九月九日武田晴信、上杉輝虎と激戦せしより地名大に著はれ、今猶ほ来りて此古戦場を弔ふ者多し」と。

九 千曲川支流佐野川流域に位置するあたりの地名。

一 片方の袂だけを敷く、の意から独り寝をすること。

二 このあたり芭蕉句碑が多い（弘中孝著『石に刻まれた芭蕉』参照）。子規の「芭蕉雑談」（明治二六年（一八九三）成立）中に「余曽て信州を過ぎ、路傍の芭蕉塚を撿するに、多くは是れ天保以後の設立する所に係る」と見える。

三 「猿ヶ馬場嶺」のこと。『日本名勝地誌』に「東筑摩郡麻績（おみ）駅より本郡（編者注・更級郡）稲荷山町に至る郡界の高嶺」と見える。標高九六四メートル。

四 例えば、謡曲「知章（ともあきら）」に「一樹の蔭一河の流れ。これ

そありがたけれ。

行くてを仰ぎては苦しみ、越方《こしかた》を見下しては慰む。目じるしの大木やう〳〵近づけば、こゝにも一軒の茶屋。山の嶺をしめて池に臨めり。遠近の眺望一目にあつまりて、苦あればこそこの面白さ。迚《とて》[五]もの事山に栖《す》みたし。

23 まだき[六]より秋風ぞ吹く山深み
　　尋ねわびてや夏もこなくに

此夜は乱橋《みだれはし》[七]といふあやしの小村に足をとゞむ。あとより来りし四、五人づれの旅客、かにかくと談判の末一人十銭のはたご[八]に定めて隣の間にぞ入りける。晩餐を喰ふに塩辛き昆布の平《ひら》[九]など口にたまりて咽喉へは通らず。まし

又他生の縁なるべし。よくよく弔ひ給ひ候へ」と。『平家物語』『海道記』にも。

五　どうせならば、いっそのこと。

六　早くから。早くも。

七　犀川に注ぐ麻績(みお)川支流別所川流域、筑北盆地に位置する。

八　旅籠屋。食事付の宿。

九　平らな昆布の煮付。

て隣室のもてなし如何ならんと思ひやるに、たゞうまし〳〵といふ声のみかしかましく聞ゆ。

隣の雑談に夢さまされて、[一]つとめてこゝを立ち出づれば、はや爪さきあがりの[二]立峠、旅の若衆と見て取て馬子が馬に乗れとのすゝめは有難や、乗つて見れば旅ほど気楽なものはなし。きのふの馬場峠はなぜに苦みし。[三]路の辺に咲く白き花を何ぞと問へば、これなん卯つ木と申すといふ。いとうれしくて、

24 [四]むらきえし山の白雪きてみれば
駒の[五]あがきにゆらぐ卯の花

峠にて馬を下《おり》る。鶯の時ならぬ音に驚かされて、

一 早朝。
二 峠の名。芭蕉の『更科紀行』に「桟はし、寝覚など過て、猿がばゝ、たち峠など四十八曲りとかや」と見える。
三 『古今集』中の旋頭歌〈うちわたす 遠方（おちかた）人に もの申す 我そのそこに 白く咲けるは なにの花ぞも〉が、子規の念頭にあろう。
四 所々消えている。
五 馬が足で地面を蹴り歩むこと。

125 鶯や野を見下せば早《さ》苗《なえ》取《とり》

[六]松本にて昼餉《ひるげ》したゝむ。早く[七]木曽路に入らんことのみ急がれて原新田まで三里の道を馬車に縮めて洗馬《せば》までたどりつき、饅頭にすき腹をこやして本山《もとやま》の玉木屋にやどる。こゝの主婦、我を何とか見けん、短冊をもち来りて御笠に書きつけたるやうなものを書きて給はれと請ふ。いかなる都人に教へられてかといとにくし。

本山を出で桜沢《さくらさわ》を過ぐればこゝぞ木曽の山入り、山のけしき、水の有様はや尋常ならぬ粧ひにうつゝ[八]をぬかし、[九]桃原遠からずと独り勇めば、鳥の声も耳にたちてめづらし。途上口占《こうせん》[一〇]、

六　『日本名勝地誌』に「郡（編者注・東筑摩郡）の中央に位し長野、上田と鼎足の地形を占め、東西十二町、南北十九町、戸数五千四百六十二、人口二万六千三百七十四を有す」と見える。

七　中山道の鳥居峠付近から馬籠（まごめ）峠に至る間。秋里籬島著『木曽路名所図会』（文化二年（一八〇五）刊）に「谷中せまきゆゑ、田畑まれにして村里少し」と。『散木奇歌集』に源俊頼歌〈けさみればきそ路の桜咲きにけり風のはふりにすきまあらすな〉が。

八　夢中になって。

九　陶淵明の『桃花源記』より、俗世間を離れた仙境。

一〇　即興で口ずさんだ詩文（句）。

126 やさしくもあやめさきけり木曽の山

奈良井《ならい》の茶屋に息《いこ》ひて茱萸《ぐみ》はなきかと問へば、茱萸といふものは知り侍らず。珊瑚実[一]ならば背戸にありといふ。山中に珊瑚さてもいぶかし、と裏に廻《まわ》れば矢張り茱萸なり。二十五、六ばかりの都はづかしき[二]あるじの女房、親切にそをとりてくれたり。峡中第一の難処といふ鳥居嶺《とりいとうげ》[三]は若葉の風に夢を薫らせて、痩せ馬[四]の力に面白う攀《よ》ぢ上《のぼ》る。

127 馬の背や風吹きこぼす椎の花

頂《いただき》にて馬を下り、つく〴〵四方を見下せば、古木鬱蒼、

一 鳥居峠の麓、奈良井の辺の方言か。子規の随筆「くだもの」(明治三四年(一九〇一))の中に「女主人は突然と、あ、サンゴミか、といふた。それならば内の裏にもあるから行つて見ろといふので、余は台所の様な処を通り抜けて裏迄出て見ると、一間半許りの苗代茱萸が累々として居つた」と見える。

二 都人が恥ずかしくなるような、垢抜けした。

三 『日本名勝地誌』に「中山道の藪原と奈良井二駅の間に横はれる峻嶺なり。古へは岐蘇の御阪(おさか)と称し、後ち御岳神社の華表(とりい)を其頂きに建て、遥拝所とす。故に此名あり」と見える。

四 随筆「くだもの」によれば、馬士は、「十三、四の子供」。

谷深くして樵夫の小道かすかに隠現す。珍らしく晴れ渡りたる空の、青嵐を踏《ふま》へながら山を下れば藪原《やぶはら》の駅なり。ある家に立ちよりてお六櫛《ろくぐし》[五]を求む。誰に贈らんとてか我ながらあやし。此ほとりよりぞ木曽川に沿ふて下《くだ》るなる。白雲をあやどる山脈はいよいよ迫りてかぶせから《〔かか〕》ん勢ひ恐ろしく、奥山の雪を解かして清らかなる水は谷を縫ふて其響凄《すさま》し。深き淵のたゞ中に大きなる岩の一つ突き出でたる上に、年ふりたる松の枝おもしろく竜にやならんと思はれたるなどもをかしく、久米駿公《くめしゅんこう》[六]の詩に水抱巌洲松孑立《みずはがんしゅうをいだきてまつはげつりつし》、雲籠石窟仏孤栖《くもはせっくつをこめほとけこせいす》といへるはこゝなんめり、と独りつぶやかる。宮《みや》の越《こし》の村はづれに彳《たたず》んで待つ事半時、いと古代めきたる翁の釣竿を担《かた》[七]ぎ

五　喜多川季荘（守貞）著『守貞漫稿』（天保八年（一八三七）―嘉永六年（一八五三））に「今世木曽路藪原駅辺にて木製の麁なる指（編者注・挿）櫛を製し専ら売レ之也。号（なづ）けて於六櫛と云。古、於六と云孝女始レ之故に名とすと云伝へり」と見える。『日本名勝地誌』の「鳥居嶺」の項には「山麓には名物お六櫛を鬻（ひさ）げる商店多く」と見える。

六　文政一一年（一八二八）―安政二年（一八五五）。松山藩士。号、知彼斎。詩の出典は不詳。

七　「松山語では一人で肩にして運ぶのをカタグといひ、一人が天秤棒で運ぶのをニナウといひ、二人以上の人が担いでいくのをカクといふ」（『伊予松山方言集』）。

たるが、画の中よりぞ現れいでたる。笠をぬいで慇懃に
一徳音寺の道を問ふ。翁のいふ、さてもやさしの若者や。
二旭将軍《あさひしょうぐん》のなきあとを吊《とむら》はんとてこゝまでは来たまへる、
こゝに茂れる夏木立は八幡の御社なり、かしこの山の上
こそむ三かしの城の跡なれ、このわたりの畑も、つはもの四
どもが住みし夢の名残なるものを、今は桑の樹ばかりぞ
秀《ひい》でたる、と一つ〳〵に指さす。そゞろに古を忍ぶ言ば
のはし、この翁、五謡ならばかき消すやうにうせぬべし。
日照山徳音寺に行きて木曽宣公の碑の石摺一枚を求む。
この前の淵を山吹が淵、巴が淵と名づくとかや。六福島を
こよひの旅枕と定む。木曽第一の繁昌なりとぞ。
翌日朝、大雨。待てども晴間なし。傘を購《あがな》ひ来りて書き

一 『日本名勝地誌』に「宮ノ越駅の東北字徳恩寺村に在り。臨済宗にして京都の妙心寺に属し嘉永年間の創建なり。開山詳ならず。（中略）義仲の位牌を蔵め牌面に開山朝日将軍義仲公大居士の文字あり」と見える。

二 源義仲（久寿元年（一一五四）―元暦元年（一一八四））。平安末期、鎌倉初期の武将。木曽山中で成長。近江粟津原で敗死。芭蕉門又玄（ゆうげん）の句に「木曽塚に旅寝せし比（ころ）」と前書しての〈木曽殿と背（せなか）あはする夜寒哉（かな）〉（『葛の松原』）が。

三 『日本名勝地誌』の「宮ノ越城址」の項に「一名を山吹城と号し、治承年中朝日将軍木曽義仲の本城なり。（中略）城趾は木曽川の南岸に在りて今は田圃と変じ傍らに八幡宮の小祠あり」と見える。

四 芭蕉句〈夏草や兵（つわもの）共がゆめの跡〉（『猿蓑』『奥の細道』）が

流す句に、

128 折からの木曽の旅路を五月雨《さつきあめ》

旅亭を出づれば雨をやみになりぬ。此ひまにと急げば、雨の脚に追ひつかれ、木陰に憩へば又ふりやむ。兎《と》に角《かく》と雨に[七]なぶられながら行き〳〵て、[八]桟橋《かけはし》に着きたり。見る目危き両岸の岩ほ数十丈の高さに劉《めぐ》りなしたるさま、[九]一双の屏風を押し立てたるが如し。神代のむかしより蒸し重なりたる苔のうつくしう青み渡りしあはひ〳〵に、何げなく咲きいでたる[一〇]杜鵑花《つつじ》の麗はしさ、[一一]狩野派にやあらん、[一二]土佐画《とさえ》にやあらん。更に一歩を進めて下を覗けば五月雨に水嵩《みかさ》ましたる川の勢ひ、渦まく波に雲を流して、

意識されていよう。

五　例えば謡曲「三輪」に「かき消すごとく失せにけり」とあるのをはじめとして、謡曲中に頻出する詞章。

六　中山道の駅次。木曽福島。

七　翻弄されながら。

八　木曽の桟橋。一六一頁注九参照。芭蕉句に〈桟(かけはし)やいのちをからむつたかづら〉が。

九　二つで一組になっている。

一〇　『増補下学集』に「杜鵑花即躑躅華(じっ)也」と。

一一　日本画の流派の代表の一つ。狩野正信に始まる。

一二　大和絵の代表。土佐派の人々の描いた画。将監行広に始まる。土佐光信により隆盛する。

突きてはわれ、当りては砕くる響、大磐石も動く心地して、うしろの茶屋に入り床几《しょうぎ》に腰うちかけて目を瞑《ふさ》ぐに、大地の動き暫しはやまず。蕉翁[一]の石碑を拝みてさゝやかなる橋の虹の如き上を渡るに、我身も空中に浮ぶかと疑はれ、足のうらひや〳〵と覚えて、強くも得踏《えふ》まず。通りこし方を見渡せば、こゝぞ桟《かけはし》のあと、思しきも、今は石を積みかためたれば固《もと》より往き来の煩ひもなく、只蔦かづらの力がましく這《は》ひ纏《まと》はれる許りぞ古の俤《おもかげ》なるべき。

一 子規が見たのは文政一二年(一八二九)建立の芭蕉句碑〈桟や命をからむ蔦かづら〉であろう(『石に刻まれた芭蕉』参照)。

俳句

129 かけはしやあぶない処に山つゝじ

130 桟《かけはし》や水へも落ちず五月雨

歌

25むかしたれ雲のゆきゝのあとつけて
わたしそめけん木曽のかけはし

上松《あげまつ》を過ぐれば程もなく二寐覚《ねざめ》の里《さと》なり。三寺に到りて案《あ》内《ない》を乞へば、小僧絶壁のきりきはに立ち、遥かの下を指して、こゝは四浦島太郎が竜宮より帰りて後に釣を垂れし跡なり、川のだ〔た〕ゞ中に松の生ひたる大岩を寐覚の床岩、其上の祠を浦島堂とは申すなり、其傍《かたわら》に押し立てたる岩を屏風岩、畳みあげたるを畳岩と云ふ、象岩は其の鼻長く、獅子岩は其の口広し。此外こしかけ岩、俎板《まないた》岩、釜岩、硯岩、烏帽子岩、抔《など》中なりといと殊勝げにぞしや

二　駒ヶ根村大字上松駅字寝覚の里。「寝覚の床(こと)」がある。

三　臨川寺。寝覚の床の東岸。『日本名勝地誌』に「懸崖直ちに木曽川に臨み俯して寝覚の床を瞰望すべく、四顧また風物に乏しからず」と見える。

四　『日本名勝地誌』の「寝覚の床」の項に「俗に此地を以て浦島太郎が釣を垂れたる古跡なりと言伝ふるは、弘治年間、三帰翁なる者此地に閑居して釣魚の楽みをなしけるを見て浦島と綽名(あだな)し後、終に水江(みずのえ)(編者注・丹後)の浦島太郎の事に付会せしものなるべし」とある。

べりける。誠やこゝは天然の庭園にて、松青く水清くいづこの工匠《たくみ》が削り成せる岩石は峨々《がが》として、高く低く、或は凹《へこ》みて渦をなし或は逼《せま》りて滝をなす。いか様仙人の住処《すみか》とも覚えてたふとし。

此日は朝より道々、覆盆子《いちご》、[一]桑の実に腹を肥したれば昼餉もせず。やう〳〵五、六里を行きて須原に宿る。名物なれば強ひられて[二]花漬《はなづけ》二箱を購ふ。余りのうつくしさにあすの山路に肩の痛さを増さんことを忘れたるも[三]おぞまし。

26 寐ぬ夜半をいかにあかさん山里は
　月出《い》づるほどの空だにもなし

一　子規の随筆「くだもの」の中で往時を振り返って「桑の実の味はあまり世人に賞翫されぬのであるが、其旨さ加減は他に較べる者も無い程よい味である。余は其を食ひ出してから一瞬時も手を措かぬので、桑の老木が見える処へは横路でも何でもかまはず這入つて行つて貪られるだけ貪つた。(中略)寐覚の里へ来て名物の蕎麦を勧められたが、蕎麦などを食ふ腹はなかつた。もとより此日は一粒の昼飯も食はなかつたのである」と記している。

二　桜花、菊花、菜の花などを塩や味噌で漬けたもの。田山花袋の紀行文「秋の岐蘇路」(明治三六年〔一九〇三〕)に「須原の駅の花漬売の少女はいかにわが好奇の心を動かしけむ」と見える。

三　ここでは、愚かしい、との意味。

あくる朝、又小雨を侵して須原を立つ〔ち〕出づ。このあたりは木曽川の幅稍ゝ《やや》広く、草木緑に茂りたる洲《す》など見らる。野尻も過ぎて真昼頃三留野《みどの》に着く。松屋といふにて午飯をしたゝむ。今は雨も全く晴れて心よき日影、山々の若葉に照りそふけしきのうるはしければ、雨傘は用なしとて松屋の女房に与ふ。女房いと気の毒がりてもぢ〳〵せしが、戸棚かい探り何やら紙に包みて我前にさし出し、折からの御もてなしも候はず、都の人にお恥かしながら、とかすかに言ふ声いとらうたし四。何かと聞けば栗なり。礼をのべてそこを出《い》で路々打ち喰ふに、石よりも堅し。よも人間の種《しゅ》にはあらずと思ふに、もし便あらば都の人に送りたし。

四　かわいらしい。

131はらわたもひやつく木曽の清水かな

[一]妻籠《つまご》通り過ぐれば、三日の間寸時も離れず馴れむつびし岐蘇河《きそがわ》に別れ行く。何となく名残惜まれて、若《も》し水の色だに見えやせんと木の間〳〵を覗きつゝ辿れば、[二]馬籠峠《まごめとうげ》の麓に来たり。馬を尋ぬれども居らず。詮方なければ草鞋はき直して、下り来る人に里数を聞きながら上りつめたり。此の山を越ゆれば木曽三十里の峡中を出づるとなん聞くに、しばしは越し方のみ見かへりてなつかしき心地す。

132白《はく》雲《うん》や青葉若葉の三十里

一 『木曽路名所図会』に「三留野(みとの)まで一里半。駅中南北三町、相対し巷をなす。その余は山間に民居多し」と。

二 『木曽路名所図会』の「馬籠峠」の絵図に「所々に桟道(かけはし)有」と。

山を下れば驟雨颯然《しゅううさつぜん》とふりしきりて、一重の菅笠に凌《しの》ぎかね、終《つい》に馬籠駅の一旅亭にかけこむ。夜に入れば風雨いよ〳〵烈しく、屋根も破れ床も漂ふが如く覚えて、航海の夢しば〳〵破らる。

朝晏《おそ》く起き出でたれど雨猶已《や》まず。旅亭の小娘に命じて[三]合羽を買ひ来らしむ。馬籠下れば山間の田野稍ゝ《やや》開きて麦の穂已《すで》に黄なり。岐岨《きそ》の峡中は寸地の隙あれば、こゝに桑を植ゑ、一軒の家あれば必ず蚕《かいこ》を飼ふを常とせしかば、今こゝに至りて世界を別にするの感あり。

133　桑の実の木曽路出づれば穂麦かな

けふより[四]美濃路に入る。余戸村《あまるべむら》に宿る。

三　雨具。子規が買ったのは、当座用の桐油紙(とうゆがみ)で作った下級品の紙合羽か。『守貞漫稿』に合羽の形をした「桐油合羽之看板」が見える。

四　菊本賀保著『国花万葉記』(元禄一〇年(一六九七)刊)に「みの路中仙道は、京より見、此たる井迄は木曽路、東仙道と同じ道也。たる井にいたり木そ路は赤坂へ、仲仙道は大垣へ越、尾州の宮へ出る也。是をみのぢ中仙道と云也」とある。

つぐの日、天気は晴れたり。暫らくは小山に沿ふて歩めば、山つゝじ、小松のもとに咲きまじりて、細き谷川の水さらさらと心よく流る。そゞろにうかれ出でたる鶉の、足音聞きつけて葎《むぐら》より葎へ逃げ迷ふさまも興あり。道にて、

134 撫《なで》し子《こ》や人には見えぬ笠のうら

御嶽《みたけ》を行き越えて、松縄手に出づれば、数日の旅の労《つか》れ発して、歩行もものうげに覚ゆ。肩の荷を卸して枕とし、しばし木の下にやすらひて松をあるじと頼めば、心地たゞうと〳〵となりて、[一]行人征馬《こうじんせいば》の響もかすかに聞ゆる頃、一しきりの夕立松をもれて顔を打つに、あへなく夢を驚

一 旅人と旅の馬。『和漢朗詠集』巻下の源順「白河院」の一節に「南望則有関路之長　行人征馬駱駅於翠簾之下（南に望めばすなはち関路の長きあり　行人征馬翠簾の下に駱駅す）」が。

かされて荷物担《かた》ぎながら一散にかけ去りける。浮世の旅路是非もなきことなり。

27 [二]草枕むすぶまもなきうたゝねの
　　ゆめおどろかす野路《のじ》の夕立

此夜、[三]伏見《ふしみ》に足をとゞむ。

朝まだほの暗き頃より舟場《ふなば》に至りて下り舟を待つ。つどひ来る諸国の旅人七、八人あり。

135 すげ笠の生国《しょうごく》名のれほとゝぎす

小舟をしたて、こゝを出づ。両岸広く開きて、河原の上に遊ぶ子供の、親を慕ふて船頭を呼びかくるさまなど画

二 「むすぶ」にかかる枕詞であるが、ここは本来の意の旅、旅寝も含意されている。

三 『木曽路名所図会』の「伏見」の項に「御岳（みたけ）まで一里五町。これより西は多く平地なり。往還の左右に列樹（なみき）の松あり、東海道のごとし。これより東は列樹の松なし。山里なればなり」と。

の如し。川上には高山巍々《ぎぎ》[一]として雲を出没すれども、川下を見渡せば藍より青き流れ一すぢ白沙に映じて、渚の草木涼しげに生ひ茂りたり。如何に見るともこれこそ数日前に別れたる岐蘇《きそ》川《がわ》の下流とは思ひ難《がた》けれ。筒井づゝ[二]のむかし、ふりわけ髪を風に吹かせて竹馬などに打ち乗り、山を攀《よ》ぢ石に上り、わめき叫んで遊びくらせし故郷の友どちを、十年あまりの後にあひ見れば、顔かたちより、なりふりまで尽《ことごと》くおとなびて、とみには其人と思ひ得難き心地ぞする。舟は矢を射るが如く移り行く両岸の景色に興を催す折柄、木曽河第一の難所にかゝりたり。渦巻く波、忽然《こつぜん》と舟の横腹を打ちて動揺するにまづ肝潰《きもつぶ》れて、あなやと見れば、舟は全く横ざまに向き直り、船

一　雄大なさま。

二　『伊勢物語』二十三段中の歌〈筒井づの井筒にかけしまろがたけ過ぎにけらしな妹見ざるまに〉〈くらべこしふりわけ髪も肩すぎぬ君ならずしてたれかあぐべき〉を踏まえ、少年少女が大人になって別人のごとくなる事象をもって木曽川の上流と下流の変貌を説明している。

頭親子は舟の両端にありて櫓《ろ》をあやつる。やう〳〵にこゝを過ぐれば河流直角に曲るに、舟は向ふの岸に突き当らんず勢なり。そを曲げて舟を転ずればまたかなたの岸辺に屹立する大岩石正面に来れり。岩の上に小さきほこらあるは、此下にて死する人多きが為なりといふ。如何になるらんと心をなやます内に、舟は逆巻く奔流を押しきつて稍《やや》ゝ《やや》河幅濶《ひろ》くなれば、一群の人、河原に立ちてがや〳〵と騒ぐさまなり。船頭舟を寄せて、何ぞと問へばきのふも上の瀬にて何某の舟覆《くつがえ》り、あへなく死したるが、死骸今に知れず、若し川下に心あたりありたらば告げ知らせてよ、何がしに逢ひなば此話言《こと》づて給へ、など云ふに舟に乗りたるもの皆顔を青くして身ぶるひしけり。

再び[一]纜《ともづな》を解けば、舟は自ら流れに従ふて止まる所を知らず。猶折〱は河の真中に岩の現れて白波打ち寄するなど、恐ろしげなるに、船頭は横ふりむきて知らぬ顔すれば、舟は心得顔にやすやすとそをよけてぞ流れける。やう〱に心落ち居て見渡せば、一方は絶壁天を支へて古松いろ〱に青み渡り、木陰、岩間には咲き残れるつゝじの色どりたるけしきまたなく面白し。

136 下り舟岩に松ありつゝじあり

或は千仞の山峰雲間に突出して、[二]翠鬟[三]鏡影《すいかんきょうえい》に映じ、或は[四]一道の飛流、銀漢より瀉《そそ》ぎて、白竜樹間に躍る。川一曲、景一変、舟の動くを覚えず。[五]犬山城の下を過ぐれば両岸

一　舳綱（へづな）に対する艫綱（ともづな）の意から、舟をつなぎとめる綱。
二　青々とした山。
三　鏡に映る影であるが、ここでは、青山が木曽川の水面に映じていること。
四　滝の表現。子規の念頭に李白詩「望廬山瀑布」の転結句「飛流直下三千尺　疑是銀河落九天（飛流直下三千尺　疑うらくは是れ銀河の九天より落つるかと）」があろう。
五　野崎左文著『日本名勝地誌』第参編（明治二七年（一八九四）五月、博文館刊）の尾張国（丹羽郡）の「犬山城趾」の項に「犬山市街の北に方（あた）り木曽川に臨める丘上に在り、数仞の巉崖水に枕（のぞ）みて屹立し、今尚旧に依て巍然たる天守閣を欝林の梢頭に望む」とある。

遠く離れて白沙涯《はて》なく、帆々《はんぱん》相追ふて廻灘《かいだん》[六]を下るを見るのみ。舟を鉄橋の下にとゞめ、そこより木曽停車場に至り茶店に午餐を喫す。鞋《わらじ》を解き足を洗ひ楼上に臥《ふ》し、晴間をも待たで早乙女の早苗取る手わざなど見やる折柄《おりから》、[七]はした女あわたゞしく来りて、汽車はや来れり、いそぎ下り給へと云ふ。いふがまゝに下り立ちて草鞋などつけんとするに、いかでさるひまのあるべき、早く〳〵と叫びながら下婢《かひ》[八]は我荷物、草鞋、杖、笠など両手にかゝへてさきに走る。我は裾を褰《かか》げあへず停車場まで駈けつけしは、宛然《えんぜん》[九]として一幅の鳥羽絵《とばえ》[一〇]、此旅竟《つい》に膝栗毛[一一]の極意《ごくい》を以て終れり。

六　渦巻く早瀬。
七　召使いの女。下女。
八　「はした女」と同一人物であろう。
九　まるでそのまま。
一〇　戯画。
一一　一九の『東海道中膝栗毛』が狙ったところの滑稽性。

28 信濃なる木曽の旅路を人問はゞ
たゞ白雲のたつとこたへよ

旅の旅の旅

[一]汽笛一声[二]京城《けいじょう》を後にして、[三]五十三亭一日に見尽すとも、水村山郭の絶風光は雲煙過眼よりも脆《もろ》く、[四]写真屋の看板に名所古跡を見るよりも猶はかなく、一瞥の後また跡かたを留めず。誰かはこれを指《さ》して旅といふ。かゝる旅は夢と異なるなきなり。出づるに車あり、食ふに肉あり。手を敲《たた》けば盃酒忽焉《こつえん》として前に出《い》で、財布を敲けば美人嫣然《えんぜん》としてに〔衍字〕後に現る。誰かはこれを指して[五]客舎といふ。かゝる客舎は公共の別荘めきていとうるさし。幾里の登

一　大和田建樹作詞「鉄道唱歌」(明治三三年(一九〇〇)五月)の歌い出し「汽笛一声新橋を」より早い「汽笛一声」例。子規に〈餅(もち)搗(つき)にあはす鉄道唱歌かな〉(明治三四年(一九〇一))の句。
二　都。ここでは東京。
三　東海道五十三次。亭は、宿。
四　写真館のこと。子規門の坂本四方太(しほうだ)の小説「夢のごとし」(明治四二年(一九〇九)九月)の中にも「開化した写真屋では無い。広い根深畑の中におこし絵のやうな形した奥行の無い板屋がある。これが写し場である」の例が。
五　はたご。旅館。

り阪を草鞋《わらじ》のあら緒にくはれて、見知らぬ順礼の介抱に他生《たしょう》の縁を感じ、馬子《まご》に叱られ、駕籠《かご》舁《かき》に嘲《あざけ》られながら、ぶらり〳〵と急がぬ旅路に白雲を踏み、草花を摘む。実《げ》にや[一]ものゝあはれはこれよりぞ知るべき。はた十銭のはたごに[二]六部道者と合ひ宿の寝言は熟眠《うまい》を驚かし、小石に似たる飯、馬の尿に似たる渋茶に、ひもじ腹をこやして、一枚の木の葉蒲団に終夜の寒さを忍ぶ。いづれか風流の極意《ごくい》ならざる。[三]われ浮世の旅の首途《かどで》してよりこゝに二十五年、[四]南海の故郷をさまよひ出でしよりこゝに十年、[五]東都の仮住居《かりずまい》を見すてしよりこゝに十日、身は今、旅の旅に在りながら、風雲の念《おも》ひ猶已《なおや》み難く、頻《しき》りに[六]道祖神にさわがされて、霖雨《りんう》の晴間をうかゞひ、草鞋よ脚半《きゃはん》よと

一　藤原俊成歌〈恋せずば人は心もなからまし物のあはれもこれよりぞ知る〉(『長秋詠藻』)を念頭に置いての記述。

二　「六十六部」のこと。『守貞漫稿』に「諸国の神仏に順拝するを云。回国とも又略して六部とも云。其扮男女ともに鼠木綿服、手おひ、股引、脚半、甲掛、皆同色、各帯前に鉦を畳付て腰に下げ、或は手に鈴(レイ)をふり銭を乞ふ」と見える。

三　慶応三年(一八六七)九月一七日(陽暦一〇月一四日)の子規誕生をいう。

四　松山市を指す。

五　下谷区上根岸の寓居をいう。

六　芭蕉の『奥の細道』冒頭部の「道祖神のまねきにあひて取もの手につかず、もゝ引の破をつゞり、笠の緒付かへて」が念頭にあろう。道祖人は、旅の神。

身をつくろひつゝ一個の袱包《ふろしき》を浮世のかたみに担ふて、飄然[七]と大磯[八]の客舎を出でたる後は、天下は股の下、杖一本が命なり。

137 旅の旅その又旅の秋の風

国府津、小田原は一生懸命にかけぬけて、はや箱根路へかゝれば何となく行脚《あんぎゃ》の心の中うれしく、秋の短き日は全く暮れながら谷川の音、耳を洗ふて煙霧模糊《もこ》の間に白露[九]光あり。

138 白露の中にぽつかり夜の山

湯元に辿り着けば、一人のをのこ袖をひかへていざ給へ、

七　ふらりと。

八　子規は、明治二五年(一八九二)一〇月三日、大磯の松林館に泊り一二日まで過している(「獺祭書屋日記」参照)。

九　子規の念頭に蘇子瞻(蘇東坡)の「赤壁賦」中の一節「白露横ㇾ江　水光接ㇾ天(白露江に横(よこ)たはり、水光天に接す)」があろう。

善き宿まゐらせんといふ。引かるゝまゝに行けば、いとむさくろしき家なり。前日来の病もまだ全くは癒えぬに、此旅亭に一夜の寒気を受けんこと、気遣《きづか》はしく、やゝ落胆したるが、まゝよこれこそ風流のまじめ行脚の真面目なれ。

139だまされてわるい宿とる夜寒かな

つぐの日、まだき起き出でつ。板屋根の上の滴るばかりに沾《うるお》ひたるは、昨夜の雲のやどりにやあらん。よもすがら雨と聞きしも、筧《かけひ》の音、谷川の響なりしものをと、はや山深き心地ぞすなる。

けふは一天晴れ渡りて滝の水朝日にきらつくに、鶺鴒《せきれい》の

一　明治二五年(一八九二)九月九日付藤野古白(子規の従弟)宛書簡で「小生二、三日前より子規病再発、尤軽症故甚だ軽蔑致居候処、今以て痰血やまず、今日は昨日に比すれば稍甚しきの傾あり、為に閉口仕候」と報じている。

二　早朝に。

三　地上にかけ渡して水を導く樋。

小岩づたひに飛ありくは、逃ぐるにやあらん、はたこなたへとしるべするにやあらん、と草鞋のはこび自ら軽《かろ》らかに、箱根街道のぼり行けば鵯《ひよ》の声左右にかしましく、

140 我《わが》なりを見かけて鵯《ひよ》の鳴くらしき
141 色鳥の声をそろへて渡るげな
142 秋の雲滝をはなれて山の上

病みつかれたる身の、一足のぼりては一息ほつとつき、一坂のぼりては巌端に尻をやすむ。駕籠舁の頻《しき》りに駕籠をすゝむるを耳にもかけず「[四]山路の菊野菊ともまた違ひけり」と吟じつゝ行けば、

四　芭蕉七部集中『あら野』所収の越人（えつじん）句〈山路のきく野菊とも又ちがひけり〉。

143　どつさりと山駕籠《やまかご》おろす野菊かな

144　石原に痩せて倒るゝ野菊かな

などおのづから口に浮みて、はや二子山[一]鼻先に近し。谷に臨めるかたばかりの茶屋に腰掛くれば、秋に枯れたる婆様の挨拶、何となくものさびて[二]面白く覚ゆ。見あぐれば千仞の谷間より木を負ふて下り来る樵夫《きこり》二人、三人のそり／＼とものも得言《えい》はで汗を滴《したた》らすさま、いと哀れなり。

145　樵夫二人だまつて霧をあらはるゝ

一　箱根中央火山の東南端の峰巒（ほうらん）。上下の双峰が並ぶ。標高一三〇〇メートル。『夫木集』に曽禰好忠歌〈箱根山ふたごの山も秋ふかみあけくれ風に木の葉のちりかふ〉が。

二　枯々として趣があり。

樵夫も馬子も皆足を茶屋にやすむれば、それぐ\にいたはる婆様のなさけ、一椀の渋茶よりも猶濃し。

146 [三]犬蓼の花くふ馬や茶の煙

147 店さきの柿の実つゝく烏かな

名物ありや、と問へば、[四]力餅といふものなり、とて大きなる餅の焼きたるを二ッ三ッ盆に盛り来る。

148 山姥《やまんば》の力餅売る薄かな

など戯れつゝ、力餅の力を仮《か》りて上ること一里余、杉、樅《もみ》の大木、道を夾《はさ》み、[五]元箱根の一村目の下に見えて、[六]秋さ

三　芭蕉句〈道のべの木槿（むくげ）は馬にくはれけり〉（『野ざらし紀行』）が、子規の念頭にあろう。

四　箱根の名物か。不詳。茶屋の「婆様」の命名か。

五　箱根宿の北半里。湖岸にある。元箱根村湖尻と箱根駅間は、二里。（『大日本地名辞書』『日本名勝地誌』参照）。

六　いかにも秋らしくて。『風雅集』中の、正親町公蔭（おおぎまちきんかげ）歌に〈夕日さす外山の梢秋さびてふもとの小田も色づきにけり〉が。

びたるけしき、仙源に入りたるが如し。

149 紅葉する木立もなしに山深し

千里の山嶺を攀《よ》ぢ、幾片の白雲を踏み砕きて、上り着きたる山の頂に鏡を磨《と》ぎ出《い》だせる一芦《あし》の湖《こ》を見そめし時の心ひろさよ。余りの絶景に恍惚として立ちも得さらず、木のくひぜ二に坐してつく〴〵と見れば、山更にしん〴〵として、風吹かねども冷気冬の如く足もとよりのぼりて、脳巓《のうてん》にしみ渡るこゝちなり。波の上に飛びかふ鶺鴒《せきれい》は、忽《たちま》ち来り忽ち去る。秋風に吹きなやまされて、力なく水にすれつ、あがりつ、胡蝶のひらひらと舞ひ出でたる、箱根のいたゞきとも知らずてやいと心づよし。遥かの空

一 野崎左文著『日本名勝地誌』第弐編(明治二七年(一八九四)一月、博文館刊)には「芦ノ湖」(あしのうみ)として立項。「箱根山頂に在りて東西二十町十五間、南北一里廿三町、周回四里三十町、深さ四十六仞、其下流を早川と云い、東流凡そ五里、小田原町の西に至りて海に入る」と。また「東南岸に箱根駅及び元箱根村在り」と見える。

二 切り株。

に白雲とのみ見つるが、上に兀然《こつぜん》として現はれ出でたる富士、こゝからも猶三千仞《じん》[三]はあるべしと思ふに、更に其影を幾許《いくばく》の深さに沈めて、さゞ波にちゞめよせられたる、またなくをかし。箱根駅にて午餉《ひるげ》したゝむるに、皿の上に尺にも近かるべき魚一尾あり。主人誇りがに、こは湖水の産にしてこゝの名物なりといふ。名を問へば、赤腹[四]となん答へける。面白き秋の名なりけり。これより山を下るに、見渡す限り皆薄《すすき》なり。[五]箱根の関はいづちなりけんと思ふものから、問ふに人なく、探るに跡なし。これらや歌人の歌枕なるべきとて、

三　諸説あるが七尺説が有力。ここは、富士山の高さ（一一、三七〇尺）。

四　鯎（うぐい）のこと。越谷吾山著『諸国方言物類称呼』（一七七五）刊）の「鯎」の項に「相州箱根にて。あかはらといふ」とある。秋里籬島著『東海道名所記』（寛政九年（一七九七）刊）の「筥根湖水」の項に「産物は鱒、腹赤（はらか）なり」と見える。

五　江戸幕府が元和五年（一六一九）に箱根路へ設置した関所。元禄七年（一六九四）の芭蕉句に「箱根の関越て」の前書で〈目にかゝる時やことさら五月（さつき）富士〉（『芭蕉翁行状記』）。

29関守のまねくやそれと来て見れば
　　　尾花が末に風わたるなり

薄の句を得たり。

150大方はすゝきなりけり秋の山
151伊豆相摸境もわかず花すゝき

二十余年前迄は[一]金紋さき箱の行列、整々として[二]鳥毛《とりげ》、片《かた》鎌《かま》など威勢よく振り立て〳〵行きかひし街道の繁昌も、あはれ[三]ものゝ本にのみ残りて、草刈るわらべの小道一筋を除きて、外は草の生ひ出でぬ処もなく、僅かに行列の

一　金紋を付けた挟箱。大名行列の先頭集団が担ぐ。
二　大名行列の先頭集団で用いる片鎌槍の先を鳥毛で飾ったもの。
三　ここでは学問的内容の本。

おもかげを薄の穂にとゞめたり。

152 槍立て、通る人なし花芒《はなすすき》

三島の町に入れば、[四]小川に菜を洗ふ女のさまもやゝなまめきて見ゆ。

153 面白やどの橋からも秋の不二

[五]三島神社に詣でゝ、昔し[六]千句の連歌ありしことなど思ひ出だせば有り難さ身に入みて、神殿の前に跪《ひざまず》き、しばし祈念をそこらしける。

154 ぬかづけばひよ鳥なくやどこでやら

四　子規の「やゝなまめきて見ゆ」の文言からは、例えば『徒然草』第八段の「久米の仙人の物あらふ女の脛(はぎ)の白きを見て通を失ひけんは、誠に手足、はだへなどのきよらに肥あぶらづきたらんは、外の色ならねばさもあらんかし」などの記述が想起されたか。

五　『日本名勝地誌』に「三島の東端に在り。官幣大社にして東海道中、熱田神宮に亜(つ)ぐの大社なり」と見える。

六　宗祇独吟連歌『三島千句』を指す。文明三年(一四七一)二月二四日から二六日までの興行。巻頭発句は〈なべて世の風を治(おさめ)よ神の春〉。

三島の旅舎に入りて一夜の宿りを請《こ》へば、草鞋のお客様とて、町に向きたるむさくろしき二階の隅にぞ押しこめられける。笑ふてかなたの障子を開けば、大空に突つ立ちあがりし万仞の不尽《ふじ》、夕日に紅葉なす雲に[一]なぶられて、見る〱万象と共に暮れかゝるけしき、到る処風雅の種なり。

[二]はしなく浮世の用事思ひいだされければ、朝とくより[三]乗合馬車の片隅にうづくまりて行くてを急ぎたる。我が[四]行脚の掟には外れたれども「御身はいづくにか行き給ふ、なに[五]修禅寺とや、湯治ならずばあきなひにや出で給へる」など膝つき合はす老女にいたはられたる旅の有り難さ。[六]修禅寺に詣でゝ、[七]蒲《かば》の冠者《かんじゃ》の墓地、死所聞きなどす。

一　富士山に夕雲がかかる状況をこのように表現。
二　ふと。
三　旅客の多人数が一緒に乗る馬車。
四　伝芭蕉の「行脚の掟」(『五七記』『雪の薄』『芭蕉翁七書』等所収)を意識しての文言。
五　老女の言葉としては修善寺温泉のこと。『日本名勝地誌』には「世の伊豆の温泉を語る者、必ず先づ指を熱海に屈し、而して後ち修善寺、伊東に及ぶ」と見える。
六　ここは大同二年(八〇七)に空海の草創した修禅寺(『日本名勝地誌』参照)。『日本名勝地誌』第参編(明治二七年(一八九四)五月刊)に「源範頼、建久三年梶原景時の為めに襲はれて此に自殺」と。
七　源範頼。母は、遠江国の遊女。同国蒲御厨(かばみくりや)で生まれたので蒲冠者、蒲御曹司と称した。

村はづれの小道を畑づたひに稍ゝ《やや》山手の方へのぼり行けば、[八]四坪許《ばか》り地を囲ふて中に範頼《のりより》の霊を祭りたる小祠と、其側に立てたる石碑とのみ空しく秋にあれて中々にたふとし。うやうやしく祠前に手をつきて拝めば、数百年の昔、目の前に現れて覚えずほろ〳〵と落つる涙の玉はらひもあへず、一もとの草花を手向にもがなと見まはせども、苔蒸したる石籠灯の外《ほか》は何もなし。思ひたえてふり向く途端、手にさはる一蓋《いちがい》の菅笠、おゝこれよ〳〵と其笠手にさゝげてほこらに納め、行脚の行末をまもり給へとしばし祈りて山を下るに、[九]兄弟急難とのみつぶやかれて、

八　子規の歌に〈蒲殿がはてにし跡を吊(とむら)へば秋風強し修善寺のむら〉(明治三四年(一九〇一)九月刊、紫苑会編『くさふえ』大倉分店、所収)が。

九　範頼、義経兄弟の難を指している。範頼は義朝の六男、義経は九男。二人とも兄頼朝による「急難」に。

155鶺鴒《せきれい》やこの笠たゝくことなかれ

こゝより足をかへして、けさ馬車にて駆けり来りし道を辿るに、おぼろげにそれかと見し山々川々もつくづくと杖のさきにながめられて、素読《そどく》のあとに講義を聞くが如し。橋あり、長さ数十間、其尽くる処嶄岩《ざんがん》屹立し、玉《ぎょく》筍《じゅん》[一]地を劈《さ》きて出づるの勢あり。橋守に問へば水晶巌なりと答ふ。

156水晶のいはほに蔦の錦かな

南条より横にはいれば村社の祭礼なりとて、家毎《ごと》に行灯《あんどん》を掛け、発句、地口[二]など様々に書き散らす。若人はたす

一 ここは文字通り玉のごとき筍（たけのこ）の意。

二 地口行灯に書かれている地口。しゃれのきいた言葉。

きりゝしくあやどりて踊り屋台を引けば、上にはまだうら若き里のをとめの舞ひつ踊りつ扇などひらめかす手の黒きは、日頃田草を取り稲を刈るわざの名残にやといとほしく覚ゆ。

157刈稲もふじも一つに日暮れけり

三韮山《にらやま》をかなたと許り晩靄《ばんあい》の間に眺めて、村々の小道〳〵に人と馬と打ちまじりて帰り行く頃、次の駅までは何里ありやと尋ぬれば、四軽井沢とて猶三、四里はありぬべしといふ。疲れたる膝栗毛に鞭打ちてひた急ぎにいそぐに、五烏羽玉《うばたま》の闇は一寸さきの馬糞も見えず。足引きずる山路にかゝりて後《のち》は、人にも逢はず家もなし。ふりかへれば

三　『日本名勝地誌』第弐編の「韮山村」の項に「江川太郎左衛門英龍に至りて大に世に著はれ、韮山代官の名天下に高し」と見える。
四　伊豆田方郡、熱海の西嶺の地。『日本名勝地誌』第参編に「三島町より来り大場、軽井沢等を経て熱海町に達する熱海街道あり」と見える。
五　檜扇(植物)の丸くて黒い種子から「烏羽玉の」は、「闇」にかかる枕詞。

遥かの山本に里の灯二ッ三ッ消えつ明りつ。折々颯《さつ》と吹く風につれて犬の吠ゆる声、谷川の響にまじりて聞こゆるさへ、やう／＼にうしろにはなりぬ。

158 枯れ柴にくひ入る秋の蛍かな

159 闇の雁《かり》手のひら渡る峠かな

一二更過ぐる頃、軽井沢に辿り着きて、さるべき旅亭もやと尋ぬれども、家数、十軒許りの山あひの小村、それと思しきも見えず。水を汲む女に聞けば、旅亭三軒ありといはるゝに喜びて、一つの旅亭をおとづれて一夜の宿を乞ふに、こよひはお宿叶はずといふ。次の旅亭に行けば、

一 五更の一つ。現在の午後九時から一一時ごろ。

旅人多くして今一人をだに入るゝ余地なしといふ。力なく〱[二]次の旅店に至れば、行灯に木賃《きちん》と書きたる筆の跡さへ肉瘦せて頼み少きに、戸を開《ひら》けば三、四畳の間はむくつけくあやしきをのこ五、六人に塞《ふさ》がれたり。はたと困《こう》じ果《は》てゝ、復《また》はじめの旅亭に還り戸を叩き乍《なが》ら、知らぬ旅路に行きくれたる一人旅の悲しさ、これより熱海まで猶三里ありといへばこよひは得行かじ、あはれ軒の下なりとも一夜の情を垂れ給へといへども答なし。半ばおろしたる蔀《しとみ》の上より覗けば、四、五人の男女炉を囲みて余念なく玉蜀黍《とうもろこし》の実をもぎゐしが、夫婦と思しき二人互にさゝやきあひたる後、こなたに向ひて、旅の人はいり給へ、一夜のお宿はかし申すべけれども、参らすべきも

二　「力なく」と「なく〱（泣く〱）」の掛詞。

のとてはなしといふ。そは覚期《かくご》の前なり。喰ひ残りの麦飯なりとも一椀を恵み給はゞうれしかるべし、とて肩の荷物を卸《おろ》せば、十二、三の小娘来りて洗足[一]を参らすべきまでもなし、この風呂に入り給へと勧められて、其儘《そのまま》湯あみすれば、小娘はかひ〳〵しく玉蜀黍の殻《から》を抱へ来りて風呂にくべなどするさま、ひなびたるものから[二]中々にをかし。

160 唐きびのからでたく湯や山の宿

奥の一間に請《しょう》ぜられ、すゝびたる行灯《あんどん》の陰に飼《めし》したゝめ終れば、板のごとき蒲団を敷きたり。労《つか》れたるままに臥《ふ》しまろびて足をひねりなどするに、身動きにつれてぎし

一 足を洗うのに用いる湯水。

二 けれども。ここは、いなかいなかしてはいるけれども趣がある、の意。

〳〵と床のゆるぎたる、心もとなき心地す。店の方には男の声にて兄《にい》さんは寐たりや、と問ふ。此家に若き男もあらざれば、兄さんとはわれの事なるべし。小娘の声にて阿唯《あい》といらへしたる後は、何の話も無く、只《ただ》玉蜀黍をむく音のみはら〳〵と響きたり。

161 鼻[三]たれの兄と呼ばるゝ夜寒かな

ふと眼を開けば、夜はいつしか障子の破れに明けて、渋柿の一つ二つ残りたる梢に白雲の往き来する様など見え渡りて、夜着の透間に冬も来にけんと思はる。起き出でゝ簀子《すのこ》の端に馬と顔突き合はせながら口そゝぎ、手あらひす。

三　若年で未熟な者。

162 肌《はだ》寒《さむ》や馬のいなゝく屋根の上

からうじて一足《いっそく》の草鞋求め、心いさましく軽井沢峠にかゝりて、

163 朝霧や馬いばひ[一]あふつゞら折《おり》

馬は新道を行き、我は近道を登る。小鳥に踏み落されて阪道にこぼれたる団栗のぶつ〳〵と蹄《ひづめ》に砕かれ、杖にころがされなどする、いと心うくや思ひけん[二]、端なく草鞋の間にはさまりて踏みつくる足をいためたるも面白し。道は之《の》の字巴《は》の字に曲りたる、電信の柱ばかりはつい〳〵と真直《まっすぐ》に上り行けば、あの柱までと心許りは急げど

一　いななき合う。「嘶(ばい)ふ」。

二　団栗の気持ちになっての擬人化的推量表現。

も、足疲れ路傍の石に尻を掛け越し方を見下せば、富士は大空にぶら下るが如く、きのふ過ぎにし山も村も皆竹《たけ》杖《づゑ》のさきにかすかなり。

164 沓《くつ》の代《だい》[三]はたられて百舌鳥《もず》の声悲し
165 馬の尾をたばねてくゝる薄《すすき》かな
166 菅笠のそろふて動く芒《すすき》かな

駄句積もる程に峠までは来りたり。前面忽《たちま》ち見る海水、盆の如く、大島[四]、初島[五]、皆手の届く許りに近く、朝霧の晴間より一握り程の小岩さへあり〱と見られにけり。

三 「徴られて」。請求されて。文中の「からうじて一足の草鞋求め」に呼応している。

四 『日本名勝地誌』第参編に「伊豆七島の一にして東京を距ること三十二里、賀茂郡網代港の東南十里に在り。周回凡そ十里余」と見える。

五 岩瀬(山東)京山著『熱海温泉図彙』(天保三年(一八三二)刊)に「あたみより海上三里、東南にあり。方一里あまりの小島なり。あたみより眺めば、鯨の浮きたるがごとし」と見える。

167秋の海名も無き島のあらはるゝ

これより一目散に熱海[一]をさして走り下りるとて、草鞋《わらじ》の緒《お》ふッつと切れたり。

168草鞋の緒きれてよりこむ[二]薄なか

169末枯《うらがれ》や覚束なくも女郎花《おみなえし》

熱海に着きたる頃はいたく疲れて、飢《うえ》に逼《せま》りけれども層楼高閣の俗境はわが腹を肥やすべきの処にあらざれば、こゝをも走り過ぎて江の浦[三]へと志し行く。道皆海に沿ふたる断崖の上にありて、眺望いはん方なし。

一 『日本名勝地誌』第参編に「熱海町は元と湯瓦村又は磯山と称し、伊豆山の南、日金山の東麓に在りて三方には山を繞らし、三冬と雖も北風及び西北風の暴烈を拒(ふせ)ぎ、唯東南の一隅のみ碧海に面して海風を受くるを以て気候温和、夏涼冬暖、自ら別区をなし、水程三里を隔てゝ初島に対し、又南一余里を隔て、遥かに大島を煙波縹緲の間に望む」と見える。

二 縒り合わせて入れる。

三 『熱海温泉図彙』に「あたみへの道、右は山つづき、左は海岸にて、すべて眺望(みはらし)よし。殊に江の浦は絶景なり」と見える。

170浪ぎはへ蔦はひ下りる十余丈

根府川《ねぶかわ》近辺は蜜柑の名所なり。

171皮剥けば青けむり立つ蜜柑かな

石橋山の麓を過ぐ。[四]頼朝の隠れし処もかなたの山にあり、と人のいへど、日已《すで》に傾むきかゝれば得《え》行かず。たゞ、

172木のうろに隠れうせけりけらつゝき

など戯る。小田原を過ぐれば此頃の天気の癖とて雨はら〱と降りいでたり。笠は奉納せり。車は禁物なり。いかゞはせんと並松《なみまつ》の下に立ちよれども、頼む木蔭も雨の

四　石橋山の戦い。豊田利忠(庸園)編『善光寺名所図会』(嘉永二年(一八四九)刊)に「頼朝卿は纔(わず)か七騎にて土肥の杉山に紛れ入り、古木の空(うつほ)に御身を隠したまふ。その時観世音は雌雄の白鳩と現じ、また蜘蛛と化して卿の危難を救ひたまふ」と見える。

漏りけり。まゝよと濡れながら行けば、さきへ行く一人の大男、身にぼろを纏ひ、肩にはケットの捲《ま》き円《まる》めたるを担《かつ》ぎしが、手拭もて顔をつゝみたり。うれしやかゝる雨具もあるものをと、われも見まねに頰冠《ほほかむ》りをなんしける。秋雨、蕭々《しょうしょう》として虫の音草の底に聞こえ、両側の並松一つに暮れて、破駅《はえき》[一]既に近し。羇旅《きりょ》佳興に入るの時、汽車[二]人を載せて大磯に帰る。

一 すたれた宿場（大磯のこと）。

二 子規は徒歩で、人々を乗せた汽車も時を同じくして大磯へ。

鎌倉一見の記

面白き朧月のゆふべ柴の戸[一]を立ち出で、そゞろにありけば、まぼろしかと見ゆる往来のさまもなつかしながら、都の街をはなれたるけしきのみ思ひやられて新橋までいそぎぬ。終りの列車[二]なるにはや乗れといふに、われおくれじとこみ入れば[三]、春の夜の夢を載せて走る汽車、二十里は煙草の煙のくゆる間にぞありける。

173 蛙鳴く水田の底の底あかり

一　下谷区上根岸八八番地の寓居。出立は、明治二六年(一八九三)三月二五日。

二　明治二七年(一八九四)一一月一日発行の「汽車汽船旅行案内」(庚寅新誌社)によれば、藤沢へ行く「終りの列車」は、新橋発午後九時五五分。

三　人込みにまぎれて乗り込むと。

藤沢の旅籠屋を敲《たた》いて一夜の旅枕と定む。朝とく目さむれば、裏の藪に鳴く鶯の一声二声もうれしく、

174 鶯やおもて通りは馬の鈴

175 鶯や左の耳は馬の鈴

いづれかよからん、蕉風[一]、檀林[二]のけぢめにやなど思ふも僭上《せんしょう》の沙汰なるべし。一番の汽車にて鎌倉に赴く。道々うかみ出づる駄句の数々、

176 岡あれば宮宮あれば梅の花

177 家一つ梅五六本こゝも〱

一 芭蕉を中心とする景情一致を目指した俳諧（俳句）。子規は174の句をそれと見たのであろう。

二 普通は、「談林」と表記。宗因を中心とする新奇さを求めた知の俳諧（俳句）。子規は175の句をそれと見たのであろう。

三 由比ヶ浜。野崎左文著『日本名勝地誌』第弐編（明治二七年（一八九四）一月、博文館刊）に「鶴ケ岡八幡宮の大華表（おおとりい）より凡そ五町、東は飯島、西は霊山ケ崎（りょうせんがさき）に渉れる海浜の名にして、昔し源頼朝、此浜辺に於て弓馬の技を演習したる処なり」とある。また「近傍、貴顕紳士の別荘多く、又海水浴旅館、海浜院あり」とも。

四 陸羯南（くがかつなん）のこと（子規「獺祭書屋日記」明治二六年（一八九三）三月二六日の条参照）。羯南は、陸奥仙台藩士の子、富田鉄之介（日本銀行総裁・貴族院議員）の別荘に滞在中（『陸羯

178 旅なれば春なればこの朝ぼらけ

先づ[三]由井が浜に[四]隠士をおとづれて、久々の対面うれしや
と、[五]とつおいつ語り出だす事は何ぞ。歌の話、発句の噂
に半日を費したり。[六]即景、

179 陽炎《かげろう》や小松の中の古すゝき

180 春風や起きも直らぬ磯《そ》馴《なれ》松《まつ》

ひとりふら〳〵とうかれ出《い》でゝ、縄手づたひにあゆめば、
行くともなしに[七]鶴が岡にぞ着にける。[八]銀杏を撫で石壇を
攀《よ》ぢ、御前《おまえ》に一礼したる後、[九]瑞垣《みずがき》に憑《よ》りて見下ろせば、

南全集』第一〇巻「年譜」参照)。

五　あれやこれやと。

六　まのあたりに見る風景。

七　鶴岡八幡宮。明治一六年(一八八三)刊、寿老仙人(法木徳兵衛)著『江ノ島鎌倉名勝巡覧』(法木書屋)に「雪の下村に鎮座す。大臣山(おおとみやま)と言」と。『日本名勝地誌』の「鶴ケ岡八幡宮」の項に「祭神は応神天皇、神功皇后、大仲媛神三座にして、始め康平六年、源頼義、由比ケ浜字鶴ケ岡に勧請し、建久四年、源頼朝、今の地(編者注・雪ノ下)に遷し猶旧称を襲ひて鶴ケ岡八幡宮と号す」と見える。

八　『日本名勝地誌』に「正面石階の左側に銀杏の大樹あり。承久元年の昔し、鶴ケ岡の別当公暁、右大臣実朝を刺し其首を取りて逃去りしは此処なり」と見える。

九　神社の周囲の垣。

数百株の古梅、やゝさかりを過ぎて散りがてなるも哀れなり。

181 銀杏《いちょう》とはどちらが古き梅の花

[一]建長寺に詣づ。数百年の堂宇《どうう》、松杉、苔滑らかに露深し。

182 陽炎となるやへり行く古柱

[二]円覚寺は、木立昼暗うして登りては又登る山の上谷の陰、草屋、藁屋の趣も尊げなるに、[三]坐禅観法に心を澄ます若人こそ殊勝なれ。

其夜は由比《ゆい》の浦浪を聞きつゝ夜一夜旅の労《つか》れの寐心に、くたびれたる両足踏みのばせし心よさ。曙の頃隠士と

一 『日本名勝地誌』に「禅宗にして巨福山と号し鎌倉五山の第一なり。建長元年北条時頼創建、宋の僧大覚禅師(道隆)を以て開祖とす。寺域五千二百二十坪」と見える。

二 『日本名勝地誌』に「鎌倉五山の第二に列し禅宗にして瑞鹿山と号す。弘安五年、北条時宗当寺を創建し、開山は宋の僧仏光禅師(祖元)にして、寺域一万七千五百九十四坪」と見える。

三 坐禅を組み、心に悟道を黙想すること。

四 高橋勝(不詳)なる人物(「獺祭書屋日記」明治二六年三月二日の条参照)。

五 『日本名勝地誌』に「同村(編者注・西鎌倉村)大字極楽寺村切通しに上る阪の右傍に在り。伝へ云ふ昔し井水(せいすい)に昼猶ほ星の影を映ず。土人或時誤つて井中へ庖刀(ほうちょう)を墜せしに、爾来、星影見えずなりぬと」と

[四]某《なにがし》と三人して浜辺より星月夜の井[五]に到る。

183　鎌倉は井あり梅あり星月夜《ほしづきよ》

[六]長谷《はせ》の観音堂に詣《もう》でゝ、見渡す山の名所、古蹟、隠士が指さす杖のさき一寸の内にあつまりたり。

184　歌にせん何山彼《か》山《やま》春の風

こゝは何がし、こは何、[七]日蓮の高弟日朗[八]の土窟は此奥なりなど、一々に隠士の案内なり。大仏[九]は昔にかはらぬ御姿ながらも、その御心には数百年の夢幻、何とか観じ給ふらん。きのふ見し人はけふ見る人にあらず、けふ見る人は明日見ん人にもあらず。況《ま》して今の人、七百年の昔

見える。『夫木集』に二条皇大后宮肥後の歌〈我一人かまくら山をこえゆけば星月夜こそうれしかりけれ〉が。

六　『日本名勝地誌』の「長谷観音」の項に「西鎌倉村大字長谷に在りて鶴ケ岡八幡より西南凡そ半里を隔つ。海光山長谷寺（ちようこくじ）と号し、阪東巡礼第四の札所にして光明寺の末寺なり。本尊は長二丈六尺の十一面観世音にして、仏工春日（かすが）の作」と見える。

七　貞応元年（一二二二）—弘安五年（一二八二）。鎌倉中期の日蓮宗の開祖。子規は日蓮に心酔、その稿「日蓮」（明治二八年（一八九五））の中に「余、須磨の海楼に病を養ふこと一月、体力衰耗して勇気なし。偶々日蓮記を読んで壮快措（お）く能（あた）はず。覚えず手舞ひ足躍るに至る」と記している。

八　寛元三年（一二四五）—元応二年（一三二〇）。日蓮の弟子。

も知らねば、七百年の昔いかでか今の世を推し量らん。

大仏のうつら〳〵と春日かな

此の夜はまた隠士の家に宿る。[一]「浪音高し汐や満つらん」と頻《しき》りに口ずさみて、上の句置《お》き煩《わずら》へる隠士の声ほのかになりて、我夢はいづくの山をかかけ廻《めぐ》りし。翌日は雪[二]の下に古跡を探る。興亡の感くさ〴〵に起りてそゞろに胸を衝《つ》く思ひなり。

高どのゝ[三]三つば四つばのあと問へば
麦の二葉に雲雀《ひばり》なくなり

九 『日本名勝地誌』に「寺（編者注・大威山浄泉寺）域の正面に青銅の盧舎那仏あり。堂宇なく雨覆(あまおい)なく所謂濡仏にして長三丈五尺、膝回り横五間半、腹内に観音六体、阿弥陀三尊を安置す」と見える。

一 羯南歌の下の句であるが、歌の全体は不詳。

二 鶴岡の南、横大路より若宮大路のあたり。

三 軒端が三つ、四つと重なっている立派な高殿。

31 いつのよの庭のかたみぞ賤《しず》が家《や》の
　垣ねつゞきに匂ふ梅が香

四 頼朝の墓こゝぞと上り見れば、蔦にからまれ苔に蒸されたる五輪の塔一つ、これが天下の五 総追捕使《そうついぶし》のなれのはてにぞありける。六 鎌倉の宮に詣でゝ、神前に跪《ひざまず》けば、何とはなしにはや胸ふたがりて、七 はふり落つる涙はらひもあへず。

186 梅が香にむせてこぼるゝ涙かな

泣く〳〵鎌倉を去りて、再び帰る俗界の中に筆を採りて鎌倉一見の記とはなしぬ。

四 『日本名勝地誌』の「頼朝屋敷趾」の項に「旧法華堂山の中腹に頼朝の墓あり。輪塔にして高さ六尺許り」と見える。はやく万治二年(一六五九)刊、中川喜雲編『鎌倉物語』の「法華堂」の項に「頼朝屋敷のうしろ、北の山のはななり。杉ばやしのうちに、よりともの塚あり」と。

五 鎌倉幕府が諸国に置いた軍事警察権、兵糧米徴収権などをつかさどる職で、その任命権者の頼朝は「日本国総追捕使」「六十六箇国の総追捕使」。子規はその意味で「天下の総追捕使」と言っている。

六 鎌倉宮。明治二年(一八六九)に創設され、大塔宮護良(もりよし)親王を祀(まつ)る。背後に石窟の土牢がある。『日本名勝地誌』に「今日此窟に対して往事を追懐すれば暗涙潸然として下り低徊去るに忍びざるものあり」と。

七 あふれて。

従軍紀事

台南生[一]

緒　言

国あり、新聞無かるべからず。戦あり新聞記者無かるべからず。軍中新聞記者を入るゝは一、二新聞の為めにあらずして、天下国家の為めなり、兵卒[二]将校[三]の為めなり。新聞記者にして已《すで》に国家を益し、兵士を利す。乃《すなわ》ち之《これ》を待遇するに亦《また》相当の礼を以てすべきや論を俟《ま》たず。而《しか》して之を日清戦争[四]の実際に徴するに、待遇の厚薄は各軍師[五]団、各兵站部《へいたんぶ》[六]に依りて一々相異なり、甲は以て之《これ》を将校

一　子規の百六十余ある雅号(戯号)の中の一つ。

二　軍隊での最下位の階級。

三　軍隊で少尉以上の武官の総称。士官に同じ。

四　明治二七年(一八九四)七月に勃発した朝鮮の支配をめぐっての清国との戦争。翌二八年(一八九五)四月一七日の下関条約の締結により日本の戦勝が確定。

五　陸軍で独立して作戦行動のとれる部隊。

六　部隊の後方にあって車両、軍需品の前送、補給、修理、そして後方連絡線の確保などを任ずる機関。

に準じ、乙は以て之を下士[七]に準じ、丙は以て之を兵卒に準ず。果して将校に準ずべきか。兵卒を以て之を待つ者は礼を知らざるの甚だしきなり。果して兵卒に準ずべきか。将校を以て之を待つ者は法を濫《みだ》るの甚だしきなり。若《も》し各自の随意に待遇する者とせんか。是《こ》れ国家に規律なき者にして、立憲政体[八]の本意に非《あらざ》るなり。若《も》し大本営[九]一定の命令を下して、各軍師団、各兵站部等之を奉ぜざる者とせんか。是れ軍隊に規律なき者にして、此《かく》の如き軍隊は戦争に適せざるなり。

第一軍の兵士は高粱《コーリヤン》[一〇]を喰ひ、第二軍の兵士は佳肉に飽く。是れ地理の然らしむる所なり。第一軍附の新聞記者は粱稈《りょうかん》[一一]に坐し、第二軍附の新聞記者は石牀《せきしょう》[一二]に眠る。是

七　下士官。将校の下にある武官の総称。旧陸軍では、曹長、軍曹、伍長。

八　憲法を制定しての政治体制。

九　戦時または事変の時に設置された天皇直属の統帥部。

一〇　コーリャン。モロコシの一種。中国東北部、朝鮮北部の乾燥地帯で栽培される。

一一　高粱の茎を乾燥させたもの。

一二　石の寝台(ベッド)。

れ事情の然らしむる所なり。地理、事情の然らしむる所、之を待遇の厚薄と言ふべからず。若し佳肉に飽かしむべくして、却《かえっ》て之に高粱を与へ、石牀に眠らしむべくして、却て之を粱稈に居《お》らしめんか。此の如きは冷遇の極度と謂はざるを得ず。然《しか》れども有形上の事は当時の事実に遡《さかのぼ》りて論ぜざるべからざるを以て、一々之を探究するの暇《いとま》なかるべし。若《も》し夫《か》の某将校の言ふ所「新聞記者は泥棒と思へ」「新聞記者は兵卒同様なり」等の語をして其胸臆《きょうおく》より出でたりとせんか。是れ冷遇に止《とど》まらずして侮辱なり。彼等は新聞記者を以て犬猫同様に思ふが故に、此侮辱の語を吐きたるものならん。然れども新聞記者は軍中に在りて之を争ふの権利無きなり。縦《たと》ひ権利ありとするも之を争ふことの不利なるは論を俟《ま》たず。新聞記者は軍中に在る限りは新聞の為めに、国家の為めに、其怒を押へ其辱《はずかしめ》を忍ばざるべからざるなり。古《いにしえ》は官吏尊くして、庶民卑しかりき。是れ事実の上に於て然《しか》りしのみならず、理論の上に於て亦然《またし》か思へりしなり。今は理論の上に於て官民に等差を附せず、而も事実の上に於て猶《なお》官尊民卑の余風を存す。租税を納むる者が郡区役所の小役人に叱られしは将《まさ》に昔日の一夢ならんとす。軍功を記して天下に表彰する従軍記者が将校下士の前に頓首《とんしゅ》[一]して食を乞ひ、茶を乞ひ、只其《その》怒気に触れんことを恐るゝが如き事実の、明治の今日に存せんとは誰も予想外なりしなるべし。官自ら以て尊しとするか、官

一　頭を下げて。

の驕傲《きょうごう》[一]憎むべし。民自ら以て卑しとするか、民の意気地なき真に笑ふに堪へたり。同く是れ国家の糧食なり。しかも士卒[二]は以て己れの有の如く思ひ、従軍記者[三]は以て他人の家に寄食するが如く感ず。同じく是れ日本の国民なり。しかも軍人は規律の厳粛、称呼の整正を以て自ら任ず、而して新聞記者を呼《よん》で新聞屋[四]々々々といふ。新聞記者亦《また》唯々《いい》として其前に拝伏す。軍人は自ら主人の如く思ひ、従軍記者は自ら厄介者の如く感ず。感ずる者是《ぜ》か、感ぜしむる者非《ひ》か。斯《か》く感ずる者是ならば、斯く感ぜしむる者亦是なるべし。斯く感ずる者非ならば、斯く感ぜしむる者亦非なるべし。新聞記者を遇する宜《よろ》しく此《かく》の如くなるべきか。

一　驕り高ぶって人を侮ること。

二　士官と兵卒。

三　新聞社から派遣されて従軍し、戦地に赴き、戦況を報ずる新聞記者。

四　明治三一年(一八九八)七月刊、落合直文著『ことばの泉』では、「新聞記者」の「俗語」と。漱石は小品「京に着ける夕」(明治四〇年(一九〇七))の中で、ごく普通に「子規は血を嘔(は)いて新聞屋となる」「よもや、漱石が教師をやめて新聞屋にならうとは思はなかつたらう」と用いている。

余は新聞記者を待つに相当の礼あらざるべからざるを信ず。然れども何を以て相当と為すかはここに論述するを好まず。今は只其待遇を一にし、之を発表せんことを政府に希望する者なり。余は其参考に資せんがためにこゝに自ら経歴する所を叙述せんとす。故に其の事実の已《すで》に往時に属したるを嫌はず。唯《た》だ今後に慮《おもんぱか》る所あるなり。

外に責むる者は、内に省ざるべからず。従軍記者たる者自ら心に疚《やま》しき所無きか。泥棒と呼ばしめ、新聞屋と笑はしむる者、果してこれが素《もと》を為す者無きか。此点に於て新聞記者の猛省を乞はざるべからざる者、亦少からず。然れども論旨こゝにあらざれば敢て記さず。

五　それにふさわしい。

海城丸《かいじょうまる》船中

余は昨年[一]四月十日、近衛師団[二]司令部と共に海城丸[三]に乗り込み、宇品《うじな》[四]を出発したり。部屋は下等室の棚の上にて、兵卒と同じさまにもてなされぬ。余等《よら》新聞記者、画師、神官、僧侶、通訳官は一団となりて棚の中部を占め、一方には下士数名あり、他の方には上等兵数名ありて、余等一団と相接せり。写真師一行もここに加はる筈なりしかども、彼等は終に来《きた》らざりき。十日は只混雑の中に暮れて、いまだ心も落ちつかぬ内に一人の肥えたる曹長[五]は棚の下に来りて「棚の上の者は皆なこゝへ下りて列を作れ、新聞記者も通訳官も皆な下れ、上等兵[六]も早く下れ、

一　明治二八年（一八九五）。
二　皇居の警護および儀仗の任に当った旧陸軍の師団。
三　輸送船。明治二八年（一八九五）二月一六日に英国より購入（旧名アッサム号）。総トン数、三二三一。
四　広島県。日清戦争時の陸軍部隊の輸送基地。
五　陸軍下士官の最上位の階級。
六　兵卒のうち、兵長の下、一等兵の上の位。

上等兵からぐづ〳〵して居つてはいかん、早く〳〵」と叫びぬ。余等皆軍律[七]に馴れねば驚き恐れて棚を飛び下り一列を作りたり。曹長は人数を閲《けみ》して十人づゝに分ち、之を第何班と名づけぬ。これは食事の組合を定むるなり。余は第六班に入りぬ。しかも不本意にも余等新聞記者の内三、四名は端の方に並び居たるが為めに上等兵と同じ班に加へられぬ。成るべくは同業者皆同班に居《お》りたしと歎きしかども聴かれざりき。

其夜も夢おだやかならず明けぬ。十一日の朝より食事は各班の内の一人づゝ炊事場に行て持て来るなり。上等兵はさすがに物の心を得たれば、先づ己れ自ら進みて飯《めし》櫃《びつ》など抱え来たりしかば、余等は彼等と共に車坐[八]をなし

七　軍隊内での規律。

八　何人かの人々が、輪になって座ること。

て其飯を喰ひ終りぬ。小石の如き飯はあり余れども、三椀と喰ふに堪えず。菜《さい》は味噌、梅干、佃煮の如き者一種にて、それさへ十人の食に足らず。昼飯には牛肉少しばかりを得ることあれど、若し飯時に少し後れて室に帰れば、残る所の者は只飯あるのみ。茶さへもやう〳〵滴《したた》るばかりに飲み尽しぬ。茶碗と箸とは一つづゝ借り受けたるのみにて、洗ふ事も無く、殊に食事のたびに茶を飲み得ぬ事多かれば、茶碗も箸もきたなき物がり〳〵と附きて不愉快言はんかたなし。

十一日の事なりけん。いと恐ろしき声にて「皆順に詰めて、向ふへ詰めて、こんなに広く場所を取つて居つてはいかん、早く詰めんか」といふ言葉の枕辺に響きぬ。

何事ならんと頭を擡《もた》げて見れば、前の肥えたる曹長には あらで、髯《ひげ》のむさくるしき一人の曹長が余等一行の居場を縮めよと命ずるなり。其音声、其語調は、牛頭馬頭《ご ず め ず》の鬼どもが餓鬼を叱るも斯《か》くやらんと許《ばか》りに思はれて、なか〳〵に前の肥えたる曹長をやさしく覚《お》ぼえ初《そ》めぬ。余等の一行はさなくとも一人前畳一枚より狭き場所なれば、詰めんにもむつかしく、且《か》つや余りに頭ごなしの命令なれば皆あつけに取られてしばしためらひ居るにぞ、髯むしや曹長はいよ〳〵猛《たけ》り出《いだ》しぬ。「外《ほか》が皆狭いのにこゝ許り広くするわけがない、早く詰めんか、早く〳〵………詰める事が出来んやうならこゝを出て行け」と叱りつけぬ。余等は親にも主《ぬし》にもかく烈しく叱られしこと

一　人身で、頭が牛や馬の形をした地獄の獄卒(亡者の罪を責めたてる鬼)。
二　生前の罪により餓鬼道に落ちた亡者(死者)。常に飢渇に苦しむことを余儀なくさせられた。

なければ、余りのばか〳〵しさと恐ろしさに却つて身動きもせず息を殺してひそみ居りぬ。されども此命令のために更に居場所を狭められて、大方の荷物は皆天井につるし、肩掛革包《かばん》を枕とし、手を縮め足をすぼめて海鼠《なまこ》の如く伏し居る程に、余の隣に起臥する騎兵[一]の上等兵は甲《かん》板《ばん》より帰りぬ。彼は余に向ひて「最う少し向ふへよつてくれ給へ、それでは僕の寐る処が無いから」とおとなしく叱られぬ。昨夜以来無闇にこはげ[二]立つたる余は、此言葉に驚きてあわて丶片方へ寄りぬ。「あ、宜しい、それで善いです、この線よりこちらへ出ねば善いのです」と彼はやさしく言ひぬ。余は無念に堪えざりき。騎兵は固《もと》より情ありて斯く言ひたるものならん。余も亦あながち

一　「馬に乗りて出づる兵士。（歩兵、工兵などに対して）」（『ことばの泉』）。
二　こわくてたまらない。

に騎兵を憎しとは思はず。然れども一人の上等兵に如何にも恩着せらるゝが如くやさしく言はるゝやうな位置に居るを思へば、覚えずむつとして腹立たしくなりぬ。

斯《か》くて眠らんとは企てたれど、身体窮屈にして如何《いかん》ともし難し。右に向かんとすれば人と荷物とにさゝえられて少しも動けず。左に向かんとすれば又騎兵に叱られんことを恐る。右に慮《おもんぱか》り左に慮りてろく〳〵に夢さへ結ばず。

こゝに不思議なるは、我等の仲間に交《まじ》り居《い》たる神官、僧侶のいつしかに居《お》らずなりし事なり。只如何《いかが》せしやと思ひ居る程に、上等室に行き見れば、食卓の後、即ち船の最後部にあたりて少し高くなりて円く卓を並べたる処に彼《かの》六人の神官、僧侶の起臥するを見たり。よく〳〵聞けばこれぞ管理部長殿の取はからひとぞ聞えし。

我等仲間の一人は或る将校のもとにて新聞記者の取扱上の不平を述べ立てたり。将校いう「それは君がわるいのサ、あれは有名なお太鼓[一]サ、我等仲間で名をいふ者は無くて、皆太鼓〳〵と呼ぶ位ぢや、坊さんなんぞは敲《たた》きやうがうまいから徳をしたのだ、君等は敲かぬからわるいのだ」と言ひながらから〳〵と笑ひぬ。それより我等仲間にても太鼓といふ言葉は流行し始めたり。

出帆後四日目か五日目の事なりけん、食事当番のお鉢は我等に廻りぬ。「今度は君の番です」と兵卒は気の毒

一　ここは、おだてに乗りやすい人物のこと。その人物のきげんをとることが「太鼓を叩く」「太鼓を打つ」。

さうに言ひぬ。今迄は兵卒殿のお蔭で三度の飯を喰ひし代りには、今日は我等が兵卒殿の飯をも取りに行くなり。直ちに曹長の許《もと》に行きて「飯の切符を下さい」と言へば、曹長は仏頂面《ぶっちょうづら》にて「飯の切符は極りの時間に取りに来ねばいかん」と言ひつゝ、しぶ〳〵渡しぬ。大事の切符を貰ふて甲板に上り、炊事場に行けば、兵卒はあたりに満ち〳〵て近よるべくもあらざりけり。此炊事場といふは[二]二坪にも足らぬ処にて、両方の入口は二尺許りあるべし。手桶、薬《や》缶《かん》抔《など》を提げたる人だち我も〳〵と押し掛くる事故《ゆえ》、我等如き弱虫は[三]餓鬼道の競争に負けて只後《しり》ごみするのみなれば、何時《いつ》飯を得《う》べくとも見えざるにぞ、思ひかねて甲板の右舷より大廻りして他の口に行けば、こゝも

二　一坪は、約三・三〇六平方メートル。

三　飢渇の状態にある餓鬼の生存競争世界。

同じ事なり。終に肝玉を据ゑて立ち尽す事二十分許り、群衆尽《ことごと》く散じて後、やう／＼炊事場に行き切符と引換に飯櫃と菜を抱え己の室に行き之を同班の人に渡せし後、再び炊事場に行きて湯を請へば薬缶一個も残らずとてことわられぬ。強ひて何物か与へよと言《いう》にやう／＼蔓《つる》の無き薬缶に湯を汲みて与へたり。此湯といふは居風呂《すえぶろ》にて沸かすものながら、それだに早や汲み尽せしと覚えて底を払ひたり。やがて食事終れば、再び飯櫃を抱え之を炊事場に戻し置くなり。

総じて世の中は与ふる者威張り、与へらるゝ者下《くだ》るの定則と見えて、さすがの兵卒殿も船の中に居て船の飯を喰ふ間は炊事場の男どもの機嫌を取る故にや、飯炊《めしたき》の威

一 「肝を据えて」。覚悟して。「肝玉」は、胆力。

二 弦。薬缶につけてある弓形の取手。

三 桶の下に竈を作りつけて湯を沸かす風呂。

張りに威張る面《つら》の憎さ、実《げ》にも浮世は現金なり。四

我等の仲間は頭を集むるたびに不平を並べぬ。不平はいつも曹長の取扱に始まりて、終《つ》ひに食事の上に及びぬ。部屋は上等室無ければ仕方なし。食事許りは神官等と共に上等室にて喰はせても善さそうなものだと言へば、皆さなりと答へぬ。局外の人之《これ》を聞かば如何《いか》にも口いやしき連中なりとぞ思はん。

されども万事不自由なる従軍には何より彼より只食事五のみぞ唯一の楽みなる。「君、管理部長の処へ行け、飯だけ上等室で喰ふやうに談判しろ」「イヤ君を代表者に撰ぶよ」「オラいやだ君行け」尽《ことごと》く譲り合ひぬ。誰一人行くものなし。如何に取扱が不平なりとて、まさかに飯

四　利害次第。打算的。

五　多分に子規の主観的見解も含まれていよう。子規が健啖家であったことは有名。

の事を彼是《かれこれ》と口ぎたなく言ひ得べきにもあらねばそれも尤《もっと》もなり。

茶碗と箸とは飯粒のかたまりつきて胸悪くなりし頃、船は大連湾《だいれんわん》に着きぬ。三尺の天井に脊《せ》ぐゝまりたる我等は、只上陸せんことをのみ望みたれども、たやすくは許されず。一日二日経て後やうやく金州《きんしゅう》行を許されたれども、それも新聞記者一群を半分づゝ、一日代りとし、如何にも恩を着せられし如く命ぜられぬ。

因《ちな》みに云ふ。我等と殆んど同時に宇品を出発せし第四師団附の新聞記者も、頻《しき》りに其冷遇を憤り居れり。されども飯櫃を抱えて船の飯焚《めしたき》に叱られる程の待遇を受けしことはなかりきと。

一 中国遼東半島の南端、港湾都市大連が面している湾。

二 中国遼寧省大連市の区。

三 第四師団には、子規の友人中村不折、河東可全が従軍記者として所属。

金州城内

子規子

十五日、柳樹屯《りゅうじゅとん》[四]に上陸し、直ちに金州に入る。第二軍司令部附新聞記者の宿舎に一泊す。同司令部の、新聞記者を優待すること将校に異ならず、しかも普通の将校に比すれば却て多少の自由を有する所無きにあらず。これを吾等の一行が受くる待遇に比すれば天地[五]霄壌《しょうじょう》も啻《ただ》ならざるなり。

十六日、海城丸に帰り、十九日、小蒸汽船にて旅順[六]へ赴けり。[七]大総督府附新聞記者は今《い》ま将《まさ》に上陸せんとする処なり。乃ち共に同新聞記者宿所に入る。坐床の設け無きの一事不完全なりと雖《いえど》も、総《すべ》ての待遇亦《また》吾等の近衛師

四　大連湾に面した都市。子規の「陣中日記」明治二八年(一八九五)四月一三日の条に「海城丸静かに波を切つて大連湾に入れば和尚島の砲台右に湾口を睥睨し大和尚山、其の後に聳ゆ。柳樹屯の人家遥かに連りて、役所めきたるあり、寺院めきたるあり」と。

五　「霄壌」も天地。雲泥の違いとの意味。

六　大連市の一地区。

七　各総督を統轄する総督。福本日南、浅水南八が従軍記者として所属(「陣中日記」参照)。

団に於ける比にあらず。営口《えいこう》[一]に航せんと企てしかど、兵《へい》站部《たんぶ》の許可なくして止みぬ。今は此地に用なければ同行者を促して、二十三日柳樹屯へ帰りぬ。吾等の金州又は旅順に在るは、恰《あたか》も花嫁の養父入《やぶいり》[二]に出かけたるが如く、従つて同地より我師団に帰るは、再び姑のもとに帰るが如き心地す。されば人々は旅順に留《とど》まりて容易に帰るべくもあらぬを、吾等は故ありてこゝに居ることを好まねば、無理に諸人を催《もよお》[三]して終に柳樹屯に帰りしなり。

柳樹屯に帰れば、近衛師団は上陸して金州地方に舎営せりと聞こゆ。此夜金州に行きて、神官、僧侶等の宿所に入る。それより留守中の事、聞きなどす。中にも驚きたるは、此宿所は神官、僧侶、新聞記者等の為めに特に

一　中国遼寧省南部の都市。

二　ここでは、嫁が実家に休息に帰ること。

三　うながして。

近衛管理部より設けたるものにあらずして、ある人の周旋[四]によりて暫時此の行政部附の宿舎を借り居《お》るなりとの事なり。されば管理部は終に吾等従軍者の為めに宿舎を与へざりしなり。宿舎を与へられざれば、已《や》むなく従軍者自ら周旋して宿舎を借りたるなり。されども此宿舎は二、三日の約束を以て借り受けしものにて、其期限は已《すで》に満ちたるに、管理部は更に吾等の為めに宿舎を周旋するの労を取らず。只いつ迄も今の処に尻を据ゑて居《い》るべしと内命せしとか。吾等はこゝに在りて、食物は管理部迄取りに行かざるべからず。幸ひに僧侶の従僕[五]ありしかば、吾等の分をも共に貰ひくれるやうに頼みたり。

二十四日、城内にある四[六]師団附新聞記者の宿舎を訪ひ、

四　奔走して処理すること。

五　下男。

六　「陣中日記」の四月二四日の条に「不折、可全等を城内の四師団附舎営に訪ふ」と見える。

日暮家に帰れば皆荷物を片づけなどし、見も知らぬ人の室内にありて、これも吾等の荷物を屋外迄持ち出だしなどす。何事にやと問へば、今宿舎を転ずるなりといふ。さらばと吾れも荷物を肩にかけて山東会館内管理部の隣に移れり。吾等新聞記者一、二名先づ新宿舎に来り見れば、一方には、四、五畳許りの石牀あり。他の一方には土間に高粱を敷きて臥床に当てたり。同業某先づ牀上に陣取らんといふ。吾《われ》いなみて従はず、終に高粱の上を吾等の居処と定めぬ。蓋《けだ》し石牀の上、人を容る、こと六、七人に過ぎず。而して我等一行は十人に余れり。若し吾等先着の者五、六人牀上を占めなば、後れて到る者尽く土間に居らざるべからず。是れ不愉快のもとなりとて、

一 「陣中日記」の四月二四日の条に「夕暮にわれらの舎営を移す。山東会館の裏なる小さき家なり」とある。池内央著『子規・遼東半島の三三日』(短歌新聞社)所収の「金州城内略図」によれば、山東会館は、承恩門(南)を入った左にある。

牀上を通訳官に譲り、吾等一団は公平に土間を取りたり。金州に在る新聞記者三団、而《しこう》して土間に在る者は吾等一団のみ。されども吾はそれ程に之を苦とも思はず。余り多くの苦を経歴したればなるべし。

宿舎を移したる後、団中の一人は我に向つて言へり。今日夕暮の事なり、例の髯曹長は前の宿舎に来りて怒鳴り散らすやう「お前等はなぜ飯を定規《ていき》の時間に取りに来ぬか、時間に後れて取りに来ては困るぢやないか、此後時間におくれたら飯を渡さぬからその積りで居る様に………其上に自分で飯を取りに来ずに、人に取りに来させるとは何《ど》ういふわけだ………」。今迄黙つて聞いて居たる某は、得《え》こらえずして「私ども自分で飯を取りに行く事は出来ません」と答へぬ。さらでも怒り居る曹長は此抵抗に逢ふて怒気ます〱激し来り「自分で飯を取りに来られぬやうなら飯を喰はんが善い、馬鹿野郎め」とぞ叫びし。皆々余りの暴言に臍《へそ》を据えかねて、かにかくと争ひしかども、固より理屈に屈するやうな曹長ならねば何の効も無し。終に管理部長に訴へたれど、部長殿は善い加減な挨拶をしてお茶を濁し居たり云々と。語る者、さも無念らしく語りぬ。之を聞きたる許りにて吾は覚えず涙ぐみたり。暫らくは話とぎれて一本の蠟燭は暗き室の内に気味悪き光を放ちぬ。

其人《そのひと》更に語を続ぎて「さる騒ぎに紛れ居る内、行政部附の人は来りて、最早約束の期限も過ぎたれば只今此家

一　こらえかねて。我慢しかねて。「臍に据う」は、我慢する、の意（『角川古語大辞典』参照）。

を立ち退いてくれと言ふや否や、吾等の荷物を外に運び出すなど一時は混雑を極めたるなり」と。吾は、怒気は最早頂上に達せり。「待ち給へ今夜何とかかたをつけるから」。

子規子

其時管理部長は吾等の室に来りて「どうだ皆移つたナ、此部屋は君等の這入れるやうに前から明けてあつたのダ」。「土間で無い処は無いのですか」。「マアそれだけはこらえるのダ、家が無いのだから仕方がない」。暫時話ありて部長殿は出で行かれぬ。吾は其後より続きて出でたり。戸外に出づるや否や部長殿を呼び止めたり。部長は立ち止まりぬ。談話は烏羽玉《うばたま》[一]の闇の真中にて立ちながら始まりぬ。吾先づ口を開きて「只今お話をしたいのは外《ほか》ぢや無いのですが、我々新聞記者に対する取扱の事に付いてです、我々の中では一般に近衛師団の我々に対する取扱に付いて、不公平だとか何とか不平をいふものが多いのですが、私も亦さう思ふのです、併《しか》し私がこゝでいふのは宿舎が悪いとか、飯が旨くないとかいふやうな事をいふのではないのです、一体我々に対して礼を失して居ることが多いと思ふのです、第一船に居《お》つた時も、曹長が来て我々に向ひ、出て行けといふやうな言葉を使つたこともある、又今日も友達の話によれば其《その》曹長が来て色々な暴言を放つた末、馬鹿野郎などゝいふ言葉を言

一　二〇一頁注五参照。

つたさうですが、如何にも失敬な言葉ではありませんか、それも一度位の事ならば一時の激昂といふ事もあるからさう見て差支無《さしつかえな》いが、二度、三度に及びては一時の激昂と見る事は出来ん、たしかにこれは心から軽蔑の意味を含んだ者であつて、我々は侮辱せられたものと思ふのですが………」。「其事は先刻も外《ほか》の人から聞いたのです、それだから善く言つて聞かして置いた、併《しか》しそんな事をさう言つては困るぢやないか、あんな者を相手にしなくても善いぢやないか」。「あんな者と言つてもいづれ軍隊に属して居る者で、しかも我々に向つて命令を伝へるとか何とか直《じか》に接する上は、それ相応の礼式を守つてもらはねばならぬと思ふ、併しあなたの方でさういふ御考へなら致し方無い、それから又不公平といつたのは外でないが、船中の時なんぞのやうに神官、僧侶を上等室に入れて、我々新聞記者を下等室に入れるといふが如き不公平の取扱はどういふものでしやう、神官、僧侶も新聞記者も同じく従軍者であつて、其間に等差は無い訳と思ふのですが」。「ナニ神官、僧侶は奏任官[一]見たやうなものだ」。「これは怪しからん、神官、僧侶がなぜ奏任官です」。「なぜツてあの人等は教正[二]とか何とか言つて、先づ奏任官のやうなものだ、君等は無位無官ぢや無いか、無位無官の者なら一兵卒[三]同様に取扱はれても仕方が無い」。今迄吾は成るべく情を押えて、極めて温順に談話を試みたり。然れども無位無官、一兵卒等の語を聞きては、こ

一 明治時代、大臣の奏聞によって官に任ぜられた高等官。

二 教導職(宗教によって国民の教化を目指すべく明治五年(一八七二)に設けられた職名)の最上位。

三 最下級軍人。

らえかねたる怒気むら〳〵と心頭に上りぬ。口言はんと欲して言ふ所を知らず。只「一兵卒……一兵卒……一兵卒同様ですか」と許り言へり。「さうサ一兵卒同様サ」。此に至りて最早談話を続《つ》ぐの余地なし。[四]蹶然《けつぜん》袂を振つて吾は室内に帰りぬ。

　此時吾は帰国せんと決心せり。吾はもと吾《わが》職務の上に於て、且つ一個の好奇心に於て、成るべく長く従軍せんことを欲せしなり。一般の人、殊に妻子などありて稍《やや》年取りたる人が、金州の市街の不潔なると、軍隊の糧食の旨《うま》からぬとに因りて皆帰思頻《きししき》りなる時に際して、吾は市街の不潔をも嫌はず、食料の[五]高野豆腐、[六]凍蒟蒻《しみこんにゃく》のみなるをも厭はず、猶《なお》長く従軍せんことを欲せしなり。然れど

四　力強く。

五　豆腐を屋外で凍らせ乾燥させたもの。高野山の宿坊で作りはじめたことによる名。凍(みし)豆腐。保存食。

六　蒟蒻を一度凍らせたもの。保存食。

も今や何《ど》うあつても帰国せざるべからずと決心せり、何となれば彼《かの》曹長の如きは、吾職《わが》務を傷《きずつ》けたるものにして、管理部長の如きは吾品格を保たしめざるものと信じたればなり。故に自分は如何に滞留したくとも、吾職務は吾をして滞留せしめざるなり。

吾は部長殿と談話の顚末《てんまつ》、及び帰国を決心したる旨同行者に語れり。いづれも一兵卒の語を聞きて憤慨せざる者なし。其翌日なりけん、参謀部に行きて帰国の許可を請ひ、併《あわ》せて概略に前日来の不平を説きぬ。吾人《ごじん》は有形上の待遇に於て不平を言はず、然れども無形上の待遇、当を得ざるに於ては一刻も之《これ》を忍ぶ能《あた》はざるなり。曹長の吾を軽蔑せしが如き、即ち是れなり云々と。参謀黙然《もくねん》たり、暫らくあつて曰く、御帰りになるのは御帰りになつて不都合はありません。

それより二、三日を経て後なりけん、ある話の序《ついで》に参謀曰く「先日もあのお話があつたから、管理部長へ其話はして置きましたけれど、それ〴〵部属がきまつて居るのだから、こちらから曹長をどうするといふわけにもいかんものですから………」と。参謀の言当れり。部下の曹長を取締まるは部長の任なり。部下の過失は部長之《これ》が責に任ぜざるべからず。然れども部長亦共に過失ある時は、何人が之を取締まるべき。此場合に於て司令部之が責に任ずるは当然の事なり。司令部豈《あに》一点の咎《とが》なからんや。唯参謀諸氏は、正当に管理部長を処置するの権を有せざるべし。而して之を為し得べき者は、参謀長一人のみ。参謀長、磊落《らいらく》物に拘《こだ》はらざるが如く吾等に向って常に好意を表す。然れども未《いま》だ曽《かつ》て管理部長を叱責せしことを聞かざるなり。是れ亦其《その》磊落なるの致す所か、将《は》た部長特に其寵《ちょう》を得たるか。吾等は此間の臆測を明言するに憚るなり。

帰国するに一人の連《つれ》は無きかと言へば、吾も共に帰らん、今二、三日が程待てよといふは松枝某[一]なり。さらばとてこゝに又幾日をくらしつ。

此間に見聞きし事どもいさゝか記さんに、管理部長殿は戸外に出で上着を脱ぎ捨てゝ、自ら正宗[二]の瓶の箱をこ

一　不詳。

二　日本酒の銘柄。『守貞漫稿』に「此名近年江戸にて大に行(おこなわ)る」と。漱石の『吾輩は猫である』において苦沙弥先生の日記の中に「神田の某亭で晩餐を食ふ。久し振りで正宗を二三杯飲んだら、今朝胃の具合が大変いゝ」と見える。

ち明けなどす。例の曹長は側に立ちて手持無沙汰に之を見つゝあり。観る者眉を顰《ひそ》めて「斯《かか》ることは曹長にても事足りなん、箱を毀《こぼ》つに少佐[三]殿の手を労するはいと恐れ多し」とて、此頃より誰《た》が言ひ初《そ》めけん少佐殿の事を曹長閣下とぞ呼びける。

斯《か》くて二、三日経る程に、部長はいよ〳〵馴れ〳〵しく言ひ寄りたまひぬ。時々は酒を賜はり、缶詰を賜はりなどす。それさへ人には頼まで、自ら持て来て自ら賜はりぬ。「これは大事のだよ、大事に喰はんけりやいかんよ、これはあの何だ、さつきのだ君がうまいといふから持つて来た、まだ何でもほしいものがあれば取りにお出でなさい、何でもあげるから」と、かうやう[四]の言葉をも

三　軍隊の階級の一つ。佐官（大佐、中佐、少佐）の一番下。将校のうち、佐官は、将官の下、尉官の上。管理部長の階級。

四　「かくやう」のウ音便。このような。

添へたまふこと常なり。其外《そのほか》俄かに有り難き事ども多し。此《かく》の如く前後の取扱に相違あること、一は其人の性質に因《よ》り、一は参謀と管理部の間に一応の掛合ありしに因り、一は総督府内より参謀へ云々せしに因る等、多少の原因ありと覚ゆれど風説[一]は暫らく記さず。

廿八、九日の大風雨には一歩も外へ出《い》づべくあらぬに、かてゝ加へて我室内を炊事場と為《な》せしことなれば煙を避けんにも致し方無く、只室の隅に小さくなりて伏し居るに、無遠慮なる烟は眼ともいはず鼻ともいはず侵入し来るに堪へ難くて、毛布打ち被り一分の隙《すき》もあらせじとするを、猶もいづこよりか烟は顔を襲ふて眼には涙の絶ゆるひまもなし。

一　風評。うわさ。

五月に入りてより松枝氏も、我も帰らんといふに、生《あい》憎《にく》に船便稀《まれ》なりとて又一日、二日と打ち過ぎぬ。

五月四日には宿舎を司令部の隣に移す。こゝは石狩もありて、いと寛《ゆる》やかに起き臥しすべし。此家ならばはじめよりありしものとか。此時より飯は一人の[二]職工に命じて運ばしめらるゝに至りぬ。先に船の中にて切符と引換に飯もらひしとは雲泥の差なり。参謀長、参謀管理部長代る〳〵来りて慰問を辱《かたじけの》うす。

室は[三]枕を高くすべし。食は自ら労するに及ばず。師団の待遇漸《ようや》く優厚ならんとす。是に於てか同行者中少しはくつろぎたりとて、稍ゝ《しょうしょう》帰思を緩《ゆる》うする者あり。然《しか》り而《しこう》して待遇厚きを加ふる毎《ごと》に吾《わが》帰思最も切なり。

二　「職人ニ同ジ」（『言海』）。「官庁、又は、会社などに雇はるる職人」（『ことばの泉』）。ここは、軍隊付きの雑務従事者の意か。

三　安心して寝ることができる。

陣中にやごとなき君[一]の在《ましま》しけるが、常に吾等に勧めて、今暫らくこゝに留《とど》まるべし、急ぎて故郷に帰ることかは、とまたわりなく[二]ものたまふに、あいなく[三]袖をも払ひかね[四]て、とかくに快《こころよ》からぬ日を過ごしぬ。やがて条約交換の期日も近づきぬ。今は其左右《そう》[五]をも聞かんとて、終に九日になりぬ。媾和《こうわ》[六]成れりとの報到る。乃《すなわ》ち一行七、八人の連《つれ》を得て大連湾に出づ。路に参謀長の旅順より還るに逢ふ。近衛師団附の新聞記者殆んど皆去らんとするを見て、呆然《ぼうぜん》たるものゝ如し。

大連湾

一行八、九人、大連湾の兵站部に到り宿舎を求む。部

一 「やんごとなき君」に同じ。北白川宮能久(よしひさ)親王(弘化四年(一八四七)－明治二八年(一八九五))。明治二八年近衛師団長となり、台湾支配の指揮にあたり、一〇月二八日、同地でマラリアにて病没。

二 ここは、丁寧に、といった意味であろう。

三 むやみに。

四 払いのけかねて。断りかねて。

五 決定。

六 講和に同じ。「陣中日記」の五月九日の条に「講和なれりとの報あり」と。一〇日の条には、「講和成り万事休す。一行七八人金州を辞して柳樹屯に向ふ。悉く本国に帰らんとなり」と。実際には、はやく明治二八年(一八九五)四月一七日に「日清講和条約調印」がなされていた。五月八日に批准書の交換が行われ、一〇日に批准された。

員先づ吾に向つて眉を顰《ひそ》む。「あなたは少し待ておいでなさい」と。先づ此一語にておどかされたり。やがて部長に訊問せられたる後、放免せられて宿舎に就く。宿舎は倉庫中の一間にして、狭き入口をはいれば二重にしきりあり。腰を屈め、頸《くび》を縮めて其しきりの内にはいれば四、五畳敷位と思はるゝ暗室、こゝが八、九人の宿舎とは稍ゝ《やや》牢屋めきて興あり。されど此地は人の出入多くして家屋少き処と聞けば、そを咎むるの心にはあらず。固より人夫を付けてくれるにはあらねば、チヤン[七]一人を雇ひ、五、六町も隔たりたる炊事場に行きて飯を請ふ。自分が飯持て行かぬとて小言いはれぬだけが近衛よりはましならんか。十日の夜は重なりあひて寝ぬ。

七　中国人（当時の俗称）。子規に差別意識はなく、子規の門人に清国人羅蘇山人がおり、明治三五年（一九〇二）三月二四日に没した折、〈陽炎や日本の土に殯（かりもがり）〉〈蝶飛や蘇山人の魂遊ぶらん〉の二句を詠んで悼んでいる。復本一郎稿「蘇山人ノート」その一、二、三（俳誌「阿」二号、三号、四号所収）参照。

十一日は当地の憲兵屯所一より召されぬ。行きて見れば新聞記事に就きて詰問せられたり。憲兵殿の言はるゝ処も無理ならず、新聞の記事も憲兵殿が言はるゝ如き法螺《ほら》許りにもあらざるべし。そこはお互ひに斟酌《しんしゃく》した処で、先づ吾等が叱られた位で適度の処ならんか。午後復《ま》た同屯所より召されぬ。同じことに就きて同じことを叱られたるなり。

此日又一行の中に二、三人を加へぬ。やはり同じ宿舎なり。これでは寐られたものに非《あら》ず、と終に要港部二の一室を借り受くることゝなりぬ。海軍と陸軍とは固より事情を殊にし、習慣を異にするもの、同一に論ずべからずと雖《いえど》も、しかも海軍の款待《かんたい》の至れる、吾等をして上天の

一　軍事警察。行政警察、司法警察を兼ねた憲兵の詰める警察署。

二　日本海軍の軍要港担当部。「陣中日記」の五月一一日の条に「僅のしるべをたよりて要港部の中に宿る。要港部は天后宮(編者注・山東会館の西隣)の跡にして家屋の清新なる彫刻の精緻なる普通民屋の類に非ず。仙境に入るの思あり」と見える。

想ひあらしめたり。有形上の待遇はこゝにも論ずるを用ゐず。無形上の待遇冷温に至りては、陸軍敢て弁解するに辞なかるべし。

十四日、佐渡国丸[三]といふ御用船[四]に乗り込む。人皆梅干[五]船といふとか聞きぬ。船中の不整頓なる、待遇の行き届かざる、乗客の不平は絶ゆることなし。斯《かか》る船にこそ監督、将校必要なるべけれとつぶやく声聞えぬ。馬《ば》関《かん》[六]に来り虎病《コレラ》患者死せし頃は、船中の狼狽たとへんにものなく、乗組将校も吾等も船長事務長と言ひ争そひて、果ては喧嘩の如くなりぬ。「人夫なんどに水を呑ませては困るぢやありませんか」。「船では水はやりません」。「やりませんと言つても現にやつたのを見た者があるのです、又湯

三　「陣中日記」の五月一四日の条に「佐渡国丸といふ船に乗る」と見える。
四　国事のために官が傭い入れた民間の船。
五　老朽化した船の意であろう。
六　下関（しものせき）の旧称。子規に〈馬関までかへりて若葉めづらしや〉（「陣中日記」）の句。

は始終わいてるわけでもないのです」。「併《しか》し水はたしかに呑まされんと命じてあるのです」。争ひにはてし無ければ、終《つい》には炊事場に番兵を立たしむるに至りぬ。

廿三日、和田岬に来りて皆々放免せらる。其時、上下数百の将士、軍夫は拍手して万歳を唱へぬ。恰《あたか》も敵城を乗り取りたらんが如し。以て船中の如何に苦しかりしかを知るに足らん。

一 神戸港の西にある岬。子規に〈須磨の灯か明石のともし時鳥〉の和田岬で詠んだ句が(「陣中日記」)。

結　尾

近衛師団の吾等に対する待遇が初めに冷淡なりしは真に一、二の人の不心得より出でたるものにして、殆んど偶然の結果ともいふべきか。然れどもある人はいふ「近衛師団は全国の精鋭を集め、而《しか》も将《まさ》に山海関《さんかいかん》[二]方面に向はんとせりとの風説ありき。是に於てか新聞記者は四方より集まりて、我も〱と従軍を希望して已《や》まず。かゝる有様なれば、さらでも鼻の高き近衛師団は益〻鼻を高くし敢て新聞屋に向つて其待遇を定めるなどゝいふことは気もつかず、只管理部長に任せて置け位の事なりしなるべし。（新聞記者と管理部と関係の密なりしこと、近衛の如きは他に例なきが如し。） 加之《しかのみならず》近衛師団の広島に着せし時、新聞記者は誰も来ぬとて司令部、管理部抔《など》にては不興《ふきょう》なりしが如き、是れ皆な待遇の疎なりし原因なり云々」と。果して此《かく》の如きや否や吾之《これ》を知らず。然れども是れ多くは事実なり。「赤帽[三]だからナ」と参謀長の

二　中国河北省の北東端、泰皇島市北東部の町。中国中央部から東北地区に通じる交通路の重要な関門。

三　近衛師団の制帽。小栗風葉の戯曲「予備兵」（明治三七年（一九〇四））に「俊郎、近衛の赤帽を冠り」と見える。

誇り居《おり》しは吾も聞く所なり。師団着広の時、吾等が直ちに伺候せざりしも事実なり。蓋《けだ》し吾等は何時《いつ》往《いっ》て善いやら、何《ど》うして善いやら分らざりしなり。言はゞ皆ぼんやりとして気の利かざりしなり。殊に管理部と密接なる関係あることは従軍後まで分らざりしなり。併し近衛の方から言へば稍ゝ吾等を食客視[一]したるか、否《しか》らざれば部下の兵卒同様に師団の着広と共に吾等は其命のまゝになるものゝ如く思惟[二]したるなるべし。若し吾等を召さんとならば、大本営に行きて聞き合せなば宿所、姓名尽く知れ居《お》るなり。然るに彼は特に吾等を召さずして、却て吾等の来らざるを怒り、吾等は特に伺候せずして、却て彼の召を待つ。此間互に些《いささか》の悪意あるに非ず。これに因りて

一　居候。
二　思考。思うこと。

待遇に冷温を生ぜりとは、余り受け取れぬ話なり。よしこれありとも、そは一箇人の上の事のみ。

然れば則《すなわち》ち吾等をして冷遇を受けしめし者は何ぞ。曰く、半ば人為なりとするも、半ば偶然のみ。人為の不都合は自ら責任の帰する所あり。法律縦《たと》ひ之《これ》を罰するを得《え》ざるも、道徳は之を罰するを得《う》べし。偶然の結果を来たせし者は何ぞ。曰く、新聞記者の待遇一定せざるが為めのみ、新聞記者の待遇一定せざるが為めのみ。

附記。近衛師団は気の毒にも山海関に向はずして台[三]湾に向ひ、苦戦に日を送りしかども、新聞記者はろくに之を記さず、世人は却て師団を誹《そし》るに至りぬ。且《か》つや恐れ多けれども、[四]師団長殿下を始め奉り、旅[五]

三　明治二八年(一八九五)五月二九日、近衛師団、台湾上陸。『明治大年表』(大正三年(一九一四)四月、吉川弘文館刊)に「午後二時より第一次輸送に係る近衛師団は、三貂角より上陸を始む。此際敵は微弱なる抵抗を試みたるも、我先頭上陸兵の為に撃退せらる」とある。

四　北白川宮能久親王のこと。

五　近衛第二旅団長山根信成(のぶしげ)のこと(藤村道生著『日清戦争』岩波新書、参照)。

団長、参謀佐官を失ふに至りては、天の近衛に殃《わざわい》する所以《ゆえん》の者を怪まずんばあらず。其代りには生き残られたる人は幸多き中にも、例の部長殿は[一]功四級に迄ならせたまひぬとや。あなめでたや。

一 武功抜群の者への栄典。功一級から功七級まであり、金鵄(きんし)勲章を授与された。

散策集

明治二十八年九月二十日午後　子規子

今日はいつになく心地よければ、折柄《おりから》来合せたる碌堂《ろくどう》[一]を催してはじめて散歩せんとて愚陀仏庵《ぐだぶつあん》[二]を立ち出づる程、秋の風のそゞろに背を吹てあつからず、玉川町[三]より郊外には出《い》でける。見るもの皆心行くさまなり。

187 杖によりて町を出づれバ稲の花

188 秋高し鳶舞ひしづむ城[四]の上

一　柳原極堂（やなぎはらきょくどう）（慶応三年（一八六七）―昭和三二年（一九五七））。俳人。ジャーナリスト。碌堂は初号。明治二九年（一八九六）、子規の命名により極堂に。子規句に「碌堂子改めて極堂といひけるに」の前書（まえがき）で〈宿帳や春の旅人異名書く〉（明治二九年）。明治三〇年（一八九七）、俳誌「ほととぎす」を松山にて創刊。

二　松山市二番町二番地にあった夏目漱石の下宿（上野義方家の離れ）。愚陀仏庵と命名したのは漱石。子規はここで明治二八年（一八九五）八月二七日より一〇月一七日までを過す。漱石に〈愚陀仏は主人の名なり冬籠〉（明治二八年）の句。この時、漱石は、愛媛県尋常中学校（松山中学）嘱託教員（英語）。

三　松山平野の中央部。松山城下の町名の一つ。城下の東部に位置し、東西に通る町筋。七五番地に虚子の旧家があった。

189 [一]大寺の[二]施餓鬼《せがき》過ぎたる芭蕉哉《かな》

190 秋晴れて見《みえ》かくれぬべき山もなし

191 秋の山松鬱《うつ》として[三]常信寺

192 草の花少しありけば[四]道後《どうご》なり

193 [五]高縄や稲の葉末の五里六里

194 [六]砂土手や山をかざして櫨紅葉《はぜもみじ》

195 砂土手や西日をうけて蕎麦《そば》の花

196 蜻蛉《とんぼう》の[七]御幸寺《みきじ》見下す日和哉

197 露草や野川の鮒《ふな》のさゝ濁り

198 虫鳴くや花《はな》露草《つゆくさ》の昼の露

199 [八]肥溜《こえだめ》のいくつも並ぶ野菊哉

200 秋澄みたり魚中に浮て底の影

四 松山城。子規に〈春や昔十五万石の城下哉（かな）〉の句（明治二八年（一八九五））。

一 三好恭治氏は、正法寺（しょうほうじ）と推定（『松山子規事典』）。不詳。

二 餓鬼道にあって飢餓に苦しむ亡者に飲食を施す法会供養。盂蘭盆の施餓鬼が知られている。

三 天台宗の寺。憲海僧正の創開。維新、松平勝成（かつしげ）、定昭父子は、この寺に入り恭順の意を示した。

四 城下町の東北部。道後温泉がある。

五 高い所に張った鳥を捕えるための黐（もち）をつけた縄。

六 小高い砂丘（越智二良、風戸始共著『子規と松山』愛媛文化双書、参照）。「松山城防衛のため築かれたもの」（越智二良『散策集』解説）。

七 御幸村の新義真言宗豊山派の寺。『松山史要』（昭和二年

201 底見えて魚見えて秋の水深し

202 飛びハせで川に落ちたる螽《いなご》哉

203 蓼《たで》短く秋の小川の溢れたり

204 [九]兀《こつ》山《ざん》をこえて吹きけり秋の風

205 五六反《たん》[一〇]叔[一一]父がつくりし糸瓜《へちま》哉

206 馬の沓《くつ》換《か》ふるや櫨の紅葉散る

207 六尺の竹の梢や鵙《もず》の声

土手に取りつきて石手寺《いしてじ》[一二]の方へは曲りける。

208 野《や》径《けい》曲れり十歩の中に秋の山

209 ほし[一三]店《みせ》の鬼灯《ほおずき》吹くや秋の風

(一九二七)刊)に「ミキジ」の読み。虚子も「みきじ」と訓むと記している(『子規句解』(昭和二一年(一九四六)、創元社刊)。

八　糞尿を肥料とするためにためておく穴。肥壺。

九　あるいは普通に「はげやま」と読んだか。子規に〈兀山にそふて夕日の蜻蛉かな〉等、いくつかの「兀山」句がある。

一〇　一反は、約九九一・七四平方メートル。

一一　この「叔父」は誰を指すか。あるいは父方の佐伯政房の思い出か。

一二　松山市石手二丁目にある新義真言宗豊山派の寺。寺域二千四百九十余坪。四国遍路第五十一番の札所。「山門を入れば右に三重塔・鐘楼あり。左に阿弥陀堂あり。石階を上りて本堂に至る。随求堂・大師堂・弥勒堂・経堂等あり」(『大日本寺院総覧』)。

210南無大師石手《いして》の寺よ稲の花

211二の門は二町奥なり稲の花

山門の前の茶店に憩ひて、一椀の渋茶[一]に労《つか》れを慰む。

212駄菓子売る茶店の門の柿青し

213人もなし駄菓子の上の秋の蠅

214裏口や出《で》入《いり》にさはる稲の花

橋を渡りて寺に詣《もう》づ。こゝは五十一番の札所なりとかや。

215見あぐれば塔の高さよ秋の空

三 干店。露店。大道店。

一 味の渋い下等な茶。

216 秋の山五重の塔に並びけり

217 通[二]夜堂の前に粟干す日向《ひなた》哉

[三]大師堂の椽端《えんばな》に腰うちかけて息をつけバ、其側に落ち散りし白紙、何ぞと開くに当寺の御鬮《みくじ》、二十四番凶とあり。中に「病事は長引也。命にはさはりなし」など書きたる。自《おのずか》ら我身にひし〳〵とあたりたるも不思議なり。

218 身の上や御鬮を引けば秋の風

219 山陰や寺吹き暮るゝ秋の風

寺を出でゝ道後の方に道を取り、帰途につく。

二 遍路が祈願のために宿泊する籠り堂。

三 石手寺の本堂に並んで建っている弘法大師像を安置している堂。大師堂があるのは、真言宗の寺院に限る。

220 駒《こま》とめて何事問ふぞ毛見《けみ》[一]の人

221 芙蓉見えてさすがに人の声ゆかし

222 にく〳〵[二]と赤き色なり唐辛子

御竹藪《おたけやぶ》[三]の堀にそふて行く。

223 古濠《ふるほり》や腐つた水に柳ちる

224 水草の花まだ白し秋の風

225 秋の山御幸寺と申し天狗住む[四]

226 四方《よも》に秋の山をめぐらす城下哉

227 稲の香や野末ハ暮れて汽車の音

一 農作物の出来を調べる役人。「毛見」は「稲ノ毛ヲ見ル義」(『言海』)。秋の季語。

二 憎らしいほどに。

三 松山藩の用地である湯築《ゆづき》城跡(道後公園)に竹が繁茂したことにより呼ばれた。

四 虚子は、『子規句解』の中で、この句に言及し「私も子供の時分、御幸寺には天狗が棲んでをると言ふことを聞いて、恐ろしく感じてをつたものである」と記している。

228 雞《けい》頭《とう》の丈〈せ〉を揃へたる土塀哉

補

229 稲の香に人居《お》らずなりぬ避病院《ひびょういん》[五]

230 秋風や何堂彼《か》堂《どう》弥勒堂

231 護摩堂にさしこむ秋の日《ひ》脚《あし》哉

明治廿八年九月二十一日午後　　子規子

稍《やや》曇りたる空の、雨にもならで、愛松[六]、碌堂、梅屋《ばいおく》[七]、三子に促され、病院下[八]を通りぬけ御幸寺山《みきじやま》の麓にて引返し来る往復。途上、口占《こうせん》。

五　伝染病患者を隔離収容した病院。三好恭治氏は「道後村関係では石手川沿いの病舎と道後温泉裏山の病舎」と(『松山子規事典』)。

六　中村愛松(安政三年(一八五六)―大正一四年(一九二五))。子規門の俳人。松山出身。松風会(松山で結成された全国初の子規派俳句のグループ)のメンバー。

七　大島梅屋(明治二年(一八六九)―昭和六年(一九三一))。子規門の俳人。松山出身。松風会のメンバー。

八　「いまの東雲学園の校地はもと松山城の東郭跡。明治八年から県立病院が設けられていたのでこの一帯を「病院下」と称した」(『子規と松山』)。

232 秋の城山は赤松ばかり哉

233 牛行くや毘《び》沙《しゃ》門《もん》阪《ざか》[一]の秋の暮

234 社壇百級秋の空へと登る人

常楽寺[二]二句

235 狸死に狐留守なり秋の風

236 松が根になまめき立てる芙蓉哉

237 箒木《ははきぎ》の箒《ほうき》にもならず秋暮ぬ

238 ところ〴〵家かたまりぬ稲の中

239 稲の花四五人かたりつゝ歩《ある》行く

240 道の辺や荊《いばら》がくれに野菊咲く

241 堂[三]崩れて地蔵残りぬ草の花

242 道ばたに蔓草《つるくさ》まとふ木槿《むくげ》哉

一 「松山の城山の東麓、小唐人町三丁目を北へ上がる坂」(平岡英、『松山子規事典』)。「病院下を過ぎると、やがてゆるやかな坂道。東雲神社の石段の右側、現在社務所の下のあたりに毘沙門堂があった」(『子規と松山』)。

二 天台宗寺門派。東光山。松山市東雲町にある。寺内に六角堂があり、また榎の老樹がある(『大日本寺院総覧』参照)。「稲荷の狐と榎の狸の同居する一郭であり全域は一般に六角堂と呼ばれている」(平岡英、『松山子規事典』)。

三 松山市道後一万(旧上一万)にある地蔵堂。

243 叢《くさむら》やきよろりとしたる曼珠沙花《まんじゅしゃげ》

244 蓼の穂や裸子桶《はだかご》をさげて行く

秋水二句、いづれにか定め侍らん。

245 静かさに礫《つぶて》うちけり秋の水

246 投げこんだ礫沈みぬ秋の水

247 山本や寺[四]は黄檗《おうばく》杉は秋

248 画[五]をかきし僧今あらず寺の秋

249 秋の水天狗の影やうつるらん

250 松山の城を載せたり稲むしろ

251 稲の香の雨ならんとして燕飛ぶ

252 秋の日の[六]高《たか》石《いし》懸《かけ》に落ちにけり

253 草の花練兵場は荒れにけり

四　千秋寺。黄檗宗。万歳山。松山市御幸。かつては七堂伽藍が整っていたという(『愛媛県百科大事典』参照)。

五　千秋寺十八代住職周道和尚。南画で知られていたという。享年六四明治一七年(一八八四)没。(平岡英、『松山子規事典』参照)。

六　松山城の北の郭。北、南、西の三方は高さ四間の石垣に囲まれていた(平岡英、『松山子規事典』参照)。

254 武家町の畠になりぬ秋茄子《あきなすび》

255 人もなし一杉谷町《すぎたにちょう》の藪の秋

明治廿八年十月二日　　　　子規子

前月の末より日毎《ひごと》〳〵雨のみふりまさりたるが、二、三日は逆上の気味にて、寝つ起きつ、二運坐《うんざ》、三連俳《れんぱい》などに心をつからせしためにや、廿五日の朝、鼻血したゝかに出《い》でたり。やがて血もとまりければ、其日も例の如く連俳、運坐に暮らし、翌廿六日の朝は、

256 逆上の人朝がほに遊ぶべし

など戯れしが、此日も前日の如く血おびたゞしく出でぬ。

一 「城山の北麓、東雲神社の山裾につづく通り。当時は竹藪が風にそよぎ、崩れかけた土塀、取りこわされた元なにがしの屋敷跡など、ところどころ野菜畑があり、人通りもまれな武家町」(『子規と松山』)。現在の松山市緑町一丁目の南部分(平岡英、『松山子規事典』参照)。

二 子規が試みたのは、伊藤松宇を中心とする「椎の友」社の互選形式の句会と思われる。子規が「椎の友」のメンバーに加わったのは、明治二六年(一八九三)一月。

三 ここは、今日言うところの連句。子規の随筆「養阿雑記」中の「俳諧連歌」の項に梅屋、馬風、子規、叟柳、碌堂、愛松を連衆とする歌仙(三十六句形式の連句)が掲出されている。

さりとて訪来《といく》る人をことわらん程にもあらねば、午後は連俳の衆に向ひ、かにかくと説きつ笑ひつする程に、ともすれば鼻血一滴、二滴落つる事多く、つひに一坐をことわりて、却りて人々に介抱せられなどす。廿七日ハいさゝかながら、鼻血時々やまず。此日よりハ安静を守りて臥《ふ》し居《お》りしかば、廿八日には全くやミぬ。それより四、五日を経て、天気順にをさまると共に、我病も癒えたり。さらば例の散歩に出かけまほしくて、十月二日、只ひとり午後より寓居を出で藤野[四]に憩ひ、大原[五]にいこひ、そこより郊外に出でんとて中の川[六]を渡り、八軒家[七]を過ぎ、汽車道に添ふて石手川《いしてがわ》[八]の土手に上る道々の句、

四　藤野漸（すすむ）（天保一三年（一八四二）―大正四年（一九一五））宅。大原観山の旧邸跡。漸は五十二銀行頭取。下掛宝生流家元補佐。子規の母八重の妹十重と結婚していたので、子規の義理の叔父ということになる。俳人古白の父。

五　大原恒徳（つねのり）（嘉永四年（一八五一）―大正八年（一九一九））宅。恒徳は、八重の弟。子規の叔父。号、蕉雨。正岡家の後見人。

六　松山市のほぼ中央部を東西に、子規旧居湊町新町の南側を流れる川。

七　「中の川の蓮福寺（編者注・松山市豊坂町一丁目の真宗本願寺派の寺）の横を南へ曲るあたりが八軒家、いまは地名も残らぬ」（『子規と松山』）。

八　重信川の支流で、松山市の中央部を東西に流れる。中の川は、石手川の支流。

257木槿咲く塀や昔の武家屋敷
258朝顔や裏這ひまはる八軒家
259大根の二葉に秋の日ざしかな
260真宗の伽《が》藍《らん》いかめし稲の花
[一]滝の観音
261線香の煙に向ふ蜻蛉《とんぼ》哉
262汽車道をありけば近し稲の花
[二]浦屋《うらや》先生村居の前を過《よ》ぎりて
263花木槿雲林先生恙《つつが》なきや
264稲の花今[三]津の海の光りけり

土手にそふて西すること二、三町、焼場のわたりより監[四]

一　泉町（いずみまち）の観音堂の十一面観音像で、現在は薬師寺に安置（宇和宣・忽那哲、『松山子規事典』参照）。
二　浦屋雲林（天保一一年（一八四〇）―明治三一年（一八九八））。藤原村住。漢学者。漢詩人。河東静渓と親交。内藤鳴雪、正岡子規は門下生。虚子は「破れた袴、古びた帽を著けて歩いてをられ茫漠たる相貌には、時折私も接したことがある」（『子規句解』）と記している。
三　伊予郡西垣生（にしはぶ）の通称。伊予灘に面している。
四　藤原村にあった松山監獄署。

獄署の裏に出《い》で、薬師の西より再び八軒家に返る。

265 代る〳〵礫《つぶて》うちたる木の実哉

牛の群れて草喰ひ居る傍《かたわら》に曼珠沙花《まんじゅしゃげ》の夥《おびただ》しく咲き出でしを、

266 ひよつと葉は牛が喰ふたか曼珠沙花

267 四《し》本五《ほんご》本《ほん》はてはものうし曼珠沙華

268 草むらや土手ある限り曼珠沙花

269 砂川や浅瀬に魚の肌寒し

270 花痩せぬ秋にわづらふ野《の》撫子《なでしこ》

271 馬士《まご》去て鵙《もず》鳴て土手の淋しさよ

272 石塔の沈めるも見えて秋の水

273豊年や稲の穂がくれ雀鳴く

274秋風や焼場のあとの卵塔場《らんとうば》[一]

275庄屋《しょうや》殿《どの》の棺《ひつぎ》行くなり稲の中

薬師二句

276我見しより久しきひよんの木実[二]哉

277寺清水西瓜《すいか》も見えず秋老いぬ

明治廿八年十月六日　　　　子規子

今日ハ日曜なり。天気は快晴なり。病気ハ軽快なり。遊志勃然《ぼつぜん》、漱石と共に道後に遊ぶ。三層楼[三]、中天に聳《そび》えて、来浴の旅人ひきもきらず。

一　墓地。

二　柞(いすのき)の実(『日本国語大辞典』参照)。『言海』の「ゆす(柞)」の項には「人家庭際ニ多ク植ウ、高サ丈許、葉ハ楊桐(サカキ)ニ似テ短ク、冬、凋マズ、互生ス、春、新葉ヲ生ジ、小花ヲ開キ、三分許ノ円実ヲ結ブ、熟スレバ黒シ、夏、(中略)枝ノ梢、葉ノ間ニ、桃ノ実ノ如キ者ヲ生ズ、虫ノ巣ナリ、形状、大小、一ナラズ、中、空シクシテ細虫多シ、熟スレバ茶褐色ニテ、皆、虫ノ穿チ出デタル穴アリ、吹ケバ鳴ル、声ニ因テひよんのきノ名モアリ」と。秋の季語。

三　道後温泉に三層楼が完成したのは明治二七年(一八九四)四月(『伊豫の湯おもかげ』道後温泉事務所刊)。

温泉楼上眺望

278 柿の木にとりまかれたる温泉《いでゆ》哉

四 鷺谷《さぎだに》に向ふ。

279 山本やうしろ上《あが》りに蕎麦の花

280 黄檗五の山門深き芭蕉哉

道後をふり返りて

281 稲の穂に温泉《ゆ》の町低し二百軒

六 しる人の墓を尋ねけるに、四、五年の月日ハ七北邙《ほくぼう》の山、墳墓を増してつひに見あたらず。

282 花《はな》芒《すすき》墓いづれとも見定めず

四 道後温泉発見にかかわる白鷺伝説ちなみの谷。道後十六谷の一つ(半井梧庵著『愛媛面影』慶応三年(一八六七)刊、参照)。

五 鷺谷の坂のつきあたりにあった黄檗宗の大禅寺(『子規と松山』参照)。「子規・漱石が訪れた頃は、まだ大禅寺は昔のままであった」という(二神将、『松山子規事典』)。

六 小島久(さひ)(文化三年(一八〇六)―明治二一年(一八八八))。子規の曽祖父正岡常武(つねたけ)の「後入りの人」。子規は、久の没した明治二一年に「哭某嫗」の漢詩を作り悼んでおり、また『七草集』中の「をみなへしの巻」、「尾花のまき」でも久に言及している(復本一郎稿「正岡子規と曽祖母小島久」(「宇宙」第百号)参照)。

七 墓地。

引き返して[一]鴉渓《あけい》の[二]花月亭といへるに遊びぬ。

283 柿の木や宮司が宿の門がまへ

284 百日紅《さるすべり》梢ばかりの寒さ哉

285 亭《てい》ところ〴〵渓《けい》に橋ある紅葉哉

[三]松枝町を過ぎて、[四]宝厳寺《ほうごんじ》に謁《もう》づ。こゝは[五]一遍上人御誕生の霊地とかや。古往今来当地出身の第一の豪傑なり。妓《ぎ》廓《かく》門前の楊柳《ようりゅう》、往来の人をも招かで、むなしく一遍上人御誕生地の古碑にしだれかゝりたるもあはれに覚えて、

一 「からすだに」とも。道後の名所。「石手から義安寺下を流れくだる御手洗川が、道後公園の北を放生池の方に向かう間、道後十六谷の一」(『道後温泉』松山市)。

二 鴉渓にあった割烹店。

三 宝厳寺門前町にあった遊廓。明治一〇年(一八七七)新設。貸座敷二四軒、公娼約百人(渡部富美子、『愛媛県百科大事典』)。ただし高浜虚子著『松山道後案内』(明治三七年(一九〇四)五月、俳書堂刊)には、明治九年(一八七六)公許とある。

四 「道後十六谷の内、奥谷に在り。時宗一遍上人の開基なり。本尊上人自作の自像也と云」(『愛媛面影』)。平成二五年(二〇一三)八月一〇日、焼失。平成二八年五月一四日再建。

五 延応元年(一二三九)—正応二年(一二八九)。時宗の開祖。遊行上人。伊予松山の生まれ。法然の弟子

286 古塚や恋のさめたる柳散る

宝厳寺の山門に腰うちかけて、

287 色里や十歩はなれて秋の風

帰途、[六]大街道《おおかいどう》の芝居小屋の前に立ちどまりて、漱石てに[七]は狂言見んといふ。立ちよれば今[八]箙《えびら》の半ば頃なり。戯れに[九]一句づゝを題す。

288 紅梅のちりぐ〵に敵逃にけり

狂言[一〇]止動方角《しどうほうがく》

証空の門弟聖達に師事。

六　大街道にあった新栄座。明治二〇年(一八八七)一〇月開業。

七　照葉狂言。喜田川守貞著『守貞漫稿』(天保八年(一八三七)―嘉永六年(一八五三))に「嘉永の比(ころ)、大坂の蕩子等四、五輩相議て始て行レ之。其行は、申楽家の間(あい)の狂言と云る物を大体とし、衣服にも素袍上下等を用ひ、又狂言師の大筋織の服、乃ち古の熨斗目(のしめ)也。着レ之、俳優のさまも倣レ之、言語も擬レ之、而て、往々当世の踊り及び芝居狂言、又俄(にわか)狂言に似たることをも交へ行ふ。安政に至り江戸に下り、諸所の寄せ席へ銭を募り、行レ之て群集あり。追考「てりは」、てには俄狂言の訛略と云り」と見える。

八　能曲名。作者不明。

九　能楽・狂言と子規俳句との関係は復本一郎稿「正岡子規と照葉狂言」(「神奈川大学評論」

289 狂ひ馬花見の人を散らしけり

能楽鉄輪《かなわ》一

290 蠟燭《ろうそく》にすさまじき夜の嵐哉

狂言磁石二

291 長き夜や夢にひろひし二貫文《もん》三

能楽安宅《あたか》四

292 剛力になりおほせたる若葉哉

狂言三人片輪《さんにんかたわ》五

87号)参照。

一〇 狂言曲名。太郎冠者狂言。

一 能曲名。作者不明。

二 狂言曲名。雑《ざつ》狂言。

三 一貫は、一文銭一〇〇〇枚。

四 能曲名。作者不明(観世信光とも)。

五 狂言曲名。雑狂言。

293 三人のかたはよりけり秋の暮

能楽土蜘《つちぐも》[六]

294 蜘殺すあとの淋しき夜寒哉

小《こ》[七]さくといへる役者の、女ながらも天晴《あっぱれ》腕前なりけるに、

295 男郎花《おとこえし》は男にばけし女哉

明治廿八年十月七日　子規子

今出《いまず》[八]の霽月《せいげつ》[九]、一日我をおとづれて、来れといふ。われ行かんと約す。期《ご》に至れバ連日霖雨[一〇]濛ゝ《もうもう》、我亦褥《またじょく》に臥す。

六　能曲名。作者不明。

七　てには狂言役者。小作。泉祐三郎の妻。実見した安倍能成は、『我が生ひ立ち』(岩波書店)の中で「中々の美人であつて、シテ役は男女に拘《かか》わらず皆やつた。美女が男役をやる所に魅力があつたであらう」と記している。

八　二七二頁注三参照。「松山市の中心から南西六・七キロにある農村。東は余戸村に接し、北は南吉田村に接し、南に重信川が流れ、西は伊予灘に面している」(今村威、『松山子規事典』)。

九　村上霽月(明治二年(一八六九)―昭和二一年(一九四六))。子規門の俳人。伊予国伊予郡西垣生村住。霽月架蔵の『蕪村句集』上巻を鳴雪が筆写(内藤鳴雪著『俳句のちかみち』大正五年(一九一六)、広文堂書店刊)。

一〇　幾日も降り続く長雨。

爾後《じご》十余日、霽月書を以て頻《しき》りにわれを招く。今日七日ハ天気快晴、心地ひろくすが〳〵しければ、俄かに思ひ立ちて、人車をやとひ今出《い》へと出で立《た》つ。道に[一]一宿《いっしゅく》を[二]正宗寺《しょうしゅうじ》に訪ふ。同伴を欲する也。一宿故ありて行かず。

296 朝寒やたのもとひゞく内玄関

[三]小栗神社のほとりに出づ。

297 男ばかりと見えて案山子《かかし》の哀《あわ》れ也

298 稲莚《いなむしろ》朝日わづかに上りけり

299 鉄砲のかすかにひゞく野菊哉

300 御所柿《ごしょがき》に[四]雄群祭《おぐりまつり》の用意哉

一 山本仏海（明治元年（一八六八）―昭和二〇年（一九四五））。松山正宗寺住職。子規門の俳人。俳号、一宿。子規に「一宿来る」として〈めづらしや僧来て秋の運坐哉〉の句（『寒山落木』）。正宗寺境内に子規の埋髪塔を建立。作品七六句は、松本皎稿「釈一宿の句」（『俳星』一一三四号）にまとめられている。

二 松山市末広町にある臨済宗妙心寺派の寺。寛永一二年（一六三五）、密山和尚開山。この時は、釈仏海が住職。

三 雄郡（おぐり）神社。松山市小栗にある。

四 小栗神社の祭。当時は、一〇月二三、二四日（福井みどり、『松山子規事典』参照）。

301 秋茄子《あきなすび》小《ちさ》きはもの丶なつかしき

302 稲の穂やうるちはもの丶いやしかり

303 六尺の庭にふさがる芭蕉哉

かねて叔父君[五]のいまそかりし時、余戸《ようご》に住みたまひしかば、我をさなき頃は常に行きかひし道なり。御旅所《おたびしょ》[六]の松、鬼子母神[七]、保免《ほうめん》[八]の宮、土井田《といだ》[九]の社など皆昔のおもかげをかへずそゞろなつかしくて、

304 鳩麦や昔通ひし叔父が家

をさなき時の戯れも思ひ出だされたり。竹の宮[一〇]の手引松《てびきまつ》は今猶残りて二十年の昔にくらべて太りたる体も見えず。

五　佐伯政房。子規の父常尚（隼太）の兄。明治一七年（一八八四）一〇月二六日没（和田克司、『松山子規事典』参照）。

六　「土居田村の神輿が雄郡神社を宮出して最初に、この松の下に据えられた」ので（福井みどり、『松山子規事典』）。

七　土居田村の鬼子母神堂。

八　松山市保免にある日招（ひまねき）八幡大神社のこと（『松山子規事典』参照）。

九　松山市素鵞村（西は雄群（おぐり）村）にあった素鵞（そが）神社のこと（『松山子規事典』『愛媛県百科大事典』参照）。

一〇　余戸の三島大明神境内にあった松（神野香澄、『松山子規事典』参照）。「手引松は一方から枝をさしのばして、他方の松の幹に活着し、さながら手を引きあった形に見え」（『子規と松山』）た。昭和五四年（一九七九）に枯死。

305行く秋や手を引きあひし松二木

余戸も過ぎて道は一直線に長し。

306渋柿の実勝《がち》になりて肌寒し

307村一つ渋柿勝に見ゆるかな

308山尽きて稲の葉末の白帆かな

霽月の村居に至る。宮に隣り、松林を負ひて、倉戸前いかめしき住居也。

309粟の穂に雞《にわとり》飼ふや一構

310 鵙《もず》木に啼けば雀和するや蔵の上
311 萩あれて百舌《もず》啼く松の梢かな

庭前の築山《つきやま》に上れば遥かに海を望むべし。歌、俳諧の話に余念なく、午[一]も過ぎて共に散歩せんとて立ち出づ。こゝは今出鹿摺《いまずかすり》[二]とて鹿摺を織り出す処也。

312 花木槿《はなむくげ》家ある限り機《はた》の音
313 汐風や痩せて花なき木槿垣

海辺に彳《たたず》めば興居島《ごごしま》[三]右に聳え、由利島《ゆりしま》[四]正面にあたる。けふは伊予の御崎《みさき》[五]も見えずとか。

一 昼一二時。
二 伊予絣（かすり）のルーツ。江戸後期（享和年間）、温泉郡垣生（はぶ）村今出の鍵谷カナ（天明二年（一七八二）―元治元年（一八六四））が考案。木綿糸のところどころを糸でくくり、青草の汁で染め、地機で織ったもの（『愛媛県百科大事典』参照）。
三 『愛媛面影』に「三津浜の海上に在り。其形容、富士山に似たり。仍て俗に伊予小富士と云」と見える。明治二五年（一八九二）の子規句に〈興居島へ魚舟いそぐ吹雪哉〉（『寒山落木』）が。
四 興居島の西北にある小島。「東西十五町、南北一町、周囲一里十町」（『風早郡地誌』）。
五 佐田岬。

314 見ゆるべき御《お》鼻《はな》も霧の十八里

315 夕栄や鰯の網に人だかり

それより海岸にそふて南に行き東に折れ、今出村を一周して帰る。

316 鶺鴒《せきれい》や波うちかけし岩の上

317 新田や潮にさしあふ落し水

318 薯蕷《いも》積んで中島船の来りけり

319 浜荻に隠れて低し蜑《あま》が家

俄《にわ》かに風吹き起る。

一 佐田岬半島の先端。地元での佐田岬の通称。

二 興居島の北西、忽那（なくつ）諸島の中央に位置する中島の柑橘類等の産物を運搬する船。

320 方十町砂糖木《さとうきび》畠の野分哉

321 稲の穂の嵐になりし夕かな

322 牛蒡《ごぼう》肥えて鎮守の祭近づきぬ

323 賤《しず》が家《や》に花《はな》白粉《おしろい》の赤かりき

324 山城に残る夕日や稲の花

325 藪寺[三]の釣鐘もなし秋の風

夕暮に今出を出で、人車を駆りて森某[四]を余戸に訪ふ。柱かくしに題せよ、といはれて、

326 籾《もみ》干すや雞《にわとり》遊ぶ門のうち

席上一詩あり

三　伊予郡西垣生村、霽月邸北隣の常光寺。曹洞宗。

四　森円月（明治三年（一八七〇）―昭和三〇年（一九五五））。佐伯政房の妻森サトの甥。当時、伊予郡余戸住。円月は、この時の子規の言葉「村上霽月君を訪ねるのだ、帰りに君方にも寄らうと思うて居る」を記録している（「茎立」第一巻第六号所収「三五庵雑筆」）。

一 鶏犬孤村富《けいけんこそんとみて》、松菊三逕間《しょうきくさんけいのかん》。
南窓倦書起《なんそうしょにうみてたてば》、門外有青山《もんがいにせいざんあり》。
直ちに其家を辞す。

327 白萩や水にちぎれし枝のさき

車上頻りに考ふる処あり、知らず何事ぞ。

328 二 行く秋や我に神なし仏なし

点灯、三 寓居に帰る。

一 森円月邸での作。陶淵明の「帰去来辞」(『古文真宝 後集』)の一節「三径就レ荒 松菊猶存(三径荒に就いて、松菊猶存せり)」が子規の念頭にあったであろう。

二 明治三五年(一九〇二)一一月二〇日刊、白石南竹(子規門の俳人)編『俳人子規』(六合館、弘文館合版)の巻頭に写真版で〈秋風やわれに神なし仏なし〉の句形で。

三 仮の宿。愚陀仏庵。

亀戸まで

竹の里人[一]

を[二]とゞしは梅散る頃、南の野に車を巡らして残りの雪に驚き、去年[三]は彼岸の寒き日、神田まで行く途につむじ風に吹き捲かれて身の毛もよだちし事こそありしが、今年は桜散り、山吹咲き、牀《とこ》の辺の寒暖計は六十度[四]以上に上りて猶褥《しとね》を離るゝの勇気無く、本所の左千夫[五]が牡丹見に来《こ》の勧めも、秋風萩が枝を吹き動かす頃ならではとい[六]ふものから、来ん秋だにたのめ[七]がたき心細さに、をり〳〵思ひ沈む事もありき。

一　主に歌に関する著述を中心に用いた子規の雅号の一つ。「亀戸まで」が「歌修行の遊び」(「道灌山」)であったため。随筆「雅号に就きて」(明治三二年(一八九九))の中で「根岸を竹の根岸といひ初めし人ありけるに、我も寓居の地なれば斯くなん」と。

二　明治三一年(一八九八)三月一七日、根岸郊外を人力車で散策。同日加藤拓川宛書簡に「門外に出たるは去年一月来、根岸音無川あたりを見たるは一昨年夏以来の事」と記す。

三　明治三二年(一八九九)三月一七日、神田猿楽町の虚子宅訪問。不在。神田神保町の五百木(いおき)飄亭宅を訪ね、鰻の蒲焼を饗される。三月二〇日付漱石宛書簡に「二、三日前神田迄出かけ候。今年の初旅に候」と記している。

四　摂氏十六度。

五　伊藤左千夫(元治元年(一八六四)

32我庭の萩の上葉に秋風の
　吹くらん時を待てばくるしも

四月廿九日[一]格堂[二]来る。空青く晴れわたりて足のさきに寒さをおぼゆる程なりければ、俄《にわか》に左千夫がり[三]訪はんと思ひ立つ。我ながら思ひもよらぬ事なり。格堂先《ま》づ行く。やがて秀真[四]来にければ共に車つらなめ[五]て出づ。

33小車の車ゆら〳〵に見て過ぐる
　垣内《かきつ》の梅の実豆の如し

はやところ〴〵に鯉[六]を立てゝ、かねて夏をもよほしがほなるもめづらしく、

—大正二年(一九一三)。子規門の歌人。最初の子規庵訪問は、明治三三年(一九〇〇)一月二日。左千夫の抹茶好きは有名。牛乳搾取業。

六　言うものの。

七　あてにならない。

一　明治三三年(一九〇〇)。

二　赤木格堂(明治一二年(一八七九)—昭和二三年(一九四八))。子規門の俳人、歌人。子規の日蓮主義に注目した。

三　(左千夫の)所に。

四　香取秀真(ほづま)(明治七年(一八七四)—昭和二九年(一九五四))。子規門の歌人。鋳金家。子規は、五月一〇日、秀真に〈ナリハヒモ大事ナリケリツキアヒモ大事ナリケリ名ヲアグルニシカズ〉の歌を贈っている。

五　人力車をつらね並べて。子規は随筆「車上の春光」(明治三三年(一九〇〇))で「自分はわざと

34 をちこちに鯉[七]のふきぬき吹きかへす
　五月五日は近づきにけり

厩橋《うまやばし》[八]より見渡せば川のけしきひろ〴〵として丈低き帆のかさなりあひたる、三尺[九]の床背ぐゝまりし身の、俄に胸くつろぎ羽《は》生ゆらん思ひあり。

35 くろがねの橋の上《かみ》つ瀬下《しも》つ瀬に
　むしろ帆[一〇]群れて川さかのぼる

左千夫あらず。格堂待ち居たり。

二人乗の車にひとり横に乗つた」と記している。

六　鯉幟の鯉のこと。

七　吹流し。「車上の春光」に「はや鯉や吹抜を立てゝ居る内がある。五色の吹抜がへんぽんとひるがへつて居るのはいさましい」と。

八　隅田川に架けた橋。当時は鉄橋。「車上の春光」に「厩橋迄来た。橋の袂に水菓子屋があつて林檎を横に長く並べてあつた」と。

九　人力車の座席の丈(たけ)。

一〇　筵を繋げて帆としたもの。「車上の春光」に「舟はいくつも上下して居るが、帆を張つて遡つて行く舟が殊に多い。其帆は木綿帆でも筵帆でも皆丈が非常に低い。海の舟の帆にくらべると丈が三分の一ばかりしか無い」と見える。

36 一たて川の茅場《かやば》の庵《いお》を訪ひ来れば
　留守の門辺《かどべ》に柳垂れたり

秀真、格堂と共に二亀戸天神に詣づ。

37 御社《おやしろ》の藤の花房長き日を
　三はりこづくりの亀が首ふる

そゞろにうち興じつゝ、境内に入る。藤は僅に四、五寸伸びてまだ花咲くべくもあらぬに、

38 四広前《ひろまえ》の御池に垂るゝ藤の花
　五かづらくべくはいまだみじかし

一 隅田川と直角に東に向って流れる川。東京市本所区茅場町三丁目一八番地の伊藤左千夫の家は竪川の近く。子規に〈たて川のさちをがりより贈り来し牡丹の花にふみ結びあり〉(明治三三年(一九〇〇))の歌が。

二 菅原道真を祭神とする亀戸天満宮。子規に「亀井戸」として〈反(リ)橋や藤紫に鯉赤し〉の句が(明治二六年(一八九三))。

三 「車上の春光」に「天神橋を渡ると道端に例の張子細工が何百となくぶら下つて居る。大きな亀が盃をくはへた首をふら〳〵と絶えず振つて居る処は最も善く春に適した感じだ」と見える。

四 神殿の前庭。

五 髪飾りにするには。万葉語。『万葉集』巻第十九に〈ほととぎす今来鳴きそむあやめ草かづらくまでに離(か)るる日あらめや〉が。

池は水汲みほして泥を掘る人、そを運ぶ人、群れ立ち行き違ひていとさわがし。

39 掘りかへす神の古池水をなみ
　　[六]橋行く人の影もうつらず

茶店に休みて咽喉渇《かわ》きければ砂糖湯を求むるに、砂糖は無し。[七]波の花はいかにといふ。波の花とは何ぞと問へば、塩なりといふ。賤《しず》の言葉も聞きすて難《がた》くて、たはむれに、

40 藤波は花にしありけり波の花は
　　皿に盛りたる塩にしありけり

六 「車上の春光」では「太鼓橋を人の渡る処を詠まうと思ふたが、やはり出来ぬ」と書いている。

七 塩。女房詞。

西日背に照りて、袖吹く風も身にしむに心地あしく堪へがたければ、

41 つ[一]ゝみある身のさかしらに遠く来て
　そゞろに寒き藤の下風《したかぜ》

車をかへす。途中、

42 げ[二]ん〳〵の花咲く原のかたはらに
　家鴨《あひる》飼ひたるきたなき池あり

再び左千夫がり立ちよれば、をりふし主《あるじ》立帰り来て容《よう》[三]斎《さい》の画ける吉野の図を見せなどす。

一 健康でない身。「つつみ」は「恙」。

二 げんげ（紫雲英）、れんげの異名。春の季語。子規句に〈我庭にげん〳〵咲けるうれしさよ〉（明治二九年（一八九六））が。

三 菊池容斎（天明八年（一七八八）―明治一一年（一八七八））。日本画家。

43 絵を見るに猶しおもほゆ三吉野の
　吉野の山の花のあけぼの

障子あけて見いだせば、心つくしたる庭のけしき、さすがに茶を好む人の住居なりけり。即興、

44 [四]茶博士が住みける庭の松の木に
　棒をくゝりて押しかたむけあり

四人額《ひたい》をあつめて歌を語り画を[五]あげつらひなどする程に、熱やうやくさめければ、再び車に乗りて[六]根岸の宿に帰りたるは[七]夜半過ぐる程にやありけん。

四　左千夫のこと。子規に「左千夫ニ贈ル」として〈茶博士ヲイヤシキ人ト牛飼ヲタフトキ業(ナリ)と知ル時花咲ク〉(明治三三年(一九〇〇))の歌が。また〈珍ラシキ草花モガト茶博士ノ左千夫ガクレシチンノレヤノ花〉(明治三五年(一九〇二))の歌も。
五　議論する。評定する。
六　上根岸八二番地の子規庵。
七　夜中。

解説

復本一郎

正岡子規と旅との繫《つな》がりは、子規のイメージにそぐわないかもしれない。なぜならば、「病子規」との印象があまりにも強く人々の間に浸透してしまっているからであろう。試みに『日本大百科全書』（小学館）の「正岡子規」の項目を繙《ひもと》いてみるならば、肖像として例の横向きの写真が掲出されており「一九〇〇年（明治三十三）十二月撮影。病状が進み、背中を伸ばすことができないため斜め後ろから撮ったもの」とのキャプション（説明文）が添えられている。少しく補足するならば、明治三十三年十二月二十三日に第四回の蕪村忌が東京市下谷区上根岸八十二番地の子規庵（と、子規生前、自ら呼んでいた）で開催されたが（蕪村の忌日は、天明三年（一七八三）十二月二十五日）、参会者一同集合しての庭での記念写真撮影の折、風が強くて子規は不参加、翌二十四日に上根岸の写真館春光堂が子規庵を訪れ、撮影したのであった。子規生前の最後の写真である。この時の撮影の様子を、子規と同じく伊予松山出身の柳原極堂《やなぎはらきょくどう》（俳誌「ほととぎす」の創刊者として知られている）は、明治三十五年（一九〇二）十月十五日付「日本新聞」（「日本」）掲載の「正岡子規君」の中で左のように記している。長い引用となるが、「病子規」の実態を語る貴重な記述と思われるので、そのまま引き写してみる。句読点、振り仮名は、編者が付したものである（以下の引用も同）。

『大阪朝日』が載せて居る子規君の半身画、あれは明治卅三年の暮、蕪村忌の節に写された写真に拠つたもので、之《これ》が撮影せられた最後のものであらう。親族大原氏（編者注・子規の叔父（子規の母八重の弟）で正岡家の後見人大原恒徳《つねのり》）の許《もと》に贈られてある同写真には、裏面に自筆にて苦《くるし》き思ひをしてヤツト腰から上を起せしものを、写真師は、胴が屈み込み居《お》れりなど注意するものから、成るべくは之《これ》を伸ばさんとして思ふ様にも成らず、其儘《そのまま》横より斜面に撮影せしめしと云ふことやら、又其節胴を伸ばさんとばかりした丶め、後にて脊髄に非常なる痛痒を感ぜしことなど記しありといふことである。此《ここ》に同写真に就て一の物語がある。明治卅四年一月末、子規君から自分へ葉書が来た。其文に「写真有難ウ。故郷ノ光景ツク〴〵見テ居ルト、コマカナ処ニ面白ミガ何ボデモアル。代リニ木像上人ノ写真一枚アゲル」と書てある。それと同時に一封の写真も到来した。封を破つて写真を取出して見ると、骨と皮に成つて憔悴して了《しま》つてシカシ眼光は炯々《けいけい》四辺を射て眉間《みけん》には芋虫大の青筋を立てゝ居る五分かり頭の大の男が帯から上を半身写したるものが転がり出た。ハテ何だらう……木像上人て何だらうと少時《しばし》は合点がつかなんだ。何ぞ図《はか》らん之《これ》が子規君の写真であつたと気付た時は覚えず写真を蔽《おお》ふて、其の上に打伏し暫く顔を得《え》あげなんだ位のことで、多年の困臥《こんが》に相貌は全く異り、殆《ほと》んど別人の観があつて容易に君と想出せる訳のものでない。試みに其写真を幼児に見せしめしに『ヲッチ』と称して恐怖する処あるは、夫《そ》れが如何に凄《すご》い形容であるかを想像せらるゝであらう。

例の写真は、若いころからの友人極堂をして別人ではないかと見紛うほどであったと言わしめているし、子規自身も自虐的に「木像上人」などと戯《おど》けてみせているのである。幼児に見せたところ「ヲッチ」(オッチ)と怖がったとも記している。「ヲッチ」(オッチ)は、松山方言の幼児語で、恐しい、の意である。極堂の反応もさることながら、子規が叔父恒徳に伝えたという撮影苦辛談が痛々しい。例の横顔の写真を見ると、椅子の背凭《せもた》れと平行に左横向きに座っていることがわかるが、カリエスの子規にとっては、この姿勢を保つだけでも大変だったようである。その子規に対して写真師は、もっと姿勢を正せとの無理な注文をし、ために後でひどく体調を崩したということである。が、なぜか子規の写真といえばこの写真が使われることが多い。写真ではないが、昭和二十六年(一九五一)九月十九日発行の文化人切手の一つとしての正岡子規の肖像も、この写真に拠って吉田豊が原画を描いている。とにかく、子規と言えば、多くの人々がこの写真を思い浮かべることは、間違いないであろう。若き日の潑剌とした子規を知っている極堂は、別人とまで言い切っているが、そんな子規を知らなくても、この写真からは「病子規」との印象を持たざるを得ないであろう。「病子規」とは、第三者が子規を、そう呼んだということではない。子規自身が自ら「病子規」と名告《なの》っているのである。はやくは、明治三十二年(一八九九)三月三十一日付で歌の門人香取秀真《ほづま》に宛てた手紙の本文の差し出し人名として「病子規」と記しているし、明治三十四年(一九〇一)になると六月十三日付水落露石宛書簡、十二月十一日付長塚節宛書簡、十二月二十二日付露石宛書簡等でも「病子規」と名乗っている。「病子規」のイメージが人々の中で定着しているもう一つの大きな要因としては、子規の随筆『病牀六尺』が広く愛読されていることによろう。『病牀六尺』は、明治三十五年(一九〇二)五月五日より九月十七日まで百二十七回にわたって「日本新聞」に連載された子規最後の随筆。明治三十五年十二月十二日刊、小谷保太郎(明治元年(一八六八)-昭和十五年(一九四〇)、日本新聞社社員)編『子規随筆』(弘文館)に収録された。この本は、刊行よりはやく、同年十一月十四日付で子規の妹律によって香奠返しとして配布されてもいる。岩波文庫の一冊として刊行されたのは、昭和二年（一九二七）のこと。この『病牀六尺』の巻頭には、インパクトのある序文のごとき左の一文が置かれており、この一文も「病子規」のイメージの拡大に与《あずか》るところ大であったと思われる。

病牀六尺、これが我世界である。しかも此《この》六尺の病牀が余には広過ぎるのである。僅に手を延ばして畳に触れる事はあるが、布団の外へ迄足を延ばして体をくつろぐ事も出来ない。甚だしい時は極端の苦痛に苦しめられて五分《ごぶ》も一寸も体の動けない事がある。苦痛、煩悶、号泣。麻痺剤、僅に一条の活路を死路の内に求めて少しの安楽を貪る果敢《はか》なさ。

このような子規が、若き日にはすこぶる快活、活発で活動的だったのである。本書に収めた八篇の紀行文によって、そのことを確認していただきたい。従来の「病子規」ではなく、行動する子規は、別種の魅力に溢れている。

子規の高弟河東碧梧桐《かわひがしへきごとう》は、昭和九年（一九三四）二月刊『子規を語る』（汎文社）の中で、初対面の子規を、横に切れた眼が私を射つた。への字なりに曲つた口もいかつい威厳を示してゐた。私を射つた眼が大きくくり〳〵左右に動いた。

と記している。この時、子規は、十三、四歳、碧梧桐は、七、八歳だったという。そして、次のごとく続けている。

横に切れた、ギロッと光る眼は、其後も同じやうに光つてゐた。病床に釘づけになつて、寝返りも容易に出来なくなつた後には、こちらへ視線を向ける為めに上ワ《う》眼《め》を使つたり、横眼で睨んだりする、一層鋭い光りと威厳とを投げるのだつた。

こんな子規は、少年時代より旅行好きだったようで、本書に収めた「水戸紀行」(明治二十二年、九五ページ参照)の冒頭で左のごとく宣言している。子規数え年二十三歳の折の回想である。

余は生れてより身体弱く、外出は一切嫌ひにて、只《ただ》部屋の内にのみ閉ぢこもり詩語《しご》粋《すい》金《きん》などにかぎりつく方なりしが、好奇心といふことは強く、遠く遊びて未《いま》だ知らざるの山水を見るは、未だ知らざるの書物を読むが如く面白く思ひしかば、明治十四年十五の歳、三並、太田、竹村三氏に岩屋行を勧められし時は、遊志勃然として禁じ難く、とても其《その》足では年上の人に従ふことむつかしければ、と止め給ひし母上の言葉も聴き入れず、草鞋《わらじ》がけいさましく出立せり。

そして、晩年、再び旅行好き宣言を繰り返している。明治三十三年（一九〇〇）六月二十五日付でフランスのパリに滞在中の画家浅井忠（俳号、黙語、杢助）宛ての手紙の中に見える。

小生、〻(生)来旅行好ニテ、何トイフ目的ハナケレド、是非世界一周致シタシト存候ヒシニ、日本ノ十分ノ一モ踏ムカ踏マヌニ、腰ヌケト相成残念ニ存候。

「日本ノ十分ノ一モ踏ムカ踏マヌニ、腰ヌケト相成残念ニ存候」との文言からは、子規の無念さがひしひしと伝わってくる。この忠宛書簡からすぐに想起されるのが、翌明治三十四年（一九〇一）十一月六日付夏目漱石宛書簡の一節である。この時、漱石は、イギリスのロンドンに滞在中である。

僕ガ昔カラ西洋ヲ見タガツテ居タノハ君モ知ツテルダロー。ソレガ病人ニナツテシマツタノダカラ残念デタマラナイノダガ、君ノ手紙ヲ見テ西洋へ往タヤウナ気ニナツテ愉快デタマラヌ。

「旅行好き」子規の夢は、日本のみならず、西洋を、そして世界中を旅することであった。「未《いま》だ知らざるの書物を読む」面白さの方は、宗祇から梅室、蒼虬《そうきゅう》に至るまでの十二万三千句の俳句を分類した「俳句分類」の作業をするために繙《ひもと》いた厖大な俳書類によってある程度叶ったであろうが、「遠く遊びて未だ知らざるの山水を見る」楽しみは、その大部分が見果てぬ夢として終ってしまったのである。

が、子規なりに可能な範囲で多くの旅をし、それを様々な形の紀行文にまとめて残している。講談社版の『子規全集』第十三巻が「小説　紀行」に振り分けられており、そこには二十七篇の紀行文が収められている。その中から「水戸紀行」「かけはしの記」「旅の旅の旅」「鎌倉一見の記」「はて知らずの記」「散策集」「亀戸まで」の七篇、それに私見によって、『子規全集』では「随筆」の部に分類されている「従軍紀事」を加え、全八篇とし、新たに脚注を付して一本にまとめたものが本書である。この八篇によって、ややもすれば

「病子規」の陰に隠れて忘れられがちな「行動する子規」を十分に伝《つた》え得《う》るのではないかと思われる。構成そして一篇、一篇を解説する前に、もう少し「行動する子規」の実像に迫っておきたい。旅する子規の風体、そして、子規の紀行文観など、大いに気になるところである。

子規と親交のあった画家たち、前出の浅井忠や、下村為山(俳号、牛伴)、中村不折らが描く子規像には、しばしば蓑と笠とが背景として描かれている。実際に子規庵の柱に掛けられていたものである(そんな写真も残っている)。若き日の「旅行好き」子規を象徴するものとしてであろう。実際に菅笠を手にしたり、被《かぶ》ったりしている子規の写真も残っている。子規が生前に出版した唯一の句集、明治三十五年(一九〇二)四月十五日刊『獺祭書屋俳句帖抄　上巻』(俳書堂・文淵堂合版)の明治二十五年(一八九二)の「新年」の部に左の前書《まえがき》と句が据えられている。

蓑一枚笠一個蓑は房州の雨にそぼち、笠は川越の風にされたるを床の間にうや〳〵しく飾りて。

蓑《みの》笠《かさ》を蓬《ほう》萊《らい》にして草の庵《いお》

この子規句によって、蓑が前年、明治二十四年（一八九一）三月の房総旅行で求めたもの、笠の方は、同年十一月の武蔵野旅行で求めたものであることがわかる。旅で用いた蓑笠を正月の蓬莱飾りの代りに庵の床の間に飾った、との意味。そんな蓑や笠を愛用した若き日の子規の風貌も大いに気になるところである。これについては、先に見た「水戸紀行」の中で、子規自身が自画像風に描写している。本書の九九ページを参照されたい。左のように記されている。

今一人は中肉中丈《チウゼ》とまではよかつたが、其外《そのほか》は取り所なし。顔の色は青白くといひたひが、白より青の分子多き故、白青ひといふ方が論理にかなひさうなといふむつかしき色にて、着物はゴツゴツ木綿の綿入に、下に白シヤツ一枚、それをダラリとしだらなく着流し、醤油で何年にしめたかと嫌疑のかゝりさうな屁児帯を小山の如くにしめ、時〻歯をむき出してニヤリ〳〵と笑ふ処は大ばかにあらざれば、狂顛〔癲〕病院へ片足ふみこんだ人と見えたり。

「水戸紀行」は、子規の少年時代の愛読書、十返舎一九の滑稽本『東海道中膝栗毛』もどきに、いたるところで洒落のめしており、この自画像風自己描写にもそんなところが窺われないこともないが、かなり客観的に描写し得ているものと思われる。子規の終生の庇護者である日本新聞社社長の陸羯南《くがかつなん》が初対面の若き日の子規を、

二、三日たつとやつて来たのは、十五、六の少年が、浴衣一枚に木綿の兵児帯、いかにも田舎から出だての書生ツコであつたが、何処かに無頓着な様子があつて（後略）

と回想しているからである（明治三十五年十一月刊、小谷保太郎編『子規言行録』吉川弘文館、参照）。羯南の子規描写と、先の子規自身による自己描写とには、どこか通い合うものがあろう。子規の自己描写は多分に自虐的なところがあろうが、おおむね正確なのではあるまいか。膝栗毛（徒歩旅行）とは言っても近場《ちかば》の水戸ということもあり、上述のごとき出立ちであったのであろうが、遠くへの旅の場合には、それ相応の装備をしたことは言うまでもあるまい。

それでは、旅する子規にとって「紀行文」とは、どのようなものであったのであろうか。子規門の俳人、中村楽天著『徒歩旅行』（明治三十五年七月、俳書堂刊）の巻頭に序文代りに置かれている、子規の「徒歩旅行を読む」に、それを窺うことができる。ちなみに、楽天は、子規より二歳年長（慶応元年生まれ）。その著『明治の俳風』（明治四十年九月、籾山書店

刊)の中で、歯に衣着《きぬ》せぬ長文の「正岡子規」論を展開している。また、子規を追想しての〈わが庭の糸瓜《へちま》も咲ける子規忌かな〉(『中村楽天句集』)の句が残っている。

「徒歩旅行を読む」の冒頭、左のごとき子規の紀行文観が披瀝されている。

紀行文を何《ど》う書いたら善いかといふ事は、紀行の目的によつて違ふ。併《しか》し大概な紀行は純粋の美文的に書くもので無くても、矢張出来るだけ面白く書かうとする、即《すなわち》美文的に書かうとする。故に先《ま》づ面白く書くといふ事は、其《その》紀行全部の目的で無くても、少くも目的の五分は必ずこれであると極《き》めて置いて、扨《さ》て其外《そのほか》の五分は人によつて種々雑多に書かれて居る事である。一、二の例をいふて見ると、山水の景勝を書くのを目的としたものや、地理地形を書くことを目的としたものや、風俗習慣を書くことを目的としたものや、或は其地の政治経済教育の有様より物産に至る迄細かに記する事を目的としたもの、或は個人的に旅行の里程、車馬の賃、宿泊料などの事を一々に記したもの、或は記事の方は極《きわ》めて簡略に書いて、唯《ただ》文章を飾る事を務めたもの、などいろ〳〵ある。

これにて子規の紀行文観は明らかであろう。右の文章の後半に詳述されているように

「紀行の目的」によって、様々な書き様があろうが、子規の紀行文観の要諦は、「面白く書く」ということにあった。ということは、どういうことであるかというに、常に「読者」を意識するということであった。そのことは、右の紀行文観よりもはやく、明治三十三年(一九〇〇)十二月刊、高浜清(虚子)編の叙事文集『寒玉集』(ほと、ぎす発行所)の巻頭に置かれている子規の「叙事文」なる文章中の、

或る景色、又は人事を見て面白しと思ひし時に、そを文章に直《なお》して読者をして己《おのれ》と同様に面白く感ぜしめんとするには、言葉を飾るべからず、誇張を加ふべからず、只ありのまゝ見たるまゝに其《その》事物を模写するを可とす。

との一節にすでに窺うことができる(『寒玉集』の中には、河東碧梧桐の「伊豆山紀行」「高尾山」も含まれている)。この一節を敷衍したものが、先の紀行文観とも言える。「面白く書く」には、「読者をして己《おのれ》と同様に面白く感ぜしめんとする」必要があるということである。しかして、子規は、楽天の紀行文『徒歩旅行』を、

楽天の文は既《すで》に老熟の境に達して居て(編者注・楽天、数え年三十七歳の時の作品である)、

ことさらに人を驚かす様な新文字も無いけれど、其《それ》でありながら又人を倦《う》まさないやうに処々に多少諧謔を弄して山を作つて居る。

と評価している。ここに、子規の文章論の要諦「山」なる語が登場しているのも興味深い(明治三十三年九月に子規のはじめた文章会が、子規によって「山会」と命名されている)。

これから本書の具体的構成に入っていくのであるが、その前に、子規が、楽天の『徒歩旅行』の旅を念頭に、日記『仰臥漫録』中の明治三十四年(一九〇一)九月十九日の条に書き記している左の言葉を紹介しておきたい。

自分ガ旅行シタノハ、書生時代デアツタノデ、旅行トイへバ独リ淋シク歩行《ある》イテ、宿屋デ独リ淋シク寐ルモノヂヤト思フテ居ル。ソレダカラ到ル処デ歓迎セラレテ御馳走ニナルナド、イフ旅行記ヲ見ルト羨マシイノ妬マシイノテ、。

＊

本書はⅠ・Ⅱの二部構成とした。Ⅰでは、子規の紀行文中の「はて知らずの記」を、Ⅱでは「水戸紀行」「かけはしの記」「旅の旅の旅」「鎌倉一見の記」「従軍紀事」「散策集」

「亀戸まで」の七紀行文を収録、編者によって脚注を施した。七紀行文は、原則として時系列に配列したが、「従軍紀事」は、従軍の翌年に発表されたものであるが、従軍時の明治二十八年(一八九五)の該当箇所に配列した。詳しくは、後述する。

子規の紀行文の中、「行動する子規」が如実に窺える最も充実した紀行文は、Iの「**はて知らずの記**」である。明治二十六年(一八九三)七月十九日より八月二十日までの三十三日間の奥州旅行、この旅の記録である紀行文「はて知らずの記」は、当初、「日本新聞」に明治二十六年七月二十三日より、九月十日まで、二十一回にわたって連載された。門人河東碧梧桐によると「新聞社の方でも旅費を補給することになつて」いたようである(『子規の回想』昭和十九年六月、昭南書房刊)。が、この縛りが、子規を悩ませたようである(ちなみに、子規は、前年の明治二十五年十二月一日に神田雉子町の日本新聞社に初出社している。月給十五円)。先に引いた「徒歩旅行を読む」の中で左のように記している。

> 夏時の旅行は余も屢《しばしば》やつた事があるが、旅行し乍《なが》ら毎日文章を書いて新聞社に送るといふ事は、余程苦しい事である。一日の炎天を草鞋《わらじ》の埃《ほこ》りにまぶれ乍《なが》ら歩いて、やう〳〵宿屋に着いた時は唯《ただ》労《つか》れに労れて何も仕事などの出来る者では無い。風呂に入つて汗を流し、座敷に帰つて足を延べた時は生き返つた様であるが、同時に草臥《くたび》れが出

て仕舞ふて、最早筆を採る勇気は無い。其処《そこ》で其夜は寝《ね》て仕舞ふて、翌朝になつて文章を書いて新聞社に送つて置く。さうして宿屋を出る時は最早九時にも十時にもなつて居る事があつて、詰《つま》り朝の涼《すずし》い間を却《かえっ》て宿屋で費し、暑い盛りを歩かねばならぬ様な事になる。其《それ》は恐らく実験の無い人には気の附かぬ事である。

正直な告白であろう。「はて知らずの記」の「日本新聞」への連載も、このようにして執筆されたものであろう(三十六歳の子規が、二十七歳の折の「はて知らずの記」の旅を振り返っての記述)。言ってみれば、日本新聞記者としての公務といった側面もあったものと思われる。それゆえ、碧梧桐が言っていたように、新聞社の方から旅費が「補給」されていたわけであろう。子規は、八月十四日付で陸羯南に羽後国秋田郡一日市《ひといち》から手紙を出し、左のごとく記している。

軍用金不足ニ付、毎ゝ恐入候へども、又ゝ三、四円拝借仕度、何卒願上申候。尤旅費之尽きたる処より電信か郵便にて可申上《もうしあぐべく》候ニ付、其節、又ゝ御手段相煩申度候。

公務という側面(「日本新聞」に紀行文「はて知らずの記」を連載という)があったれば

こその「軍用金」依頼であり、子規が羯南に甘えているということではあるまい(多少はそのようなところがないこともないであろうが)。

先にも記したように、「はて知らずの記」の旅が行われたのは、明治二十六年(一八九三)。この年は、元禄七年(一六九四)十月十二日に五十一歳で没した芭蕉の二百年忌。子規は、そのことを十二分に意識していたと思われる(ちょうど芭蕉が、元禄二年に、西行の五百年忌を意識して『おくのほそ道』の旅に出立したように)。

子規自身、「はて知らずの記」の中に、

旅衣の破れをつくろひ、蕉翁の奥の細道を写しなど、あらましとゝのへて、今日やたゝん、明日や行かんと思ふものから、ゆくり無く医師にいさめられて、七月もはや十九日といふにやう〳〵東都の仮住居を立ち出でぬ。

と明記している(本書一一ページ参照)。『おくのほそ道』(『奥の細道』)は、芭蕉の紀行文の中でも(他に『野ざらし紀行』『鹿島詣』『笈の小文』『更科《さらしな》紀行』)、最も完成された紀行文。その完成度の一つは、地《じ》の文と発句(俳句)作品との均衡の整った配置に指摘されよう。そして、そのことは、子規が「はて知らずの記」を執筆するに際しても、当然、参考にされていよう。

が、芭蕉と子規という強烈な個性の二人、同じ名所を見ても、関心の持ちように大きな隔たりがある。そのことに注目しつつ読み進めるのも「はて知らずの記」を読む面白さの一つである(「行動する子規」を確認することも、もちろんであるが)。

一例を挙げてみる。岩代国安達郡(今の福島県二本松市)に『拾遺和歌集』の平兼盛の歌〈陸奥《みちのく》の安達の原の黒塚に鬼こもれりと聞くはまことか〉、および謡曲「安達原」(「黒塚」)で知られている「安達原旧跡」がある。芭蕉は、『おくのほそ道』の中で「二本松より右にきれて、黒塚の岩屋一見し、福島に泊る」、とたった数文字を費しただけで、歩を進めている。一方子規は、「はて知らずの記」の中で、この旧跡に大きな関心を示し色々な角度より様々に描写している(本書の二三ページより二五ページまで)。そして、自句〈木下闇あゝら涼しや恐ろしや〉一句、「光枝」なる人物の歌〈黒塚の鬼の岩屋も苔むしぬしるしの杉や幾代へぬらむ〉の一首まで書き付けている。芭蕉、子規、両者の関心の違い(資質の違い)が、はっきりと見て取れよう。

「はて知らずの記」で、もう一つ指摘しておきたいのは、子規自身の短歌。十二首が見える。子規が本格的短歌革新に乗り出したのは、「日本新聞」の明治三十一年(一八九八)二月十二日号、二月十四日号、二月十八日号、二月二十一日号、二月二十三日号、二月二十四日号、二月二十八日号、三月一日号、三月三日号、三月四日号と断続的に十回にわたって掲載した歌論「歌よみに与ふる書」からであるが、「はて知らずの記」においてもかなり意欲的に短歌に取り組んでいるということである。後年、明治三十二年(一八九九)八月二十八日付「日本新聞」附録週報に掲載の歌論「歌話」の中で「ひとり紀行の歌は、拙く面白からぬ者にてこそあれ、他の歌の如き俗気多き者にはあらず」と回想している。「はて知らずの記」と子規の短歌との関係は、拙著『歌よみ人　正岡子規　病ひに死なじ歌に死ぬとも』(平成二十六年二月、岩波現代全書)の中で詳述してあるので参照されたい。

とにかく、「はて知らずの記」をお読みいただければ、そこに若々しく「行動する子規」「躍動する子規」が見出され、いつの間にか「病子規」のイメージが払拭されているであろう。子規は、汽車で、徒歩で、船で、馬車で、人力車で、全行程を踏破し、碧梧桐に、

名句は、菅笠ヲ被リ草鞋ヲ着ケテ世ニ生ル、モノナリ。

との警句を与えているのである(明治二十六年七月二十一日付、河東碧梧桐宛子規書簡参照)。

なお、「日本新聞」に連載された「はて知らずの記」は、子規によって削除を中心とする推敲が施され、明治二十八年(一八九五)九月五日刊、正岡常規《つねのり》(子規)著『増補再版　獺

祭書屋俳話』(日本新聞社)の中に収録された。本書が底本としたのも、決定稿としての『増補再版　獺祭書屋俳話』所収のものである。なお、「はて知らずの記」の一部は、別に東京都台東区根岸の子規庵保存会に草稿本「はて知らずの記」が伝存し、『子規　はて知らずの記〈草稿〉』(平成十五年九月)として公刊されている。

＊

Ⅱの「水戸紀行」「かけはしの記」「旅の旅の旅」「鎌倉一見の記」「従軍紀事」「散策集」「亀戸まで」の七紀行文の中で、「かけはしの記」「旅の旅の旅」「鎌倉一見の記」の三紀行文は、子規によって『増補再版　獺祭書屋俳話』に収録されたものであり、いわば、子規の自信作とも言えよう。同書の中には、もう一作、二十歳年長の門人内藤鳴雪との高尾山までの一泊の短篇紀行「高尾紀行」(明治二十五年)があるが、道中での二人の俳句作品が中心であるので、本書では省略することとした。以下順次、簡単に読み所ともいうべき箇所を中心に解説しておく。この七紀行文からでも「行動する子規」を確認していただけることと思う。

まず、「**水戸紀行**」から。子規と同郷で、常盤会寄宿舎(旧松山藩子弟のため旧藩主久松定謨《さだこと》により設立されたもの)の舎友吉田匡《ただし》との水戸への膝栗毛(徒歩旅行)。自筆稿本は、天理図書館蔵。この紀行については、本解説でも先に少しく触れた。子規の生涯を通して見た時に、特に注目すべき条は、小舟にて那珂川を下った折の次の回顧(一五〇ページ)。

此船中の震慄《しんりつ》が一ヶ月の後に余に子規の名を与へんとは、神ならぬ身の知るよしもなけれど、今より当時の有様を回顧すれば覚えず粟粒《ぞくりゅう》をして肌膚《きふ》に満たしむるに足る。

「水戸紀行」の旅は、明治二十二年(一八八九)四月三日より四月七日まで。那珂川下りは、四月六日。そして寄宿舎で喀血したのが五月九日の夜。十日、医師より肺病と診断され、その夜、再び喀血。〈卯の花をめがけてきたか時鳥《ほととぎす》〉〈卯の花の散るまで鳴くか子規《ほととぎす》〉等の句を作り、子規と号した次第である(句中の「卯の花」は、卯年生まれの子規、「時鳥《ほととぎす》(子規)」は、子規を襲う肺病であるが、その肺病を逆手にとって自《みずか》らの俳号としたところなど、いかにも子規らしい)。

「**かけはしの記**」は、明治二十四年(一八九一)六月二十五日より七月四日までの木曽路を中心とする旅の紀行文。この旅を経て帰省している。この紀行文が「日本新聞」に最初に掲載された子規の文章(翌明治二十五年五月二十七日より六月四日まで六回にわたって掲載)。この紀行文においてすでに短歌と俳句の両方が地《じ》の文の中に組み込まれている点は、

「はて知らずの記」の先蹤をなす。芭蕉の『更科紀行』が意識されていよう。

「旅の旅の旅」は、明治二十五年(一八九二)十月十三日、旅先の大磯から箱根路四日間の旅を経て十月十六日に大磯へ戻るまでの紀行。十月三十一日より十一月六日まで、四回にわたって「日本新聞」に掲載された。

「鎌倉一見の記」は、明治二十六年(一八九三)三月二十六日、二十七日、二十八日と鎌倉で保養中の陸羯南を訪問し、鎌倉を散策した紀行文。俳句十四句、短歌二首。四月五日の「日本新聞」に発表された。

「従軍紀事」は、明治二十八年(一八九五)四月十日より五月二十三日までの、「日本新聞」記者としての日清戦争従軍にかかわっての紀行文。発表は、翌明治二十九年(一八九六)一月十三日付の「日本附録週報」より、二月十九日付の「日本新聞」まで、七回にわたって断続的に連載。全体としては、従軍した近衛師団の従軍記者に対する待遇の冷淡さを、後《のち》のいわゆるルポルタージュ風に綴ったもの。明治という時代を鑑《かんが》みるならば、かかる一文を公表した子規の気骨、「日本新聞」(日本新聞社、あるいは社長の陸羯南)の英断には、大いに注目してよいであろう。

従来、この「従軍紀事」は、なぜか『子規全集』類の「随筆」の部に分類されてきたが、その内容よりして、「紀行」の部に入れることが、当を得ているかと思われる。「行動する子規」の唯一の海外紀行ということになる(ちなみに「従軍紀事」と表裏をなす「陣中日記」も、なぜか「日記」の部ではなく、「随筆」として分類されている)。

この「従軍紀事」にかかわって目を通しておくべきは、明治二十八年(一八九五)二月二十六日付で従軍中の五百木飄亭《いおきひょうてい》(子規より三歳年少の子規の盟友。虚子に後継者となることを拒絶された折の心中《しんちゅう》を吐露した飄亭宛の手紙は、子規書簡の中でも一、二を競う名書簡)宛に、「扨《さて》、小生も先便申上候通りいよ〱従軍ニ決し、近衛付と畧ゝ《ほぼ》相定まり申候」と認《したた》められた手紙の末尾に記されている左の数行。

皆に止められ候へども、雄飛の心難抑《おさえがたく》、終《つい》ニ出発と定まり候。生来稀有之快事ニ御坐候。

小生今迄《まで》にて、尤《もっと》も嬉しきもの、

初めて東京へ出発と定まりし時。

初めて従軍と定まりし時。

の二度に候。此上に猶《なお》望むべき二事あり候。

洋行と定まりし時。

意中の人を得し時。

の喜び如何ならん。前者或ハ望むべし。後者ハ全ク望ミ無し。遺憾〳〵。非風《ひふう》をして聞かしめば之《これ》を何とか言ハん。呵〻《かか》。

従軍前の子規の躍動する気持が、子規をしてかく饒舌ならしめているのであろう。洋行への希望まで語っているのである。意気盛んである。「全ク望ミ無し」と語っている結婚への希望であるが、子規の真意はどうだったのであろうか。非風は、常盤会寄宿で同室だった新海非風《にいのみ》。子規、飄亭、非風は、切磋琢磨した若き日の俳句仲間。子規は、飄亭に「皆に止められ候へども」と語っているが、当の飄亭もこの子規書簡への返簡と思われる手紙の中で、

従軍御志願、御尤なれど、貴兄の為にはわれ其《その》断じて不可なるをいふ。冬期よりむしろ夏期の瘴毒、これが恐らくは最大強敵なるべし。

と、従軍を思《おも》い止《とど》まるように勧告している。子規の蒲柳《ほりゅう》を心配してのことであろう。が、血気に逸る子規は、従軍を敢行し、軍隊という組織に果敢に挑戦したことは、「従軍紀事」を一読すれば、了解いただけよう。

しかし、結果としては、この敢行が、子規を「病子規」たらしめてしまったのである。子規は、明治二十八年(一八九五)七月二十三日付「日本新聞」掲載の「陣中日記」の同年五月二十三日の条に、

我門出は従軍の装ひ流石《さすが》に勇ましかりしも、帰路は二豎《にじゅ》(病魔)に襲はれて、ほう〳〵の体に船を上りたる見苦しさよ。

と記している。かくして五月二十三日に神戸病院に入院、一時重体に陥るが、七月二十三日には須磨保養院へ移り、八月二十五日に松山へ帰省、八月二十七日より、十月十七日までの五十二日間を、夏目漱石の下宿、愚陀仏庵《ぐだぶつあん》で過すことになったのである。

その間の九月二十日より十月七日までの散策の記録が「**散策集**」である。この「散策集」については、最近出版された『松山子規事典』(平成二十九年十月、松山子規会刊)の中で三好恭治氏ほか八氏によって注が施されているので、本書ではそれらの注を参照しつつ、補訂、私見を加えて、脚注を施した。参照させていただいた注は、それぞれの箇所で明記してある。病後の静養ということで、まだ体調は十全でなく、例えば、十月二日の条には、

午後は連俳の衆に向ひ、かにかくと説きつ笑ひつする程に、ともすれば鼻血一滴、二滴落つる事多く、つひに一坐をことわりて、却りて人々に介抱せられなどす。廿七日ハいさゝかながら、鼻血時々やまず。此日よりハ安静を守りて臥《ふ》し居《お》りしかば、廿八日には全くやミぬ。

との記述が見える。「散策集」中、特に注目すべきは、十月六日の漱石との道後近辺の散策であろう。漱石は、これに先立って明治二十八年(一八九五)五月二十六日付の子規宛書簡の中で「小子、近頃、俳門に入らんと存候。御閑暇の節は、御高示を仰ぎ度《たく》候」と、俳句入門の決意を語っていたのであった。

子規は、この後、東京市下谷区上根岸八十二番地の子規庵に帰宅してすぐの明治二十九年(一八九六)二月より「左ノ腰、腫レテ痛ミ強ク、只《ただ》横ニ寐タルノミニテ、身動キダニ出来ズ」(『寒山落木』)といった状態になり、三月十七日には結核性の脊髄炎(カリエス)の診断を下され、病臥の生活を余儀なくさせられることになる。ここからが「病子規」のはじまりである。が、そんな中にあって短歌革新に乗り出すのであるから、その強靭な精神力には、驚嘆を禁じ得ない。以後、外出は、もっぱら人力車ということになり、それが、明治三十三年(一九〇〇)六月三日の歌の弟子、岡麓《おかふもと》の家(本郷金助町)での園遊歌会参加まで続く。この時が最後の外出である。

そして、本書に収めた明治三十三年（一九〇〇）四月二十九日の伊藤左千夫邸（東京市本所区茅場町三丁目十八番地）への赤木格堂、香取秀真を伴っての、子規にとっての最後の「旅」（という意識が子規にはあった（二八七ページ、注三参照））の紀行文が、本書の末尾に置いた「亀戸まで」である。明治三十三年五月十七日付「日本新聞」に掲載されたものである。明治三十二年（一八九九）九月二十八日の紀行「道灌山」、同年十一月十三日の紀行「本郷まで」、同年十一月十六日の紀行「小石川まで」、それに、この「亀戸まで」は、いずれも「竹の里人」号で「日本新聞」に発表されている。子規の中に「歌修行の遊び」としての意識があってのことによろう（二八七ページ、注一参照）。近郊の散策とはいえ、いずれも文字通り、珠玉のごとき小紀行文となっている。

以上、Ⅱ部の七紀行文については、紙幅の関係もあり、駈足での解説となってしまったが、私の不手際は、「行動する子規」が、渾身の力で執筆した各紀行文を味読して、補っていただきたい。

最後に、私が脚注を付する際に、折に触れて活用した『日本名勝地誌』の作者、野崎左《のざきさ》文《ぶん》について記しておきたい。安政五年（一八五八）に土佐に生まれ、昭和十年（一九三五）に没している。子規より九歳年長。新聞記者として各地を転々としたようである。鉄道院副参事(『日本近代文学大事典』の興津要氏執筆の「野崎左文」の項参照)。著書に『狂歌一夕話』(大正四年三月、非売品)、『私の見た明治文壇』(昭和二年五月、春陽堂刊)、『狂歌の研究』(昭和六年七月、岩波書店刊)等。岩波文庫の『万載狂歌集』(昭和五年七月刊)、『徳和歌後万載集』(昭和五年十一月刊)の校訂者。子規と同時代の左文が見聞したところの『日本名勝地誌』(明治二十七年、二十八年の刊)の記述は、大いに参考となった。

『鬼貫句選・独ごと』(二〇一〇年七月刊)以来、いつもお世話になっている岩波文庫編集部の鈴木康之氏に心より御礼申し上げる。

初句索引

- 本文に出てくる俳句・短歌の初句と、句・歌番号を示した。配列は、現代仮名遣いによる五十音順とした。
- 短歌は、歌番号に「歌」を付けた。
- 初句が同一の複数の俳句・短歌は、中七または二句まで示した。
- 子規以外の作者による俳句は、〔　〕で作者名を示した。

か

き

く

け

こ

地名索引

・本文中の地名、神社、仏閣、遺跡名等で、注解の付いた語を中心に採録して、頁数を示した。

あ行

か行

さ行

た行

子規紀行文集《しきき こうぶんしゅう》

2019年12月13日　第1刷発行

編　者　復本一郎《ふくもといちろう》

発行者　岡 本　厚

発行所　株式会社 岩波書店
〒101-8002 東京都千代田区一ツ橋2-5-5
案内 03-5210-4000　営業部 03-5210-4111
文庫編集部 03-5210-4051
https://www.iwanami.co.jp/

印刷 製本・法令印刷　カバー・精興社

ISBN 978-4-00-360037-5　　Printed in Japan

読書子に寄す

――岩波文庫発刊に際して――

岩波茂雄

真理は万人によって求められることを自ら欲し、芸術は万人によって愛されることを自ら望む。かつては民を愚昧ならしめるために学芸が最も狭き堂宇に閉鎖されたことがあった。今や知識と美とを特権階級の独占より奪い返すことはつねに進取的なる民衆の切実なる要求である。岩波文庫はこの要求に応じそれに励まされて生まれた。それは生命ある不朽の書を少数者の書斎と研究室とより解放して街頭にくまなく立たしめ民衆に伍せしめるであろう。近時大量生産予約出版の流行を見る。その広告宣伝の狂態はしばらくおくも、後代にのこすと誇称する全集がその編集に万全の用意をなしたるか。千古の典籍の翻訳企図に敬虔の態度を欠かざりしか。さらに分売を許さず読者を繋縛して数十冊を強うるがごとき、はたしてその揚言する学芸解放のゆえんなりや。吾人は天下の名士の声に和してこれを推挙するに躊躇するものである。このときにあたって、岩波書店は自己の責務のいよいよ重大なるを思い、従来の方針の徹底を期するため、すでに十数年以前より志して来た計画を慎重審議この際断然実行することにした。吾人は範をかのレクラム文庫にとり、古今東西にわたって文芸・哲学・社会科学・自然科学等種類のいかんを問わず、いやしくも万人の必読すべき真に古典的価値ある書をきわめて簡易なる形式において逐次刊行し、あらゆる人間に須要なる生活向上の資料、生活批判の原理を提供せんと欲する。この文庫は予約出版の方法を排したるがゆえに、読者は自己の欲する時に自己の欲する書物を各個に自由に選択することができる。携帯に便にして価格の低きを最主とするがゆえに、外観を顧みざるも内容に至っては厳選最も力を尽くし、従来の岩波出版物の特色をますます発揮せしめようとする。この計画たるや世間の一時の投機的なるものと異なり、永遠の事業として吾人は微力を傾倒し、あらゆる犠牲を忍んで今後永久に継続発展せしめ、もって文庫の使命を遺憾なく果たさしめることを期する。芸術を愛し知識を求むる士の自ら進んでこの挙に参加し、希望と忠言とを寄せられることは吾人の熱望するところである。その性質上経済的には最も困難多きこの事業にあえて当たらんとする吾人の志を諒として、その達成のため世の読書子とのうるわしき共同を期待する。

昭和二年七月